[illegible] de [illegible] de réalisatrice et de [illegible] journaliste, helléniste, égyptologue et linguiste, [illegible] Vanoyeke est l'auteur de trente-cinq ouvrages historiques portant pour la plupart sur l'Antiquité. [illegible] dans une quinzaine de langues, elle a réalisé [illegible] des recherches de grande ampleur dans le [illegible] antique et égyptologique. Considérée comme [illegible] plus éminentes spécialistes de cette période, elle [illegible] conférences dans le monde entier et est souvent [illegible] par la presse internationale sur les découvertes [illegible] de fouilles. Ces travaux font appel à ses connaissances [illegible] les pièces retrouvées et les exposer. Elle travaille [illegible] des chercheurs allemands, américains, suédois, [illegible] grecs et égyptiens. Depuis plus de quinze ans, elle [illegible] la vie [illegible] [illegible] aux recherches de [illegible] du Sinaï [illegible] d'Assouan et [illegible] de [illegible]

[illegible] Vanoyeke est par ailleurs productrice, présentatrice [illegible] d'émissions littéraires et historiques depuis 1980 [illegible] historiques, [illegible] [illegible] et à la télévision. Elle collabore également [illegible] *L'Histoire*, [illegible] la collection « Histoire et [illegible] » [illegible]

LA PHARAONNE

***

Professeur de français, de civilisation et de littérature anciennes, latiniste, helléniste, égyptologue et linguiste, Violaine Vanoyeke est l'auteur de trente-cinq romans ou livres historiques portant pour la plupart sur l'Antiquité et traduits dans une trentaine de langues; elle a également accompli des recherches de grande ampleur dans le domaine antique et égyptologique. Considérée comme l'une des plus éminentes spécialistes de cette période, elle donne des conférences dans le monde entier et est souvent consultée par la presse internationale sur les découvertes en matière de fouilles. Les musées font appel à ses services pour dater les pièces retrouvées et les exposer. Elle travaille ainsi avec des chercheurs allemands, américains, suédois, polonais, grecs et égyptiens. Depuis plus de quinze ans, elle reconstitue la vie d'une femme pharaon au destin exceptionnel grâce aux recherches de Moyenne-Égypte, du Sinaï, de Louxor, d'Assouan, de Chypre et de Cnossos.

Violaine Vanoyeke est, par ailleurs, productrice, présentatrice et réalisatrice d'émissions littéraires et historiques à la radio depuis 1980 (*Kiosque, Voix en poésie, Présence du poème, Deux écrivains en présence, Historica*), chroniqueuse sur R.M.C. et à la télévision. Elle collabore également aux magazines tels que *L'Histoire, Chroniques de l'histoire, Historia*... Elle dirige la collection « Histoire et histoires » chez Critérion.

Paru dans Le Livre de Poche :

LES HISTOIRES D'AMOUR DES PHARAONS

LA PRINCESSE DE THÈBES

LE PSCHENT ROYAL

VIOLAINE VANOYEKE

La Pharaonne

***

Le Voyage d'éternité

ROMAN

MICHEL LAFON

Cet ouvrage est le troisième tome du roman de Violaine Vanoyeke consacré à la pharaonne Hatchepsout.

LA PHARAONNE

* *La Princesse de Thèbes*
** *Le Pschent royal*
*** *Le Voyage d'éternité*

τῷ Φιλίππῳ

« Mon esprit considère l'avenir
car l'âme d'un roi pense à l'Éternité.
Le dieu m'a créée pour
rendre forte sa puissance sur terre. »

HATCHEPSOUT
(Inscription de son temple de Pakhet,
le *Speos Artemidos* en Moyenne-Égypte.)

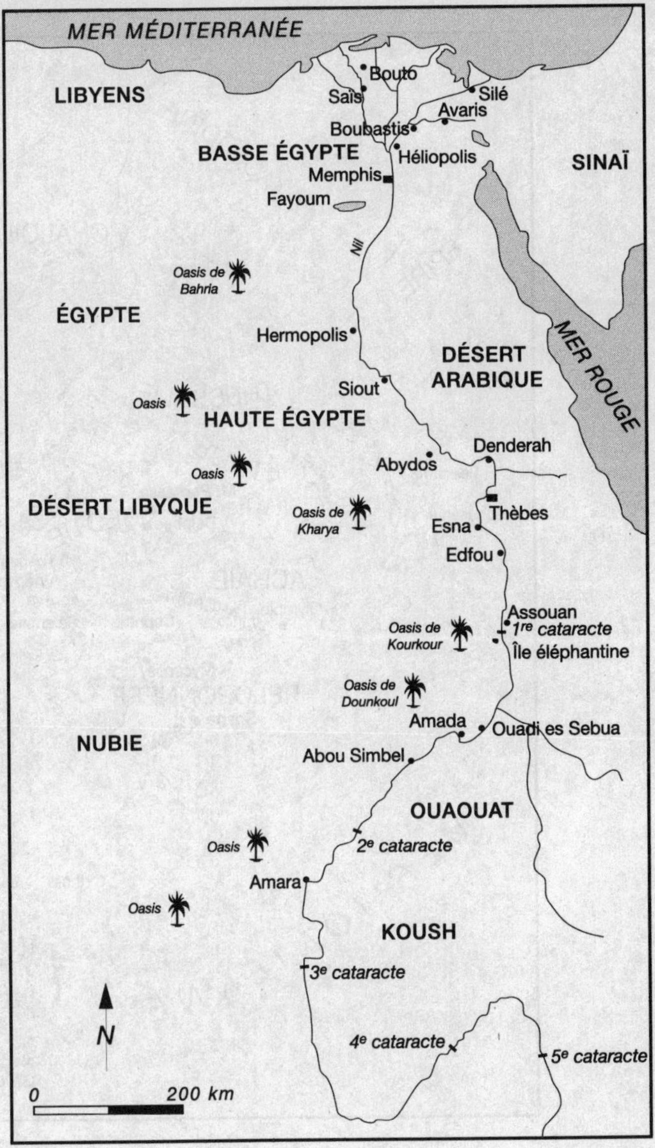

L'Égypte et la Nubie

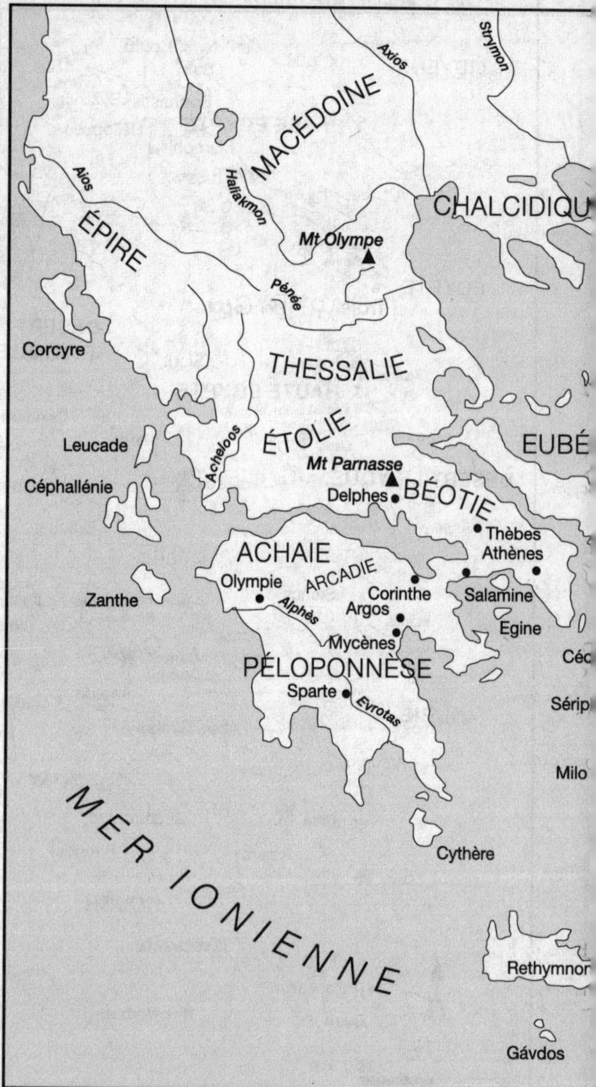

Strymon
Axios
MACÉDOINE
Aios
Haliakmon
CHALCIDIQU
ÉPIRE
Mt Olympe
Pénée
Corcyre
THESSALIE
ÉTOLIE
Leucade
Acheloos
EUBÉ
Mt Parnasse
Céphallénie
Delphes
BÉOTIE
Thèbes
ACHAIE
Athènes
ARCADIE
Olympie
Corinthe
Salamine
Zanthe
Alphès
Argos
Egine
Mycènes
PÉLOPONNÈSE
Céc
Sparte
Evrotas
Sérip
Milo
MER IONIENNE
Cythère
Rethymnor
Gávdos

La Grèce

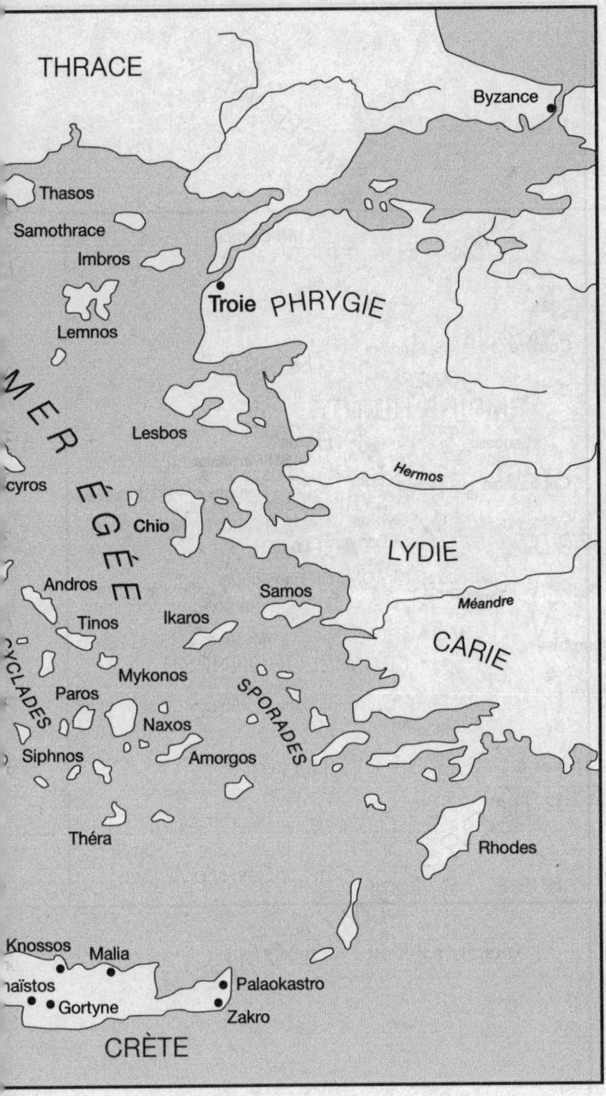

THRACE
Byzance
Thasos
Samothrace
Imbros
Troie
PHRYGIE
Lemnos
MER ÉGÉE
Lesbos
cyros
Hermos
Chio
LYDIE
Andros
Samos
Méandre
Tinos
Ikaros
CARIE
CYCLADES
Mykonos
Paros
SPORADES
Naxos
Siphnos
Amorgos
Théra
Rhodes
Knossos
Malia
haïstos
Palaokastro
Gortyne
Zakro
CRÈTE

antique

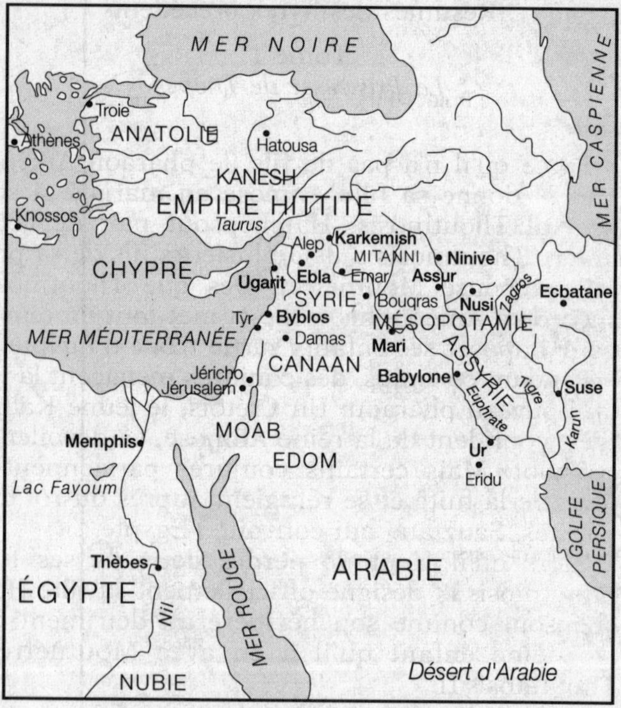

Anciens pays du Proche-Orient

LA PHARAONNE

Résumés des livres précédents

Tome 1
La Princesse de Thèbes

Parce qu'il n'a pas de fils, le pharaon Aménophis Ier donne sa fille Ahmose en mariage à son général Thoutmosis. Hatchepsout naît de cette union. Thoutmosis a déjà plusieurs fils de sa première épouse Moutnéfret. Dès que Thoutmosis succède à Aménophis, celle-ci met tout en œuvre pour imposer ses enfants sur le trône d'Égypte.

Pendant ce temps, des conjurés menacent la vie du nouveau pharaon. Un Crétois, le jeune Kallisthès, confident de la reine Ahmose, va dévoiler le complot. Mais certains conjurés parviennent à prendre la fuite et se réfugient auprès du roi des Hittites, Sauztata, qui convoite l'Égypte.

Alors qu'il vient de perdre deux de ses fils, Thoutmosis Ier désigne officiellement sa fille Hatchepsout comme son héritière au détriment du troisième enfant qu'il a eu avec Moutnéfret : Thoutmosis II.

Tome 2
Le Pschent royal

Thoutmosis Ier meurt prématurément. L'occasion est ainsi donnée à Thoutmosis II d'entrer en rivalité avec sa demi-sœur Hatchepsout pour obtenir le trône d'Égypte. Les anciens conseillers de Thoutmosis Ier soutiennent Hatchepsout qui épouse Thoutmosis II mais dirige seule les affaires de l'État.

Senmout, le conseiller autrefois désigné par Thoutmosis Ier, pour lui apprendre le métier de roi, devient son complice de tous les instants, le précepteur de sa fille Néférou-Rê, enfin l'homme le plus puissant d'Égypte. Quand il apprend qu'Hatchepsout est devenue reine, Sauztata, le souverain des Hittites, juge le moment venu d'envahir l'Égypte. Séti et Kay, les traîtres thébains qui avaient autrefois comploté contre Thoutmosis Ier et qui se sont réfugiés en Assyrie, l'aident dans son entreprise.

Hatchepsout devient un pharaon exceptionnel. Elle entreprend de grandes constructions et décide d'aller combattre les Nubiens révoltés mais, à son retour triomphal, le fils de Thoutmosis II et de la danseuse Iset vient de naître. Elle-même n'a qu'une fille et voit à terme son destin menacé.

Avant-propos

Hatchepsout, « la fille d'Amon », « être supérieur aux autres », telle nous apparaît la plus grande pharaonne d'Égypte sur les parois de son incroyable temple de millions d'années situé à Deir el-Bahari dans la « Vaste Prairie » qui fut appelée par Jean-François Champollion la « Vallée des Rois ».

Tout en Égypte rappelle au visiteur qu'Hatchepsout régna longtemps et brillamment, au XVe siècle avant notre ère, même si son image fut souvent martelée. On raconta sans doute un peu vite que Thoutmosis III voulut ainsi effacer son souvenir sans y parvenir car des traces de la reine et de ses inscriptions survivent encore sous ce martelage, incitant les historiens et les archéologues à s'y intéresser davantage... La vie d'Hatchepsout, remplie de gloire et d'exploits, est ainsi riche de mille secrets dont on ne résiste pas à vouloir lever le voile.

Avec Hatchepsout, on entre dans le monde du mystère et de l'impossible, celui qui fit d'une femme un pharaon !

Partout, Hatchepsout s'impose au voyageur séduit par l'Égypte, des obélisques à la Chapelle Rouge de Karnak, de la construction monumentale du temple d'Amon à la chapelle d'Anubis de

Deir el-Bahari, du temple de Pakhet en Moyenne-Égypte aux sanctuaires de l'île Éléphantine.

Lié à celui de personnages inoubliables tels que Thoutmosis Ier, Ahmose, Senmout, Thoutmosis III le conquérant ou Moïse, son destin reste exceptionnel et unique. L'Égypte mystique et magique du temps d'Hatchepsout, époque précédant de peu celles de Néfertiti et de Thoutânkhamon, demeure indissociable de la richesse et de la beauté, de l'éternité et de la renaissance perpétuelle. Vie et mort se fondent dans la continuité.

Cette Égypte s'enrichit de contacts permanents avec les très brillantes civilisations crétoise, mycénienne et mésopotamienne, occasions pour le lecteur de voyager en Grèce ou en Babylonie et de mieux comprendre la vie quotidienne et les pensées de ces Égyptiens de la XVIIIe dynastie.

Égypte unique, elle aussi, où s'unissent les richesses culturelles, commerciales, artistiques et culturelles de villes devenues mythiques à la prospérité jamais égalée.

I

Même la mule de Senmout peinait sous le soleil qui blanchissait le ciel. Du bleu le plus clair et le plus pur quand l'astre auréolait à l'aube les crêtes des monts lisses du désert en surgissant progressivement mais magistralement à l'horizon derrière les sommets, les cieux passaient peu à peu au blanc le plus lumineux jusqu'à ce que Rê se plantât, triomphant, au centre de l'espace céleste, dominant les êtres de son écrasante chaleur.

Les Égyptiens, éblouis à satiété, ne distinguaient plus alors qu'un envahissant nuage qui les enveloppait d'une suffocante et desséchante atmosphère. La divinité dominait le ciel et la terre, les êtres et les plantes, les domptant selon son bon plaisir, leur apportant de l'eau ou la leur retirant, alimentant la vie ou l'obligeant à disparaître. Les Égyptiens avaient l'habitude de rester humbles devant cette main de fer dont ils dépendaient chaque jour de leur existence terrestre.

Senmout avait quitté le palais de Thèbes tôt le matin dès que ses fonctions d'Administrateur suprême et de gestionnaire des biens de la famille royale le lui avaient permis. Mais il était déjà presque trop tard pour échapper aux cruels rayons de Rê lorsqu'il avait traversé le Nil en direction de la « Grande Prairie ».

— Nous arrivons! dit Djehouty qui l'accompagnait, avec un soupir de soulagement.

— Et les autres? interrogea Senmout en se retournant pour juger de la progression des ouvriers qui travaillaient sur la tombe de la reine Hatchepsout.

— Ils suivent, répondit Djehouty en ajustant sur ses cheveux son turban blanc qui le protégeait du soleil et retenait la sueur coulant malgré tout sur ses joues.

Senmout battit les flancs de sa mule de ses deux talons nus. Il l'excita du bout de son bâton comme pour l'encourager à achever la route. L'animal glissait sur les cailloux jalonnant le chemin. Il grimpait en secouant sa crinière et avançait d'un pas égal, à sa cadence. Senmout mit enfin pied à terre et saisit dans l'un des deux paniers que portait la mule une gourde d'eau dont il s'aspergea le visage. L'air sec du désert avait rendu son palais dur comme la pierre. Il aurait bu toute l'eau du fleuve.

— Ainsi donc, la reine n'apprécie plus ce site digne des dieux, dit Djehouty en imitant Senmout. Cette tombe, construite à l'écart de tout, au milieu des monts arides, aurait pourtant été préservée des pilleurs.

Senmout médita en observant la vallée du Nil s'étalant à ses pieds, le fleuve sinueux d'une largeur inégale disparaissant vers la Nubie. Il pivota sur lui-même et contempla dans le même silence les sommets des montagnes ou des collines qu'ils dominaient. Dans cet endroit isolé où seuls les cris des oiseaux déchiraient l'espace, l'immensité faisait oublier la petitesse et la vanité des hommes.

— Quel dommage! ajouta Djehouty. La tombe était presque achevée. Le couloir nous a demandé tant d'efforts ! Creuser en plein centre de la falaise n'a pas été de tout repos !

— Je le sais, murmura Senmout, mais les ordres de la reine Hatchepsout n'admettent aucune contradiction.

— Loin de moi l'idée d'offenser la digne fille d'Amon, Souveraine des Deux Pays, répondit sagement Djehouty.

Une vingtaine d'ouvriers parvinrent à leur tour devant l'entrée de la tombe royale. Ils sautèrent à terre et empruntèrent la rampe d'accès du tombeau à la suite de Semnout. Puis ils pénétrèrent dans le couloir qui les mena à une petite pièce humide, l'antichambre du tombeau royal. Dans un angle avait été placé le sarcophage en quartzite commandé par la reine, le couvercle épais mis en travers. Senmout lut l'inscription gravée à la demande d'Hatchepsout : « La glorieuse Princesse, majestueuse en hommages et en gloire, Maître de toutes les régions, fille et sœur du Roi, Grande Épouse royale, Seigneur du Double Pays, Hatchepsout. »

Sur le couvercle figurait une prière adressée à la déesse Nout : « La fille du roi, l'épouse du dieu, la Grande Épouse royale, maîtresse du Double Pays, Hatchepsout dit ces paroles : "Ô mère Nout, place-toi au-dessus de moi afin que je m'installe parmi les astres éternels et que je ne meure jamais." »

— Le corps de la reine ne reposera jamais ici, dit Senmout aux ouvriers. Toutefois, je reprendrai pour un autre sarcophage cette prière empruntée aux anciens « Textes des pyramides » car Hatchepsout vénère ses ancêtres. Votre travail en ce lieu se termine aujourd'hui. Un jour viendra peut-être où un pharaon mourra prématurément. Il sera alors enterré là. Vous n'aurez pas peiné pour rien. Nous poursuivrons, cependant, la tombe de Néférou-Rê que la reine veut tout près d'ici.

Comme les ouvriers écoutaient le discours de Senmout, la tête baissée, l'air manifestement inquiet, l'Administrateur et architecte interrogea Djehouty. Il s'étonnait de leur silence.

— Je ne puis croire que la décision de la reine de changer l'emplacement de son temple de millions d'années soit la raison de leur tracas.

— Ta clairvoyance perce les sentiments des hommes au cœur de leurs pensées, répondit Djehouty.

Il l'entraîna à l'écart. Tous deux distinguaient au bout du tunnel la sortie lumineuse de la tombe.

— Ces hommes ont peur, chuchota Djehouty. Les pharaons ont coutume d'ordonner aux ouvriers des tombes de se donner la mort pour emporter avec eux, dans l'Au-Delà, le secret de l'emplacement des tombes royales. Ils redoutent que la reine Hatchepsout ne suive le modèle de ses augustes ancêtres.

— Dis-leur qu'ils devraient se montrer fiers et comblés de travailler pour la vie céleste de leur souveraine.

Comme Djehouty hochait la tête sans conviction, Senmout le rassura.

— Toi aussi, tu crains donc de perdre la vie ?

— Je l'avoue.

— Eh bien, rassure-toi. La reine, dans toute sa bonté, a évoqué ces détails avec moi. Tu peux la servir avec sérénité. Mais plût aux dieux que nous vivions suffisamment longtemps pour accomplir notre tâche car celle-ci va être immense. Tu n'as pas encore vu l'endroit qu'elle a choisi près de la tombe de Montouhotep qui occupe déjà une partie de ce cirque rocheux qu'elle admire. Elle souhaite pour sa propre tombe la même architecture en terrasses. Aujourd'hui, je ne suis même pas certain de pouvoir réaliser ce projet tant il se révèle ambitieux. La dernière terrasse devra s'adosser à la montagne vertigineuse qui surplombera l'ensemble du temple. Le moindre éboulis provoquerait la destruction de l'édifice.

— Rassure-moi, vénérable Senmout, répliqua Djehouty en oubliant de baisser la voix. Ce temple se trouvera-t-il bien dans un lieu caché, à l'abri des malfaiteurs et des voleurs ? Tu me l'as vaguement situé. Je le juge trop près du Nil. Il me paraît beaucoup plus facile d'accès que celui-ci. Nul besoin d'escalader les monts pour y parvenir. Une enceinte de collines pelées l'enveloppe tout entier. Ce mur naturel représente sa seule protection contre les Égyptiens sacrilèges qui osent violer les tombes de leurs rois. As-tu tenté d'évoquer ce sujet avec la reine ?

— La reine m'écoute sauf quand le dieu lui montre le chemin...

Pendant que les ouvriers reprenaient leur souffle en profitant de la fraîcheur du premier tombeau d'Hatchepsout, s'asseyant sur le sol en attendant servilement les décisions de leur maître Senmout, l'architecte tira de son sac un rouleau soigneusement retenu par un ruban en laine. Il invita le chef de chantier Djehouty à s'installer près de lui, le dos accolé au mur suintant malgré la sécheresse extérieure. Non loin de là, un trou rempli d'eau claire signalait qu'il avait plu au moment où les ouvriers avaient accompli leurs travaux. Cette eau ne s'était toujours pas évaporée après tant de jours inondés de soleil. Elle semblait reposer là pour l'éternité.

Senmout déplia son rouleau de papyrus et l'étendit sur le sol par-dessus une étoffe de lin. Il plaça aux quatre coins les pierres qu'il trouva à portée de sa main puis il désigna du doigt les parties essentielles de la nouvelle tombe d'Hatchepsout. Son dessin, net et souligné d'encre, provoqua les sifflements d'admiration de Djehouty. Certains ouvriers se levèrent et se joignirent à eux mais Senmout leur donna l'ordre de les attendre dans la pièce circulaire.

— Voilà le temple de Montouhotep, précisa Senmout d'un ton docte en regardant Djehouty, le front plissé comme s'il réclamait de lui l'attention généralement accordée à un maître d'école.

— Je comprends. Ces formes représentent le cirque rocheux ?

— Tout à fait. Voilà les terrasses, la première précédée de deux rangées de sphinx ayant les traits d'Hatchepsout. Ils formeront une allée jusqu'à la première rampe d'accès, large et blanche. De part et d'autre de cette terrasse seront peintes les principales scènes de la vie de notre souveraine, sa campagne en Nubie, sa naissance divine...

— La deuxième terrasse se présentera-t-elle d'une manière identique ?

— Exactement. Là s'arrêtera la procession du dieu Amon quand sa barque quittera son temple de Karnak. Le peuple et les notables viendront l'acclamer. La reine et le roi encenseront la barque. Le dieu Anubis figurera sur les peintures de l'est tandis que la déesse Hathor possédera sa chapelle à l'angle ouest de la deuxième terrasse.

— Tu as également prévu un troisième niveau, remarqua Djehouty.

— Le plus important. Là seront élevés de magnifiques piliers osiriaques à l'image d'Hatchepsout. Une porte en granit permettra d'accéder à une cour hypostyle entourée des statues de la reine. Un autel en calcaire servira aux sacrifices en l'honneur d'Amon. Une chapelle d'Anubis complétera le décor. Mais pour pénétrer dans l'endroit le plus sacré, le sanctuaire d'Amon, il faudra passer une seconde porte en granit et entrer dans la montagne où deux pièces accueilleront la reine les jours de fête. Hatchepsout y allumera au crépuscule les torches destinées à chasser les mauvais esprits. Elle fera disposer sur le bassin rempli de lait la barque d'Amon et placera les torches aux quatre points cardinaux en veillant sur la divinité. Quand Rê surgira au matin, elle pourra alors éteindre le feu en le plongeant dans le bassin de lait.

— Une chapelle d'Anubis, dis-tu, mais n'as-tu pas évoqué une telle chapelle sur la deuxième terrasse ?

— Hatchepsout n'aura-t-elle pas eu deux tombes ? répondit Senmout. Pourquoi Anubis ne posséderait-il pas deux chapelles, une pour les humains, une autre, plus élevée et plus sacrée, pour les souverains et les dieux. Ainsi les rites effectués dans l'espace inférieur se compléteront-ils par ceux qui honoreront le dieu sur la terrasse supérieure. Partout, des statues d'Hatchepsout en pharaon, en sphinx, portant les couronnes de haute et basse Égypte embelliront le temple. Partout, des peintures de la reine en compagnie de Thoutmosis Ier le regretté rappelleront la mémoire de cette reine unique. Partout, son cartouche, ses noms seront gravés par d'habiles sculpteurs. Aucun pilier, aucun mur, aucune rampe n'échappera à cet honneur suprême. Le cobra de Maât, déesse de l'équilibre, que la reine porte sur son front sous la forme de l'uraeus, le disque solaire de Rê, la croix *ankh* de vie et le signe *ka* représentant le souffle du dieu Soleil symboliseront le nom d'Hatchepsout Maâtkarê, la « Première de toutes, déesse de la justice et force vitale de Rê » !

Senmout manifestait un tel enthousiasme qu'il en avait oublié l'endroit où il se trouvait.

— Rien de comparable avec cette modeste tombe, dit Djehouty en parcourant des yeux le sombre couloir. Il est d'ailleurs temps d'en sortir car les hommes vont suffoquer dans cet espace réduit.

— Tu l'as compris. Hatchepsout souhaite une tombe digne de son règne.

Les deux hommes se levèrent et secouèrent la poussière qui collait à leur pagne. Senmout replaça son dessin dans son sac et appela les ouvriers. Djehouty ne disait mot. Il paraissait accablé par la grandeur du projet de la reine.

— Tu t'es révélé habile et savant, lui dit Senmout. Je souhaiterais ton avis. Peux-tu m'accompagner jusqu'au site choisi par Hatchepsout ? Inutile de te préciser qu'il te faudra garder le secret de cet emplacement, faute de quoi j'ordonnerai ton exécution.

— Mon ami, tu connais ma discrétion. Si ce projet se réalise et si tu me fais l'honneur de m'embaucher pour travailler sur la tombe de la reine, je consacrerai chaque jour de ma vie à accomplir ma tâche le mieux possible.

— Voilà ce que je souhaitais entendre, dit Senmout en souriant. J'ai parlé de toi à la reine. Elle sera ravie de te savoir si bien disposé. Elle a également l'intention de te recevoir au palais.

— Mais qui suis-je pour mériter un tel honneur ?

— Un merveilleux artisan et un fidèle ami.

Les ouvriers ne quittèrent pas la tombe sans regret. Ils avaient longuement peiné dans les couloirs et les petites pièces qui seraient provisoirement abandonnés. Rê les saisit au sortir de la tombe. Ils restèrent un instant éblouis et vaguement désorientés par la décision de la reine d'abandonner un si pénible chantier dont ils voyaient enfin le terme. Senmout leur demanda de rejoindre le village de Deir el-Medineh où ils habitaient et d'attendre de nouvelles instructions.

— Viens avec moi, dit-il à Djehouty. Rendons-nous sur le site apprécié par la reine.

Les artisans descendirent lentement et en file par les passes sinueuses des monts. D'habitude bavards et blagueurs, ils préféraient se taire, méditant sans doute la décision de leur souveraine. En revanche, la perspective d'avoir quelques jours de repos les remplissait de joie car ils avaient travaillé dur pendant de nombreuses saisons afin de plaire à Hatchepsout, à l'architecte Senmout et au contremaître Djehouty. Se prélasser sur leur couche, profiter de leurs enfants et de leurs épouses les contentaient. Pharaon leur ferait apporter leur salaire de sacs de céréales, de nouveaux vêtements et des cadeaux agréables.

Djehouty et Senmout prirent, eux aussi, le chemin du retour à dos de mule en évitant les pierres qui déboulaient sous les sabots des animaux habiles habitués au trajet. Ils ne disaient mot. Ils chevauchèrent ainsi pendant longtemps quand Senmout s'arrêta soudain au bord d'une falaise de calcaire. Il invita Djehouty à approcher.

— Regarde en bas de ce précipice, lui dit-il.

Djehouty se pencha en prenant garde de ne pas glisser sur le bord érodé de la falaise.

— Voilà le temple de Montouhotep, dit-il en contemplant d'en haut la terrasse du tombeau qui datait de plus de cinq cents ans.

— Précisément. Le temple d'Hatchepsout se trouvera donc à cet endroit.

Senmout pointa son doigt vers la gauche.

— Mais il faudrait déblayer ce cirque !

— Exactement. Le sanctuaire doit être bâti parallèlement à celui de Montouhotep. La reine deviendra ainsi l'hôte d'Amon à qui sera dédié le sanctuaire. Cinquante paires de sphinx en grès formeront à l'entrée une allée construite dans l'axe du sanctuaire de Karnak. Des chapelles-reposoirs permettront aux porteurs de déposer la barque d'Amon pendant leur trajet qui les conduira de Karnak au temple d'Hatchepsout.

Senmout refit à Djehouty le récit que lui avait dicté Hatchepsout.

— Bien, dit simplement Djehouty.

— Alors ? Qu'en penses-tu ? Crois-tu que nous pourrons creuser dans cette falaise friable pour aménager le sanctuaire d'Amon et faire reposer contre ce mur naturel le temple de la reine ?

— Je suis sceptique, répondit Djehouty. Mais Montouhotep ne l'a-t-il pas ordonné il y a bien des années avec succès ? Aucune pierre n'a endommagé son temple. La dernière salle est la plus menacée. Cette pointe rocheuse la domine et ne demande qu'à l'anéantir. Cette catastrophe se produira un jour.

Senmout parut contrarié.

— Tu ne crois donc pas en ce projet, dit-il. J'avoue moi aussi mes réticences. Je vais informer la reine...

Djehouty l'arrêta. Derrière eux, au loin, se dessinait la falaise ocre dissimulant la première tombe d'Hatchepsout. Mais ce site sauvage dégageait une atmosphère particulière.

— Ne ressens-tu pas cet appel d'Amon ? dit Djehouty. N'entends-tu pas les murmures d'Hathor ? Anubis ne te parle-t-il pas ?

Tous deux se turent, impressionnés. Un petit vent sifflait entre les failles des falaises. La poussière dorée rasait le sol en chuchotant. Un tourbillon de sable se souleva et s'engouffra dans le cirque en les aveuglant. Ils ressentirent alors une étrange sensation. Amon paraissait avoir trouvé son refuge dans cet espace solitaire. Les divinités semblaient lui répondre et alors même qu'ils croyaient cet endroit désert et calme, ils se rendirent compte que le site était déjà habité par des âmes divines qui les invitaient mystérieusement à créer, à bâtir, à embellir le domaine des dieux et de la fille d'Amon.

— Les dieux ont choisi Hatchepsout, dit Djehouty. Ils l'ont conduite dans ce lieu sacré. Nous y construirons pour son âme éternelle le plus beau des temples.

Ils crurent alors entendre des éclats de rire collectifs qui se répercutèrent contre les parois irrégulières de la montagne, se répondant à l'infini. Puis des chants susurrés accompagnèrent la puissance de Rê qui rougit la pierre sableuse. Senmout frémit. Son simple pagne blanc ne suffisait pas à le protéger du souffle glacé qui venait de parcourir ses membres et son dos. Pourtant, ses joues ruisselaient, son front transpirait, ses cheveux, mouillés, collaient à son crâne. Il n'avait jamais eu aussi chaud. Son cœur fut transporté dans un monde inconnu et il comprit alors les paroles de Djehouty, sensible, lui aussi, à cette indicible sensation. Là circulait le souffle divin; là vivait Amon; là les hommes se laissaient dépasser par l'inexplicable, attirés par le vertige du vide les invitant au plaisir divin.

II

Pendant toute la période de l'inondation de la vallée du Nil, Senmout travailla sans relâche. Les Nubiens n'avaient pas tenté de nouvelle sédition depuis qu'Hatchepsout était allée les combattre vaillamment si bien que l'Égypte vivait en paix depuis de longs mois.

Hatchepsout redoutait, cependant, une invasion de ces peuples sauvages et cruels installés en Mésopotamie. Depuis qu'un étrange messager du roi Sauztata s'était présenté au palais pour répondre à son invitation, elle se méfiait de ses intentions. Elle avait maintes fois pris le calame pour lui répondre ou dicter à son scribe un début de missive afin de lui faire comprendre qu'elle n'était pas dupe de son hypocrite message d'amitié, mais Senmout lui avait vivement conseillé d'y renoncer. « Comment ? avait répondu Hatchepsout avec son impulsion habituelle. Me laisser ainsi berner par un roi non civilisé sans lui écrire que j'ai saisi son manège ! S'il ose tenter une campagne contre les Égyptiens, je saurai lui répondre à l'égal de mon père en opposant à ses hordes terribles mes vaillants soldats et mon meilleur général ! »

Senmout avait calmé ses emportements de jeunesse qu'elle parvenait maintenant à tempérer d'elle-même. Pourquoi révéler ses cartes à l'ennemi ? La reine avait compris que le messager du roi Sauztata n'était qu'un espion venu constater la popularité de la reine et la puissance de l'Égypte. D'anciens Thébains passés à l'ennemi accompagnaient même l'envoyé du roi. Alors que la reine cherchait à entretenir d'excellentes relations avec ses alliés et les anciens adversaires de l'Égypte, les conclusions d'un tel comportement s'avéraient évidentes : le roi Sauztata avait besoin de renseignements sur l'état de l'Égypte et le sentiment des Égyptiens à l'égard de leur reine. Sans doute cet homme conquérant de nombreux pays convoitait-il d'occuper les bords du Nil et de traîner la reine devant son char triomphal comme une vulgaire prisonnière !

Hatchepsout n'en finissait pas de distribuer ses ordres. Elle voulait que les travaux de restauration et d'agrandissement des temples de Pakhet pussent commencer dans les plus brefs délais en Moyenne-Égypte. Mais quand un chef de chantier se présentait au palais, elle en convoquait un autre, jugeant plus urgent d'honorer finalement les dieux Khnoum et Satet au sud de Thèbes que la déesse du désert. Dans ses songes, elle voyait soudain cette dernière devenir redoutable et envoyer aux Égyptiens les pires maladies. Aussi se rétractait-elle alors en modifiant ses instructions.

Dans son immense désir de satisfaire la reine, Senmout activait toutes les équipes. Il recevait des architectes, délibérait avec eux autour de plans précis, discutait de la taille des temples, des colonnades, des piliers osiriaques ou hathoriques, de la disposition des pièces, des cours, des fresques et des inscriptions.

Sachant combien la reine souhaitait aussi embellir le grand temple d'Amon à Karnak, Senmout lui avait proposé d'y construire un magnifique pylône et d'y ériger des obélisques dont la pointe dorée toucherait les cieux. Cette idée avait tant séduit Hatchepsout qu'elle rêvait la nuit de ces dizaines d'ouvriers accroupis dans les carrières de Nubie qui creusaient la roche pour lui donner une forme, la polissant, la sculptant, dessinant son cartouche royal. Elle s'éveillait brusquement au moment où l'un des artisans fendait la pierre d'un geste maladroit, la contraignant à abandonner là l'obélisque destiné au temple divin.

Chaque jour, Hatchepsout demandait avec empressement à Senmout si les plans, les ébauches avançaient. On eût dit que, non contente de redonner aux sanctuaires des dieux égyptiens leur magnificence d'autrefois, elle cherchait à s'imposer comme un pharaon bâtisseur d'une envergure inégalée, celui qui couvrirait les rives du Nil des plus beaux monuments.

Quand Senmout s'enfermait dans son cabinet pour lui faire un compte rendu discret, Hatchepsout jetait toujours un œil noir sur les va-et-vient de la jeune Iset qui osait promener elle-même son enfant nouveau-né dans les jardins du palais, affichant partout sa joie d'avoir un fils du roi Thoutmosis II. La belle-mère d'Hatchepsout, la redoutable Moutnéfret, se complaisait à l'accompagner et à s'asseoir sous la fenêtre du bureau de la reine en berçant Thoutmosis, troisième du nom, comme s'il s'agissait de son propre fils.

Agacée par les cris de l'enfant, la reine ordonnait aussitôt de fermer la petite fenêtre en ajoutant pour se réconforter que le fils de son mari Thoutmosis II ne pouvait qu'être à l'image de son père poltron et paresseux, laid et maladif, sa mère, l'effrontée danseuse Iset, ne lui ayant transmis que son futile babillage et sa vulgaire beauté.

Senmout avait le don de redonner à Hatchepsout son sourire enfantin. Il recevait d'elle d'innombrables cadeaux. Un jour, la reine tapa dans ses mains pour ordonner d'apporter une nouvelle statue de son administrateur et amant.

— Tu la mettras dans ton sanctuaire, lui dit-elle, avec les autres...

Un autre jour, elle affirma :

— Senmout, je veux que tu acceptes ces tabourets, ces lits, ces coffres d'un grand prix. Ils ont été travaillés dans du bois de Byblos. J'ai décidé que tu figurerais sur les murs de mon temple de millions d'années. Tu fais partie de ma vie. Je t'apprécie et t'aime autant que ma petite Néférou-Rê. Vous êtes les deux êtres les plus chers à mon cœur avec ma mère Ahmose et ma tendre nourrice Shatra. Puisque les peintures qui orneront mon temple retraceront ma vie terrestre et ma naissance céleste, je juge naturel que tu y sois à mes côtés.

Comme Senmout s'apprêtait à protester, conscient qu'un tel honneur lui attirerait bien des jalousies, Hatchepsout lui interdit de refuser.

— Quand mon temple sera achevé, je te ferai un

cadeau plus grand encore. Tu auras l'autorisation de construire ton propre sanctuaire à côté du mien.

— Pense aux mécontentements que tu risques de soulever, la supplia Senmout. J'ai déjà décidé de faire creuser ma tombe au-dessus de celle de mes parents dans la colline de Cheikh el-Gournah. Elle se trouvera peu éloignée de ton futur temple et nous éviterons ainsi les médisances ou les profanations.

— Nous en reparlerons, conclut Hatchepsout en attirant Senmout auprès d'elle.

La reine redécouvrait avec délices le plaisir des sens dans les bras de l'Administrateur. Sensuelle, gourmande, son amour de la vie s'étendait à l'infini. Malgré la profonde tendresse qu'elle éprouvait pour Néférou-Rê dont elle contrôlait sévèrement l'éducation, elle souhaitait un fils, estimant plus facile pour un homme de s'imposer à la tête de l'Égypte. Mais comme si Amon refusait d'accomplir toutes les volontés de la dynastie née avec Ahmosis le victorieux, Hatchepsout contemplait son ventre plat avec tristesse.

Elle désirait secrètement mais ardemment un enfant mâle de son cher Senmout. Son plan était déjà arrêté : si elle constatait qu'elle attendait un enfant, elle saurait bien charmer son demi-frère et époux Thoutmosis pour qu'il partageât sa couche une ou deux nuits. Peu à peu, elle ressentait à son égard de la pitié. La haine qu'elle éprouvait pour lui lorsqu'ils s'étaient mariés s'était teintée de condescendance. Cet adolescent qu'elle savait lâche et prétentieux parvenait maintenant à l'apitoyer. Thoutmosis ne se révélait pas, en effet, le pharaon robuste et brillant que sa mère Moutnéfret espérait. Seule cette dernière ne semblait pas voir combien son fils perdait chaque jour ses forces avant même d'avoir atteint la maturité.

*
**

La veille du jour divin où elle devait placer sur le sol de la « Grande Prairie » la première pierre de son temple de millions d'années, Hatchepsout attendit qu'Iset se fût assise à l'ombre d'un sycomore pour surveiller son fils qui dormait dans un berceau en osier. La jeune femme agita devant ses yeux un jouet en forme de cheval et lui chanta une berceuse d'une voix douce.

Profitant de l'absence de Senmout qui préparait les cérémonies du lendemain, la reine se glissa hors de ses appartements en donnant l'ordre à ses gardes de rester devant l'entrée de son bureau. Puis elle gagna la chambre de Thoutmosis II, proche du harem, persuadée que celui-ci somnolait en attendant le retour d'Iset. Elle se fit annoncer. La garde privée de Thoutmosis s'inclina devant Hatchepsout qui avait revêtu une tenue masculine. Un long pagne en forme de trapèze lui arrivait au-dessous des genoux. Sa poitrine menue paraissait compressée par des bandelettes sous sa tunique souple. N'eussent été ses yeux, ses pommettes et ses lèvres abondamment maquillés, elle aurait pu passer pour un homme à la coiffe sévère.

Dès que les gardes l'annoncèrent, Thoutmosis se leva. Hatchepsout lui trouva le visage blanc et les traits creusés. Comme s'il sortait de maladie, il avait perdu du poids en quelques jours, donnant l'apparence d'un adolescent plus jeune encore qu'il n'était.

— Je m'étonne de ta visite, dit-il aussitôt à Hatchepsout en lui faisant face. Es-tu venue me narguer comme à ton habitude ? Depuis cette campagne contre les Nubiens où tu t'es illustrée, l'Égypte ne parle plus que de tes exploits !

— Ordonnerais-tu que l'on me servît une bière fraîche ?

— Certainement, répondit Thoutmosis, embarrassé.

Tous deux s'assirent sur les seuls fauteuils de la petite pièce carrée où abondaient les coffres et les boîtes de fards car Thoutmosis appréciait, comme tous les rois, les parfums et les onguents.

— Tu ne rends guère souvent visite à ta fille Néférou-Rê, remarqua Hatchepsout après un long silence.

— Est-elle seulement ma fille ? répondit Thoutmosis. Ses gouvernantes et son précepteur s'en occupent parfaitement.

— Tu préfères sans doute choyer le fils d'une vulgaire danseuse ! Néférou-Rê est la descendante du grand Ahmosis.

— Comment l'oublier ? Tu te charges de le rappeler à chaque occasion. Aucune fête ne se déroule sans que Néférou-Rê n'apparaisse à tes côtés.

— Et aux tiens ! Je ne suis pas venue te chercher querelle. Je poserai demain dans le cirque rocheux de la Vaste Prairie la première pierre de mon temple de millions d'années. Je remercie Amon de m'offrir cette chance. D'autres pharaons ont rejoint Osiris dans l'Au-Delà avant même que leurs temples ne fussent commencés !

— Ta gloire resplendira encore davantage à la face du monde.

Hatchepsout hésita à poursuivre. Elle regrettait presque sa démarche devant le ton bourru de son époux. Toutefois, en entendant des éclats de voix lancés par les filles du harem qui s'appelaient par les fenêtres ouvertes, elle choisit de parler avant qu'Iset ne revînt. Elle aurait pu l'humilier et la remettre à sa place devant Thoutmosis mais elle n'avait pas le cœur aux hostilités. Son père divin Amon l'inondait d'une paix intérieure étonnante et d'une sérénité exceptionnelle.

Thoutmosis se leva en percevant le bruit des préparatifs du banquet dans les appartements des femmes du harem. Hatchepsout l'arrêta d'un geste.

— Tu auras le loisir de retrouver celles que tu apprécies tant, lui dit-elle, mais, auparavant, écoute-moi. Les femmes secondaires n'ont jamais été aussi nombreuses dans le harem. J'ai même vu défiler devant moi lors de notre triomphe des prisonnières nubiennes à la peau jeune et luisante, tout juste pubères, qui font aujourd'hui tes délices. Je te les ai volontiers offertes car je connais ton goût pour les fillettes aux seins menus et au corps droit, presque dépourvues de formes. Tu comprends donc que je ne te reproche pas tes attirances ni la manière dont tu occupes ton temps...

Thoutmosis montra son impatience.

— Où veux-tu en venir, par Rê tout-puissant ? Ton discours n'en finit pas et je pressens le pire !

— Afin de souder notre amitié, je souhaiterais qu'un peintre nous représentât côte à côte sur des fresques de mon temple d'éternité. Il nous peindrait l'un en face de l'autre avec des tailles identiques.

— L'un en face de l'autre ? s'étonna Thoutmosis en souriant étrangement. Ne voulais-tu pas dire plutôt l'un derrière l'autre ?

— Je n'occuperai pas la première place...

— Même si tel est le cas en réalité...

Hatchepsout préféra ne pas répondre. Elle se leva dignement, le corps un peu raide dans son encombrant vêtement.

— Réfléchis, Thoutmosis. Ton cartouche sera dessiné à côté du mien. Les dieux veilleront sur nos images. La croix *ankh* de vie, le scarabée Kheper, l'ibis, le cobra symbole de Maât, le disque solaire du dieu Rê et le signe du *ka* divin encadreront nos représentations. En haut dominera le vautour aux larges ailes déployées nous protégeant dans notre course éternelle.

— Contente-toi de poser demain la première pierre de ton temple, répondit Thoutmosis en retrouvant sa morgue. Si les dieux ne font pas écrouler un pan de la falaise sur ton auguste sanctuaire, nous envisagerons alors de le sculpter ou de le peindre.

Une musique langoureuse, voluptueuse comme un parfum capiteux, s'imposa dans la pièce, se glissant par la fenêtre, apportée par une brise chaude. Des voix mélodieuses parvinrent jusqu'à leurs oreilles.

Des éclats de rire clairs entrecoupaient parfois les refrains populaires repris en une mélodie incessante par les jeunes femmes du harem. On les imaginait en train de se vêtir, pour la fête, de tuniques transparentes, de voiles blanchâtres et de bijoux fins ornant leurs poignets, leurs chevilles et le tour de leur taille. Elles s'aidaient sans doute mutuellement à relever leur chevelure et à la dissimuler sous une perruque apprêtée, décorée elle-même d'une fine chaîne d'or. Des bracelets épais et lourds représentant un serpent lové enserraient le haut de leurs bras menus.

— N'aie aucune crainte, répliqua Hatchepsout, agacée, à son demi-frère. Amon protégera mon temple éternellement. Prends plutôt garde qu'il ne détruise un jour ton harem en lançant la foudre sur lui pour me venger de tes sottes réflexions ! Je te propose de partager mon lieu d'éternité et tu t'y refuses. Je t'ai conseillé de guider notre ancien maître Montou qui emmènera demain les meilleurs étudiants du palais sur les sites sacrés de nos ancêtres. Ce voyage aux pyramides t'aurait rendu si populaire ! Pourquoi perdre une telle occasion de te montrer au peuple égyptien ?

— Sans doute comptes-tu ainsi gouverner seule à Thèbes et prendre en mon absence une décision que je n'approuverais pas.

Hatchepsout fit signe aux gardes de se prosterner devant elle. Elle n'avait plus envie de poursuivre la discussion.

— Qui complote, Thoutmosis ? Ne t'ai-je pas vu trop souvent en compagnie de ces prêtres qui désapprouvent les décisions d'une femme au pouvoir ?

Thoutmosis rougit.

— Je te promets de songer à ta proposition, lui dit-il, à condition que mon temple soit également entrepris dans les plus brefs délais et qu'il ne soit en rien inférieur au tien.

Hatchepsout respira profondément comme si elle ne tolérait plus la vanité de son époux.

— Amuse-toi bien ce soir, dit-elle avec ironie. Les filles se font belles pour toi. Je m'étonne qu'Iset puisse les supporter. Elle sait se montrer vindicative quand une éventuelle rivale se met en travers de son chemin...

— Laisse tes sarcasmes. Notre père bien-aimé avait un harem bien rempli lui aussi et aucun roi n'a jamais entendu à ce sujet de reproches de la Grande Épouse royale.

— Une Grande Épouse royale ? En vois-tu une dans ce palais à l'exception de ma mère Ahmose ?

— Aux yeux des Égyptiens, tu es l'épouse de Pharaon !

Hatchepsout devint soudain rouge de colère.

— Oublierais-tu les dernières volontés de ton père ? Je suis l'héritière de la dynastie ! Je te supplée à la tête de l'État. Je combats aux premiers rangs quand il faut montrer à tous la puissance de l'Égypte ! Comment oses-tu prétendre que tu gouvernes à l'égal de notre père ?

— Défends-toi ! Appelle Amon à ton aide !

Implore tous les dieux! Tu ne modifieras pas la nature qui t'a fait naître femme!

— Mieux vaut être une femme courageuse qu'un mâle stupide!

En sortant dans le couloir, Hatchepsout se heurta à Iset qui tenait devant elle l'encombrant berceau. Elle regarda malgré elle cet enfant au teint pâle et aux cheveux noirs qui s'était rendormi. Comme s'il sentait les yeux de la reine braqués sur lui, Thoutmosis troisième du nom se réveilla et plongea ses yeux immenses dans les siens. Elle fut captivée et bouleversée par ce regard intense chez ce nouveau-né et crut lui trouver avec angoisse une étrange ressemblance avec son père. Son visage étonnamment allongé pour un enfant si petit, ses pommettes un peu creuses, ses prunelles vives et intelligentes lui rappelèrent le pharaon Thoutmosis Ier.

Comme elle ne lui rendait pas son sourire, l'enfant grimaça, prêt à pleurer. Les traits d'Hatchepsout se détendirent aussitôt. Elle ne put s'empêcher de se pencher vers lui pour lui caresser les joues d'un revers de la main. Elle crut voir l'espace d'un instant sa propre fille Néférou-Rê à six mois. « Ils sont tous deux frère et sœur et je n'ai jamais regardé ce fils de mon époux », se dit-elle tout à coup.

Iset avança avec le berceau pour que la reine ne pût caresser son enfant plus longtemps.

— Il me semblait que tu avais appris en mûrissant l'obéissance et le respect, dit Hatchepsout à la jeune femme en plongeant ses yeux noirs dans les siens. Incline-toi devant ta souveraine!

— Je dois pour cela poser ce berceau à terre.

— Donne-le donc à sa nourrice ou à l'un des gardes! Mais obéis si tu ne veux pas tâter du crocodile!

Iset se tourna vers le roi Thoutmosis qui lui fit

signe de respecter les coutumes et les égards que tout sujet devait à sa reine. La jeune femme salua Hatchepsout avec la plus grande élégance, limitant sa révérence à l'essentiel.

— La prochaine fois, fais en sorte que nous ne soyons pas obligés de te rappeler tes devoirs sinon tu quitteras ce palais sur-le-champ ! dit Hatchepsout.

Iset leva les yeux vers Thoutmosis qui demeura impassible. Même lui ne pouvait faire fi du protocole. Hatchepsout était bien le premier souverain du palais de Thèbes.

III

Hatchepsout sentit avec bonheur la douce présence de Senmout auprès d'elle pendant la nuit étoilée qui suivit et qui les entoura d'une pesante tranquillité. La brise leur apportait les senteurs du soir, les rapprochant davantage dans leur couche commune.

À l'aube, des bruits de trompettes retentirent. La lumière de Rê s'infiltra dans la pièce. Hatchepsout secoua tendrement Senmout.

— C'est le plus beau jour de ma vie ! dit-elle.

— N'as-tu pas, Reine des Deux Pays, ma divine, prononcé les mêmes paroles lors de ton couronnement ? marmonna Senmout en s'asseyant sur la couverture froissée.

— Tu as raison ! répondit Hatchepsout. Et, dans les deux occasions, Amon m'attendait.

Sans même tenter de cacher sa nudité, Hatchepsout se leva et alla se faire laver. Puis elle s'étendit sur une table de massage et se laissa oindre de parfum et d'huile. Comme un majordome et un scribe entraient pour lui lire les dépêches, elle leur demanda de se retirer.

— Pour une fois, je prendrai connaissance du courrier dans la soirée, dit-elle à Senmout.

— Il sera abondant car tu recevras des félicitations de toutes les villes, répondit Senmout en se livrant lui aussi aux mains des serviteurs.

— Il fait chaud. Je suis sûre que les Thébains attendent le cortège royal tout le long du chemin qui nous mènera au Nil. Les drapeaux ont été alignés dans la cour. Les dignitaires de Memphis, de Nubie et de Bouto sont arrivés. Les vizirs et les gouverneurs doivent déjà patienter dans les salles du palais.

À quelques pas des appartements de la reine, Moutnéfret rongeait son frein. Elle avalait des figues avec rage et reprochait à ses servantes tous les maux de la terre. Quant à Thoutmosis II, il dictait une réponse aux diverses lettres qu'il avait reçues comme si de rien n'était. Contrairement à sa mère, il avait abandonné toute colère contre Hatchepsout, peut-être parce qu'il se sentait souffrant ou qu'il avait compris que la meilleure solution ne consistait pas à se heurter à la reine, peut-être aussi parce qu'il préparait sa vengeance.

— Te voilà passif et mou, lui dit Moutnéfret en renvoyant les scribes.

— Je suis le roi, dit simplement Thoutmosis. Qui t'a donné l'ordre de chasser mes scribes alors que je dois leur dicter une dernière lettre ?

— Hatchepsout va poser aujourd'hui la première pierre de son temple de millions d'années et toi, tu n'as pas encore entrepris de faire construire le tien !

— Je n'ai pas envie de polémiquer avec toi, répondit Thoutmosis. Je mange tranquillement quelques fruits en répondant à des gouverneurs autrefois ennemis de l'Égypte et tu viens faire ici une scène de jalousie...

— Mais Hatchepsout te vole le pouvoir !

Thoutmosis l'arrêta de la main.

— Je connais ton discours et je reconnais que tu as raison. Cependant, je te demande de me faire confiance et de me laisser agir à ma manière.

Moutnéfret fut si étonnée de cette réponse qu'elle le laissa seul sans rien ajouter. Les champs de bataille avaient-ils aguerri son fils ? Celui-ci devenait-il enfin conscient des manigances politiques ?

Hatchepsout avait revêtu une robe ample et majestueuse. Sa coiffeuse releva ses lourdes tresses sur sa tête et les coiffa d'un diadème. La reine réclama son miroir.

— Qu'en penses-tu, Senmout ? demanda-t-elle avec un sourire satisfait.

L'Administrateur tendit le cou, le corps inondé de senteurs.

— Tu es admirable, Vénérable des vénérables. Je suis bientôt prêt. Ne fais plus attendre les dignitaires ni ton peuple aimé. Ordonne d'apporter ta litière !

Hatchepsout rejoignit les vizirs et les gouverneurs qui s'inclinèrent devant elle. Ils la suivirent jusqu'à sa litière encombrée d'un trône doré qui rutila bientôt sous les rais du soleil. Deux domestiques l'éventaient avec de larges plumes d'autruche. Le peuple massé près du palais se poussait pour mieux apercevoir sa reine aux bijoux resplendissants et à la couronne imposante. Puis il se couchait dans la poussière.

Les membres de la famille royale, les vizirs et les courtisans suivaient, le front haut et le regard fixe. De riches cultivateurs, à qui la reine avait confié de grandes parcelles de terrain à exploiter, et des hauts fonctionnaires arrivaient ensuite. Senmout avait rejoint le cortège juste avant son départ. Il avait choisi pour l'occasion une perruque courte et une tunique longue très solennelle. Plus maquillé que d'habitude, les cheveux luisants d'onguents préparés par Kallisthès, il se laissait porter en souriant tout en discutant avec son secrétaire.

Aucun prêtre n'accompagnait le cortège. Ils attendaient tous dans la Vaste Prairie l'arrivée de la reine. À l'approche du Nil, Hatchepsout mit pied à terre, imitée par tous les membres du cortège qui s'apprêtaient à traverser le fleuve. Le peuple hurla son contentement. Elle le salua de la main alors que son père restait généralement immobile devant toutes les manifestations d'allégresse. Puis elle donna l'ordre d'embarquer. Certains Thébains empruntèrent leur propre barque et reçurent l'autorisation de suivre les barques royales mais aucun Égyptien ne put débarquer sur la rive des morts.

On racontait, cependant, que la reine avait décidé de célébrer dans son sanctuaire éternel les plus belles fêtes de l'année et que le peuple thébain pourrait alors envahir les terrasses du temple pour célébrer Amon transporté de Karnak à Deir el-Bahari.

— Quel événement extraordinaire, murmurait-on dans les rangs. Ainsi donc la reine Hatchepsout, fille d'Amon, ne veut pas garder l'emplacement de son sanctuaire secret comme le réclament la sagesse et la tradition ?

Cette rumeur plaisait aux ouvriers de la Vallée des Morts, persuadés que la reine leur laisserait la vie sauve.

Les Thébains suivirent longtemps des yeux les barques qui s'éloignèrent vers l'autre rive. Là, les prêtres revêtus d'une peau de lion et les officiants attendaient la famille royale pour la conduire, selon les rites, vers l'emplacement choisi par Hatchepsout. La plupart d'entre eux allaient découvrir cet endroit et se demandaient pourquoi la reine l'avait préféré aux autres. Senmout et Djehouty ne se posaient plus la question.

Quand Hatchepsout quitta sa barque, à la surprise de Senmout et de Moutnéfret, Thoutmosis s'avança pour l'aider en lui tendant la main. Ses bracelets en or rutilaient à chacun de ses gestes. Au loin, s'élevait dans le ciel une fumée dont l'odeur d'encens leur parvint jusqu'aux bords du Nil.

Les membres du cortège remontèrent en litière et suivirent les prêtres jusqu'au cirque rocheux de Deir el-Bahari. Quand ils arrivèrent du côté est du site, Moutnéfret ne put s'empêcher de remarquer, en contemplant d'en haut ce site désertique, que la reine n'avait décidément aucun goût. Mais personne ne l'approuva.

En arrivant devant l'espace encore vide qui se trouvait tout près du sanctuaire de Montouhotep, Hatchepsout se prosterna devant une représentation imaginaire du dieu Amon. Elle déposa à terre sa crosse et sa croix *ankh* et déclara :

— Je te bénis, premier des dieux, mon père, donne à ta fille Maâtkarê un temple digne de sa majesté pour son repos éternel.

Thoutmosis crut bon de se joindre à elle et d'appuyer ses prières tandis que la moindre respiration des nobles parvenait à leurs oreilles tant le silence était complet.

En voyant son demi-frère se montrer si complaisant, Hatchepsout craignit qu'il ne préparât un piège. Elle supplia alors Amon, les yeux clos, le visage dans la poussière.

— Accorde-moi de vivre longtemps sur cette terre et de prolonger ma vie dans l'Au-Delà. Que personne ne cherche jamais à attenter à ma vie terrestre !

Dès qu'elle se releva, Hatchepsout croisa le regard admiratif de Senmout. Son corps était de nouveau parcouru de frissons. Thoutmosis ramassa la crosse de la reine et la lui redonna. Elle la plaqua sur sa poitrine avec défi. Le Grand Prêtre, frère de Senmout, disposa alors sur ses épaules une cape brodée de pierres précieuses. Elle fit lentement le tour du site suivie de ses proches. De longs sacrifices honorèrent Amon. Puis Hatchepsout prit la pierre que Senmout lui tendait sur un coussin pourpre. Elle la baisa et se baissa pour la poser à terre. Les larmes aux yeux, elle murmura :

— Que cette pierre soit la première du plus beau temple de cette Vaste Prairie !

Les prêtres répondirent en chœur :

— Qu'il en soit ainsi puisque Maâtkarê le souhaite !

Moutnéfret ne put s'empêcher de hausser les épaules. Au lieu d'assister sa sœur, Thoutmosis devait maintenant songer à un emplacement plus digne que celui-ci pour y faire construire son propre temple.

Quand le cortège regagna la rive des vivants, les Thébains avaient commencé à festoyer. La reine leur avait accordé quelques jours de liberté pour se réjouir. Ils dansaient et buvaient dans les rues, préparant les festivités de la nuit. Au palais, les nombreux invités abandonnèrent spontanément les salles trop chaudes pour se rendre dans le jardin, s'asseyant à terre sur des coussins, à la lumière de petites lampes déposées sur des trépieds ou accrochées aux branches des arbres. Les femmes n'hésitaient pas à s'étendre sur les parterres au risque de tacher leur robe. Les enfants jouaient et criaient.

Le repas commença dans la plus grande joie. Les applaudissements saluaient les chants et les danses. Les plats se succédaient. Senmout mangeait avec Djehouty en observant la servilité de Thoutmosis vis-à-vis de la reine. « Le roi nous cache quelque chose, se dit-il. Comment a-t-il pu changer d'attitude en si peu de temps ? »

— Excuse-moi, mon ami, dit-il au contremaître. Je vois la reine bien rêveuse. J'aimerais savoir quel souci hante sa belle tête.

— Fais donc, lui répondit Djehouty en buvant une coupe pleine de bière fraîche.

Senmout s'approcha d'Hatchepsout et s'assit à son côté sur la pelouse alors qu'elle-même avait pris place sur son trône.

— Qu'il me semble loin le jour où nous avons dîné dans ce jardin tous les deux, dit-elle doucement pour que personne ne l'entendît. Je pouvais alors me permettre de m'asseoir à même le sol sur une simple natte !

— Aujourd'hui, toute l'Égypte t'honore ! s'exclama Senmout. Maâtkarê ne souhaiterait pas dîner aux pieds de ses sujets !

— Je crois que si, répondit Hatchepsout en riant. Vois-tu, Senmout, la construction de mon temple commencera demain. L'excavation va s'agrandir dans la roche friable. Le soleil veillera à la bonne progression des travaux. La nuit, je rêverai à la première terrasse, puis à la deuxième et enfin au sanctuaire d'Amon ! J'ai senti tout à l'heure que le dieu Amon posait sa main sur mon épaule. J'ai vu les déesses Nekhbet et Pakhet tendre les bras vers moi. Je prierai souvent Amon d'aider les ouvriers du temple et j'irai le remercier en personne en dansant dans le sanctuaire au milieu des fleurs et de la myrrhe !

Parce qu'il se dégageait de sa personne une dimension spirituelle, Senmout la trouvait chaque jour de plus en plus belle. Mais il redoutait le paresseux Thoutmosis qui, en mûrissant, ressemblait de plus en plus à son père comme s'il s'appropriait son âme. Il se montrait plus qu'auparavant : dans les temples, dans les rues de Thèbes sur son char magnifique.

Afin de protéger la reine, Senmout cherchait à tout savoir de ses activités.

Il ressentait une étrange crainte devant cette nouvelle assurance. Il observait non sans étonnement cette transformation rapide, et, malgré la douce torpeur qui l'enveloppa avec la nuit, il fut convaincu que ce changement n'avait pas échappé à la vigilance de la reine et qu'elle sentait planer autour d'elle un danger indéfinissable tel un poison qui agit lentement en se répandant sournoisement dans les veines de sa victime.

IV

En apprenant le retour de ses troupes d'Égypte, le roi des Assyriens, Sauztata, sauta à bas de sa couche.

— Vite ! ordonna-t-il d'un ton rude à sa garde personnelle. Allez chercher Kay et Séti. Je veux qu'ils me fassent immédiatement un rapport complet. Ils se reposeront plus tard. Je ne les ai que trop attendus. Pourquoi ont-ils donc tant traîné en route ?

Séti s'était assoupi aussitôt arrivé. Sa longue randonnée à cheval à travers le désert l'avait anéanti. En outre, les nouvelles qu'il rapportait d'Égypte ne l'incitaient pas à se présenter devant le roi assyrien. Il aurait préféré lui apprendre ce qu'il attendait, que la reine Hatchepsout était haïe de son peuple et que le pouvoir égyptien s'en révélait affaibli. Au lieu de quoi, il devrait lui avouer que la souveraine avait épousé son demi-frère Thoutmosis II, qu'elle venait de mater elle-même les robustes Nubiens et qu'elle sortait grandie de cette courte campagne.

Kay préférait lui aussi réfléchir à la réponse qu'il donnerait au roi Sauztata avant de se présenter à lui.

— Les gardes du roi te réclament, lui apprit sa compagne Thémis. Le souverain souhaite te voir sur-le-champ avec Séti.

Kay, qui s'était allongé sur son lit après avoir ôté ses vêtements couverts de sable et de poussière avec soulagement, grommela quelques mots inaudibles.

— Sans doute aurait-il pu vous laisser un peu de répit, dit Thémis en lui préparant une boisson très fraîche. Mais n'oublie pas qu'il nous a prêté cette maison proche du palais en échange de nos services. Si mon père n'avait pas régné sur le Mitanni, nous errerions encore à la recherche d'un toit et d'un travail.

— À cause de moi, répondit Kay qui n'en finissait plus de battre sa coulpe. Le roi Aménophis t'avait accordé une terre et une magnifique demeure pour avoir fait partie de son harem. Parce que j'ai trahi le pharaon Thoutmosis Ier et ai comploté avec lui aux côtés de Séti, il nous a fallu quitter mon cher pays.

— Te voilà bien nostalgique ! dit Thémis en l'observant avec inquiétude. Depuis que tu es retourné en Égypte, le dieu Rê semble t'avoir rappelé que tu es thébain avant tout.

Kay but d'un trait le contenu de la coupe que lui tendait Thémis.

— Je comprends maintenant ce que tu as dû

ressentir lorsque ton père t'a confiée aux soldats du pharaon Aménophis et qu'il t'a fallu quitter ton pays et ta famille sans savoir si tu les reverrais un jour, dit Kay en posant le gobelet sur un tabouret aux pieds en forme de X. Viens près de moi. Assieds-toi là. Tu m'as beaucoup manqué pendant ce voyage. Cependant, je dois t'avouer que j'ai ressenti une joie intense en revoyant les pyramides et en descendant le Nil jusqu'à Thèbes. J'ai contemplé, les larmes aux yeux, la rive de Memphis et me suis alors souvenu de mes parents, de mes jeux d'autrefois, de la vénération que je ressentais pour le pharaon, des rites que nous accomplissions en famille pendant les fêtes nationales. Je me revoyais jouer près du sphinx Nephren, maudire les dieux qui n'écouteraient pas mes vœux et apprendre sagement mes leçons. J'ai alors essayé de comprendre sur quel chemin les divinités avaient conduit mes pas. Pourquoi vénérais-je Pharaon adolescent et pourquoi m'étais-je laissé entraîner plus tard dans un complot contre le roi ? Je me suis senti exclu de mon propre pays que j'aimais, des temples de ma patrie. Notre retour fut triste et je me demande aujourd'hui ce que je fais dans cette région d'entre les deux fleuves qui a trop souvent été l'ennemie de l'Égypte !

Thémis lui prit maternellement le visage entre ses mains.

— J'ai beaucoup souffert, moi aussi, de quitter mon pays et j'en ai terriblement voulu à mon père de m'offrir ainsi au pharaon égyptien. Mais j'ai connu ensuite une vie de rêve. Aménophis s'est toujours révélé bon et généreux avec moi comme avec toutes ses femmes secondaires. Il est inutile de se tourmenter. Le destin nous a entraînés tous deux jusqu'ici. Jamais la reine Hatchepsout ne te pardonnera d'avoir attenté à la vie de son père. Tu ne pourras donc jamais revivre à Thèbes sauf si elle disparaît...

— Voilà ce que souhaite le roi Sauztata. S'emparer enfin de la fertile et riche Égypte !

— Crois-tu qu'il y parvienne ? demanda Thémis en secouant sa chevelure noire avec une sensualité naturelle.

— Nous allons lui faire un rapport qui risque de l'en dissuader. Pourtant, ses troupes ont fait leurs preuves. Son armée se révèle capable d'abattre des montagnes et de détourner des fleuves. Sauztata a fait trembler la terre entière !

— Sauf les Égyptiens ! Les soldats de Thoutmosis Ier ne s'en laisseront pas conter !

— À mon avis, Sauztata est capable de s'emparer de Thèbes, dit Kay. Mais il doit se méfier de ce peuple courageux et fier qui ne cédera jamais par lâcheté. Je suis sûr qu'il envisageait une campagne facile. S'il apprend qu'Hatchepsout et Thoutmosis II lui rendront la tâche plus difficile, je crains qu'il ne renonce provisoirement à ce projet.

Thémis retourna à la cuisine et prépara une nouvelle fois du vin frais coupé d'eau et adouci de miel. Sa démarche chaloupée entraînait dans le mouvement la pointe de ses cheveux longs qui balayaient de gauche à droite la chute de ses reins.

— Il suffit de te mettre d'accord avec Séti et de dire au roi Sauztata que l'Égypte est en plein désarroi. Comment prouver que vous mentez ? Les cartes sont entre vos mains ainsi que le sort de l'Assyrie et de l'Égypte. Avant de voir le roi, prépare un plan avec Séti.

— Voilà une idée intéressante, dit Kay, pensif. Elle peut être dangereuse mais elle me semble perspicace. Cependant, le roi souhaite nous rencontrer tout de suite et nous n'avons guère le temps de trouver une solution...

— Dites-lui que vous lui ferez demain un rapport détaillé et donnez-lui quelques informations qui le contenteront dès ce soir.

— Nous avons marché pendant des jours et parlementé pendant des nuits en profitant des fraîches soirées sous les tentes et nous n'avons jamais évoqué une seule fois cette possibilité, avança Kay.

— Les hommes sous-estiment souvent la perspicacité des femmes, répondit malicieusement Thémis en triant les vêtements de Kay. N'hésite pas à me parler quand tu doutes de la voie à suivre. La divine Isis me transmet parfois d'heureuses idées même si je ne suis pas née en Égypte !

Kay éclata de rire et lui lança son turban jaune de sable.

— Jette donc toutes ces affaires ! Elles ont pris la couleur du désert comme les temples d'Amon ! Le roi nous paye bien, toi comme traductrice, moi comme conseiller pour l'aménagement de nouveaux canaux. Nous en rachèterons d'autres !

Kay s'avança derrière Thémis qu'il saisit par la taille. Il déposa un baiser fougueux dans son cou et l'attira tendrement contre lui. La jeune femme renversa sa lourde chevelure sur le côté pour s'abandonner aux baisers de son compagnon et laissa aller son corps souple entre ses bras.

— Aucune autre femme ne m'a attiré pendant notre voyage, lui dit-il. Il est vrai que nous n'en avons pas beaucoup rencontré dans le désert ! Mais les Égyptiennes resplendissent toujours de beauté et, pourtant, jamais mon regard ne s'est porté sur l'une d'entre elles. Tu occupais seule mes pensées et mes rêves.

— Cesse de jouer le rôle d'Amon lorsqu'il se transforme en humain pour séduire les femmes d'ici-bas ! dit Thémis en se dérobant aux étreintes passionnées de Kay. Les gardes du roi t'attendent. Nous reparlerons plus tard de tes élans amoureux.

Kay laissa ses bras retomber en signe d'impuissance.

— Puisqu'il le faut ! soupira-t-il. Mais avant que je n'aille trouver Séti, dis-moi très franchement si tu souhaiterais retourner vivre en Égypte ou si tu préfères rester ici.

— En Égypte, je me sentais libre. Je n'ai plus aucune famille dans ce pays. J'ai l'impression que nous dépendons du bon vouloir de Sauztata. S'il se montre demain mécontent de tes services, je ne donne pas cher de notre destinée.

— Ta réponse me satisfait, dit Kay en l'embrassant affectueusement sur la joue. Je vais revenir le plus vite possible.

***

Suivi des gardes du roi, Kay marcha, décidé, vers la demeure de Séti toute proche. Tout en accélérant le pas, il réfléchissait au discours qu'il pourrait tenir au roi. Quand il pénétra dans le parc, il pria les gardes de patienter devant la porte d'entrée et leur promit de revenir très vite.

La maison de Séti baignait dans le silence le plus complet Les domestiques avaient manifestement reçu l'ordre de vaquer le plus discrètement possible à leurs occupations sans déranger le maître de retour chez lui.

— Ah ! Bêlis ! dit Kay en trouvant par hasard la femme de son ami qui distribuait ses ordres au jardinier. Séti se repose ?

— Kay ! Quelle joie de te revoir ! s'exclama Bêlis. Séti est fourbu et je suis étonnée de te voir debout !

— Nous n'avons guère le choix, marmonna Kay. Le roi veut nous parler immédiatement !

Bêlis tendit au jardinier l'outil qu'elle tenait à la main et prit garde à ne pas tacher de terre sa tunique blanche.

— Séti vient juste de s'endormir, dit-elle.

J'aurais bien voulu lui parler avant qu'il ne vît le roi. Peux-tu me raconter ce qui se passe en Égypte ? Le pays est-il en pleine prospérité comme nous l'ont rapporté des espions de mon mari ou court-il à sa perte ?

— Nous n'avons que peu de temps, dit Kay. Les gardes du roi attendent à la porte du jardin. Il vaut mieux réveiller Séti afin que nous nous mettions d'accord pour faire au roi un rapport cohérent.

— Dis-moi seulement si le roi assyrien a des chances de remporter une victoire facile contre les Égyptiens s'il décide de les attaquer demain...

— Certainement pas, répondit Kay. Les Égyptiens ne céderont pas si facilement. Ils sont commandés par le solide et astucieux Pennethbet, l'ancien général du brillant Thoutmosis Ier. Hatchepsout a gardé auprès d'elle tous les dignes fonctionnaires de son père.

— Tu penses donc que le roi Sauztata renoncera à cette campagne après vous avoir entendus, conclut Bêlis désappointée. Je comptais tant sur cette victoire assyrienne pour retourner en Égypte ! Je hais cette famille royale qui nous a chassés de chez nous !

— N'exagérons rien, dit Kay. Toi et Séti avez fui avec vos enfants parce que vous aviez conspiré contre le pharaon. Thémis et moi avons été graciés par la reine. Je ne peux guère lui en vouloir ! Amon m'anéantirait à juste titre ! Cependant, j'avoue que l'Égypte me manque. En y retournant comme un voleur craignant d'être reconnu, je me suis senti malheureux. Depuis, je n'ai plus qu'une idée en tête : revivre dans mon pays la tête haute comme un homme honnête et, pour ce faire, un autre pharaon doit régner, une nouvelle dynastie doit s'imposer !

— Tes paroles me réjouissent le cœur ! s'exclama Bêlis. Il faut parvenir à décider le roi de partir combattre là-bas. Voilà des années que je pousse Séti à convaincre le roi ! Je cours le réveiller. Parle-lui ! Trouve une idée ! Tout n'est peut-être pas perdu !

Bêlis courut à petits pas en prenant garde de ne pas s'entraver dans sa robe moulante. Elle revint peu après avec son époux fort mécontent d'être ainsi dérangé en plein sommeil.

— Écoute, Séti, dit Kay. Le roi nous attend. Mais avant de le rencontrer, je voulais te faire part d'une idée que m'a suggérée Thémis et qui me paraît excellente. Assieds-toi un instant sur ce banc de pierre et écoute-moi bien.

Séti s'exécuta.

— Oui, renchérit Bêlis, écoute-le attentivement.

— À tes yeux attristés, à ta mine contrariée, j'ai compris que tu avais ressenti les mêmes sensations que moi lorsque nous avons descendu le Nil. Je suis persuadé que tu regrettes de devoir vivre loin de Thèbes.

— Quand j'ai fui ce pays, je n'ai pas réfléchi bien longtemps à cet aspect des choses, reconnut Séti. Il nous fallait échapper à tout prix aux policiers et aux détectives que la reine Ahmose avait lancés sur nos traces. Aujourd'hui, les saisons se sont succédé. J'étais heureux de vivre ici. Je suis devenu un haut fonctionnaire alors que je m'échinais à creuser des galeries pour les tombeaux royaux. Cependant, je dois l'avouer, revoir l'Égypte a bouleversé mon cœur.

— Et si tu avais l'assurance d'y retourner tout en conservant ta haute fonction auprès d'un roi ?

Bêlis approuvait de la tête la manière dont Kay savait présenter l'éventualité à son mari. Elle-même n'aurait pas eu cette habileté.

— Je dirais à Bêlis de vider les coffres et de préparer les ballots immédiatement.

— Eh bien, Séti, nous avons cette possibilité. Si

nous faisons au roi un rapport exact de la situation égyptienne, il attendra pour tenter une expédition. Si nous lui disons en revanche ce qu'il souhaite entendre, il donnera ses ordres pour que l'armée marche sur l'Égypte. N'a-t-il pas déjà rassemblé ses troupes en notre absence, persuadé du compte rendu que nous allions lui faire ?

Séti demeura un instant pensif. Bêlis saisissait nerveusement ses boucles brunes en les enroulant autour de ses doigts. Elle retenait son souffle, comprenant que la moindre parole de sa part pouvait tout gâcher. Toutefois, elle mourait d'envie de donner son avis et se mordillait les lèvres.

— Tu ne manques pas d'imagination, répondit Séti. Mais tu oublies un détail d'importance ! Sabutu sait tout. Il a tout vu. Il peut témoigner que la reine et le pharaon sont appréciés du peuple et du clergé. Il peut évoquer le faste du palais, le dévouement des serviteurs et des soldats. Sabutu est revenu les yeux pleins de rêve. C'est lui que nous avons envoyé au palais et je n'ai aucune confiance en lui. La supercherie que nous avons dû employer soulève déjà sa crainte. Si, en outre, Sabutu va tout raconter au roi en lui apprenant que nous lui faisons un rapport totalement faux, je ne donne pas cher de notre peau ni de celle de notre famille !

— Que veut dire tout cela ? demanda Bêlis inquiète.

— C'est très simple, répondit son mari. Le roi Sauztata m'a ordonné de rencontrer la reine Hatchepsout afin d'espionner au palais et de lui faire un rapport précis de la situation égyptienne.

— Je le sais parfaitement, et alors ?

— Réfléchis. Il m'était impossible de me présenter au palais. Je pouvais être reconnu. Kay également. Nous avons donc demandé au scribe

Sabutu de s'y rendre à notre place et de garder le silence.

Bêlis étouffa un cri.

— Et s'il parle ?

— Nous l'avons suffisamment menacé pour qu'il se taise. Toutefois, s'il apprend que le roi décide de partir en campagne tout de suite, il comprendra que nous ne lui avons pas dit la vérité. Sûr de son fait et de notre condamnation, il peut alors juger opportun d'informer le roi de notre supercherie. Il y gagnera un poste de confiance et de nombreux honneurs. Quant à nous, nous finirons dans le Tigre !

— Je crois qu'il faut prendre ce risque ! dit Kay. Le roi ne nous accorde pas la nuit pour réfléchir. Nous devons décider maintenant du sort de l'Égypte.

Autour d'eux, le ciel parut subitement s'assombrir. De tristes cris d'oiseaux isolés ajoutèrent un trouble profond à l'atmosphère déjà tendue. Les gardes du roi s'avançaient à leur rencontre.

— Nous n'avons plus le temps de réfléchir davantage, dit Kay avec insistance. Séti, que décides-tu ?

Mais comme la réponse tardait à venir, il leur fut impossible de comploter davantage.

— Le roi, Sa Majesté toute-puissante, souverain du pays d'entre les deux fleuves, nous a ordonné de vous accompagner jusqu'au palais dans les plus brefs délais, dit l'un des gardes.

Kay demanda à Bêlis de lui traduire exactement ce que l'on venait de leur dire.

— Allons-y ! dit-il à Séti. Contentons le roi et rapportons-lui ce qu'il souhaite. Pourquoi le contrarier ? N'es-tu pas d'accord avec mes propos ?

Séti le regarda intensément. Bêlis tenta de comprendre son expression et de deviner ses intentions. Mais son mari demeura énigmatique.

— J'ai été un jour entraîné dans une aventure qui a bouleversé ma vie. Les dieux m'étaient favorables et l'issue n'a pas été désagréable. Peut-être m'envoyaient-ils là un avertissement. Dois-je de nouveau menacer le cours de notre existence? Faut-il modifier le destin et nous les hommes avons-nous le droit d'intervenir?

Ne sachant finalement que penser, Bêlis les regarda partir en frissonnant. Ses enfants qui approchaient de l'adolescence vinrent la trouver et s'inquiétèrent du départ de leur père. Elle les serra contre elle et déposa un baiser sur leurs cheveux.

— Votre père revient bientôt. Il doit rencontrer le roi. Rentrons. Astarté ne va pas tarder à briller dans le ciel et il commence à faire frais.

— Mais nous n'avons jamais eu aussi chaud! protestèrent-ils.

— Je préfère rentrer, insista Bêlis. J'ai besoin de réfléchir.

V

Le roi Sauztata avait pris place sur son trône trop large pour lui. Les tissus lumineux qui recouvraient les coussins et les sièges de la pièce faisaient tache avec la tenue décontractée du souverain des Assyriens qui avait conservé ses manières barbares et ses habitudes un peu gauches.

Sauztata avait coutume de recevoir les ambassadeurs ou les hauts fonctionnaires de son palais en mangeant ou en buvant. Jamais il ne se tenait droit sur son siège. Tantôt il étendait ses jambes avec nonchalance tantôt il laissait pendre son bras de l'autre côté de l'accoudoir comme s'il était sur le point de s'endormir. Quand les audiences se prolongeaient plus qu'il ne le souhaitait, il lui arrivait de s'assoupir et d'être réveillé par les plumes d'autruche que l'on agitait sur son visage pour chasser les mouches.

Bien qu'il eût hâte d'entendre Séti et Kay, le roi prit ses aises et son temps. Il appela un scribe et lui donna l'ordre d'écrire tout ce que les deux Thébains lui diraient. Kay observait son ami en se demandant quel parti il prendrait car il ne lui avait toujours rien confié de ses intentions.

— Vous voilà enfin par Astarté la divine qui illumine les deux nocturnes, dit le roi. Pourquoi ne vous êtes-vous pas présentés devant moi en arrivant dans ma ville ?

Séti s'excusa. Il lui expliqua combien le voyage avait été éprouvant. Mais le roi lui fit signe que les excuses ne l'intéressaient pas.

— Je ne suis pas resté inactif en votre absence, leur dit-il, l'air satisfait. J'ai rassemblé les roitelets des différentes régions. Je leur ai ordonné de m'envoyer leurs troupes si petites fussent-elles et j'ai commencé à les faire entraîner par mes meilleurs soldats. Tous possèdent des arcs souples et des flèches prêtes à frapper.

Kay se tourna de nouveau vers Séti dont le visage demeurait impassible. Séti savait que le roi ne les inviterait pas à parler sans leur avoir offert des boissons et des mets. Comme il s'y attendait, le souverain leur fit en effet signe d'approcher et de s'étendre sur les divans. Des danseuses à peine vêtues entrèrent. Des charmeurs de serpent déposèrent des paniers devant eux et commencèrent à jouer d'une curieuse flûte aux sons graves et envoûtants. Les têtes de deux cobras jaillirent des paniers en osier. Leur corps se déroula progressivement. Dès qu'une note se prolongeait, leur tête avançait vers l'instrument. Mais quand le musicien cessait de jouer, ils se lovaient de nouveau au fond de leur abri, plus apeurés qu'agressifs.

Séti et Kay exécutèrent les volontés du roi. Ils se laissèrent nettoyer les mains par de jeunes Assyriennes timides et discrètes qui leur tendirent ensuite des corbeilles de fruits secs.

— Mangez et buvez ! dit le roi en levant sa coupe. Ce vin du Delta du Nil me donne déjà une idée de celui que je boirai chaque jour lorsque j'aurai envahi l'Égypte ! Je veux moi-même diriger mes troupes. Je m'engourdis à ne rien faire dans cette région. Elle me plaît et je m'y sens bien mais j'apprécie aussi les combats et les victoires !

— Que va donc devenir ce pays si tu ne laisses aucun de tes hommes pour l'administrer ? demanda sagement Séti.

— Crois-tu que je prendrais un tel risque ? répondit le roi en vidant sa coupe et en la tendant de nouveau à la serveuse qui essuyait au fur et à mesure les lèvres royales. Je tiens aussi à gouverner dans ma région. Je veux tout simplement étendre mon empire, non changer de royaume !

— Conserver un tel empire et le gérer sans soulever de rébellions se révélera une gageure, dit encore Séti en grignotant des raisins secs du bout des dents.

— Qu'en penses-tu, Kay ? D'ordinaire, tu as toujours un avis sur tout. Je te trouve bien silencieux. Tu m'as rendu hommage et tu m'as salué mais je te sens tendu et inquiet. Aurais-tu de mauvaises nouvelles à m'apprendre ? Comment la reine Hatchepsout a-t-elle accepté mes cadeaux ? Ne m'en a-t-elle pas envoyé en échange de notre amitié ?

— Excuse mon silence, roi remarquable, dit Kay. Il me semblait normal d'attendre que Séti ait parlé en premier. Il te conseille depuis si longtemps !

— J'ai remis à ton plus fidèle secrétaire les dons

de la reine Hatchepsout et du roi Thoutmosis II, l'interrompit Séti. Tous deux se sont réjouis de tes présents.

— Ont-ils cru à mon amitié ?

— Oui. Les souverains ont reçu les ambassadeurs de toutes les régions qui entourent l'Égypte ou de celles qui font du commerce avec les Égyptiens. Ces réceptions ont été suivies de fêtes spectaculaires.

— Faut-il en conclure que tous les peuples se traînent au pied du pharaon ? demanda le roi des Assyriens.

— Non. Comment déceler dans ces fêtes officielles les sentiments vrais des hommages obligés ? Certains ont dû accepter les invitations de la reine égyptienne par politesse, les autres par curiosité, les autres encore par tactique. Ne nous as-tu pas envoyés à Thèbes pour espionner ?

Le roi resta pensif. Il détailla les danseuses qui tournaient en emportant leur voile dans leur ronde. Des parfums envahirent la pièce. Il fit venir l'une d'entre elles près de lui et lui demanda de s'asseoir à ses pieds.

— Voyez-vous, Égyptiens, je me sens d'excellente humeur. Depuis que vous avez quitté cette terre, les dieux m'ont envoyé des rêves de réussite et de gloire. Ils m'ont réconforté, encouragé, aidé. Quand vous êtes partis, j'avais déjà pris ma décision. Dites-moi que j'ai raison mais avant...

Le roi tapa dans ses mains à trois reprises. Les artistes présents au centre de la pièce s'éclipsèrent en emmenant leurs instruments de musique. Les servantes passèrent devant leur lit de repos pour éteindre la plupart des lampes. Des volutes de fumée montèrent au plafond. Les deux Thébains n'osaient souffler mot. Une lente mélopée envahit alors la pièce. Les yeux de Kay commençaient à peine à s'habituer à l'obscurité quand plusieurs femmes entrèrent. Recouvertes de voiles fins et amples, elles semblaient totalement nues. « Des Babyloniennes », se dit Kay sans pouvoir détacher son regard de leur étonnante beauté.

Le roi souriait en observant les deux Égyptiens.

— Je savais qu'elles vous plairaient, murmura-t-il. Buvez et prenez du plaisir. Je n'ai jamais été aussi heureux !

Parce qu'ils étaient très las et que le vin agissait d'autant plus sur leurs sens, Kay et Séti se laissèrent bientôt aller à rire et à plaisanter en contemplant les corps nus qui les frôlaient. Les danseuses vinrent s'asseoir au bord de leur lit et attrapèrent des grappes de raisin bien mûr qu'elles leur proposèrent avec volupté. Kay mordit à pleines dents dans les fruits rouges, tachant sa robe blanche dans sa précipitation.

Une jeune Babylonienne se leva pour tremper un morceau d'étoffe dans de l'eau pure afin de nettoyer la tache vineuse. Kay se laissait rafraîchir les bras et les tempes avec un mouchoir imbibé de citron frais. Le roi était également très entouré. Soudain, Sauztata fit signe aux jeunes femmes de cesser leurs caresses et leurs rires.

— Voilà mes récompenses ! s'exclama Sauztata. Ces magnifiques Babyloniennes vous feront oublier cette nuit Thémis et Bêlis. Mais, auparavant, vous allez me dire brièvement si j'ai raison de vouloir la guerre. Je ne vous demande pas de me narrer votre épopée ou de me raconter comment la reine Hatchepsout étale le luxe égyptien pour recevoir les ambassadeurs étrangers. Je ne souhaite qu'un mot. Mes rêves ont-ils des chances de se réaliser d'ici peu ?

Séti reprit ses esprits avec peine. Il s'étonna que quelques coupes de vin l'eussent à ce point étourdi. Kay bâilla comme s'il semblait indifférent aux questions du roi. Au moment où il allait enfin prendre la parole, le souverain l'arrêta de la main.

— Juste un instant, dit-il. Le meilleur de mes scribes a oublié de se présenter. Gardes ! Allez le chercher et vite !

Quelques instants plus tard, Sabutu se présenta devant eux. Kay demeura interloqué. Le scribe avait retrouvé sa superbe et son arrogance. Il prenait manifestement plaisir à assister à la scène. « S'il apprenait aujourd'hui que Sabutu s'est rendu au palais thébain à la place de Séti et que nous n'avons pas respecté ses ordres, le roi nous condamnerait à mort », se dit Kay. Le jeune Thébain tourna la tête vers Séti qui demeura imperturbable. Il fixait son regard sur Sabutu, lui signifiant qu'il avait intérêt à agir selon leurs accords. « Séti a bien changé, se dit encore Kay en détaillant ses traits et ses yeux impassibles, lui qui manquait d'envergure et qui se laissait autrefois diriger par Bêlis ! »

Les lampes furent rallumées. Sabutu salua le roi et s'installa avec beaucoup de prétention dans le fauteuil que les serviteurs lui présentèrent. Il défroissa sa longue robe à glands avant de s'asseoir et prit appui sur son bâton de haut fonctionnaire. Au lieu de le remettre à sa place, le roi s'amusa de son attitude hautaine et de ses manières élégantes.

— Ne dirait-on pas le souverain en personne ? dit-il à ses hôtes. Sabutu apprécie la compagnie des danseurs et des acrobates. Il s'initie lui-même à la chorégraphie. A-t-il été efficace et utile pendant votre voyage ?

— Très utile, assurément, par Ishtar, répondit enfin Séti. Mais je m'étonne qu'en notre absence tu aies réussi à mobiliser tant de troupes ! Quand nous sommes partis, tu avais déjà ordonné que chaque roitelet t'envoyât tous ses soldats. Nous avons voyagé avec une véritable armée comme si nous partions en campagne ! Le général qui nous accompagnait nous a même conseillé d'établir un camp fortifié lorsque nous approchions de Memphis ! Notre démarche auprès de la reine Hatchepsout était pacifique...

Le roi remonta les longues manches de sa tenue d'apparat pour picorer une datte qu'il prit délicatement entre le pouce et l'index. Malgré ses manières rustres, il aimait s'essayer à plus de délicatesse et de réserve. « Quand je serai pharaon, osait-il avouer, je serai digne de mon immense peuple. » Le roi révélait ainsi tout ce qui l'attirait en Égypte : les richesses, le luxe mais aussi le raffinement et la renommée.

Tous attendaient sa réponse. Sauztata retira lentement le noyau de sa bouche et le déposa dans la coupe que lui tendait la Babylonienne assise à ses pieds, les jambes repliées sous elle. Le roi grimaça ; il n'aimait guère la contradiction.

— Les soldats vous ont accompagnés pour faire une première fois la route qu'ils emprunteront de nouveau dans quelques jours, dit Sauztata avec fermeté. Ils sauront ainsi comment répartir leurs forces, se protéger de la chaleur et de l'air chaud, des tempêtes de sable et de la fraîcheur des nuits. Cette première expérience aura été bénéfique non pour les vétérans qui me suivent depuis des années mais pour les jeunes recrues qui n'ont jamais quitté leur région.

— Seigneur, tu souhaites donc partir dans les jours qui viennent, reprit Séti. Il vaut mieux attendre d'être tout à fait prêts. Nous approcherons des villes côtières plus aisément.

Le roi fit un geste de lassitude et observa ses bagues rutilantes avec nonchalance.

— Tu m'as, en effet, tenu de tels propos avant de partir, dit-il. Mais j'ai eu le temps de réfléchir. Mon impatience m'empêche de remettre cette campagne à la saison suivante sauf si vous me donnez les uns et les autres de bonnes raisons de le faire.

Sabutu sourit malicieusement en abandonnant ses mains à une manucure.

— Quels arguments pourraient donc te faire changer d'avis, Seigneur tout-puissant ? demanda timidement Kay.

— Si vous me dites que l'armée égyptienne demeure aussi puissante que du temps de Thoutmosis Ier, si vous me certifiez qu'elle est commandée par les mêmes généraux, si vous me prouvez que la reine et le pharaon sont respectés et craints, je crois que de tels propos m'obligeraient à réfléchir...

Kay baissa la tête. Il préférait laisser à Séti le choix de la réponse. Celle-ci ne se fit pas attendre.

— Roi de ce pays, vainqueur de dizaines de régions, je l'affirme aujourd'hui devant toi et devant les dieux : l'Égypte paraît prospère. La reine Hatchepsout semble aimée du peuple. Son demi-frère et époux, le pharaon Thoutmosis II, est respecté et les fonctionnaires de l'ancien pharaon dirigent toujours l'Égypte aux côtés de leurs souverains. Cependant, sous la belle écorce de l'arbre se cache une sève acide et amère. Ce n'est pas Thoutmosis II qui gouverne mais sa sœur Hatchepsout. Comment une jeune fille si jeune, dénuée d'expérience, remplirait-elle sa mission ? Les prêtres boudent derrière le dos de leur reine. Les soldats plaisantent lorsqu'elle lance un javelot. Le peuple redoute une invasion et supplie les divinités de l'aider.

Kay admira l'habileté de Séti qui ne cessait de l'étonner. Plutôt que de mentir ouvertement au risque de s'attirer les foudres royales, le Thébain avait pris le parti d'analyser la situation à sa manière en la revêtant de la couleur appropriée.

Sabutu perdit son air arrogant et moqueur. Le

scribe prenait manifestement une leçon de rhétorique. Sceptique, le roi se leva et repoussa la Babylonienne.

— Exprime-toi plus clairement, dit-il. Le moment est-il opportun pour attaquer l'Égypte, oui ou non ?

— Si je te réponds par l'affirmative et que nous perdons, tu me considéreras comme la source de tous tes maux. Si, au contraire, nous l'emportons, je resterai ton confident et je gagnerai de sublimes récompenses. Je ne désire ni l'un ni l'autre. Je veux seulement te dire très objectivement ce que je pense de la situation.

— Mais les Égyptiens doivent bien être bouleversés par la mort de leur pharaon Thoutmosis Ier ?

— Ils l'ont été, Seigneur, répondit calmement Séti.

— Ses militaires restent brillants mais ils ne toléreraient pas d'être commandés par une femme lors d'une campagne importante !

— Je ne le pense pas.

— Les fonctionnaires du palais conseillent toujours la reine et le pharaon ?

— Ils n'ont rien perdu de leur efficacité. Mais certains n'osent peut-être pas se révolter bien qu'ils y pensent très fort.

— On raconte que Thoutmosis II n'est qu'un poltron !

— Tu dis là l'exacte vérité, roi tout-puissant.

— Les conditions se révèlent donc idéales pour mener à bien nos projets ?

— Puisque tu en es convaincu, prince, je me fie à ta clairvoyance.

— Et toi, Kay, qu'en penses-tu ? demanda le roi en se tournant vers le Thébain.

— Je juge le raisonnement de Séti objectif et intelligemment mené.

— Alors c'est dit ! Nous ferons la guerre. En votre absence, je n'ai pas perdu mon temps. Je suis entré en relation avec les peuples qui habitent près du Sinaï et forment une barrière entre nous et les Égyptiens. Ils nous aideraient volontiers à renverser l'Égypte.

Kay se montra satisfait. Avec l'appui d'une armée complémentaire, il était convaincu que les Assyriens soumettraient très vite les Égyptiens et qu'il retournerait vivre dans son pays.

VI

Au palais de Thèbes, il ne se passait pas une journée sans effervescence. Une matinée, Hatchepsout recevait le sculpteur chargé de graver sur le tombeau de sa nourrice Shatra le texte qu'elle désirait : « Que le roi Maâtkarê et Osiris, le premier habitant de Thèbes occidental, seigneur d'Abydos, soient suffisamment bons pour offrir des dons de pains, de bières, de bœufs et d'oiseaux à Shatra appelée Inyt qui allaita la Reine des Deux Pays. Que le souffle léger du nord habite son esprit. »

Un après-midi, elle acceptait de poser avec Thoutmosis II même s'il était représenté à côté du dieu Rê et qu'elle, l'Épouse divine, se trouvait derrière son mari et sa mère dans une tenue modeste, ayant abandonné à Ahmose la couronne à hautes plumes. Elle encouragea son demi-frère à faire avancer les travaux de sa tombe qu'il avait souhaitée en tout point identique au premier tombeau de la reine avec un escalier descendant jusqu'à la porte menant à un couloir, à l'antichambre, à un autre couloir et à la chambre funéraire. Thoutmosis fit également préparer un sarcophage en quartzite identique aux cercueils en bois d'Ahotep et d'Ahmès-Néfertari dont le couvercle extrêmement épais rappelait celui qu'Hatchepsout avait ordonné d'installer dans sa première tombe maintenant abandonnée.

Le peuple égyptien se montrait ravi des récoltes abondantes, le Nil ayant débordé généreusement. Les richesses rapportées par Thoutmosis Ier des différentes campagnes qu'il avait menées avec bonheur permettaient de commencer les travaux de restauration des temples. Hatchepsout contentait les clergés et les Égyptiens, persuadés que les divinités les remercieraient en rendant leurs terres encore plus fertiles.

L'activité des marins s'était intensifiée. De nombreux étrangers accostaient aux abords des principales villes égyptiennes et les échanges allaient bon train. La ville de Thèbes croissait encore, des nobles manifestant le désir de vivre près de leurs souverains. Il n'était pas rare de voir débarquer sur les rives de Thèbes des matériaux magnifiques pour la construction des tombeaux royaux.

Par une belle journée ensoleillée où chacun vaquait paisiblement à ses occupations, une petite cité proche de Memphis fut sauvagement rasée par une année ennemie. La nouvelle parvint aussitôt au palais. Hatchepsout, qui faisait réaliser une statue à l'effigie de son demi-frère, entra dans une violente colère. Comme à son habitude, elle convoqua aussitôt Pennethbet et Senmout.

— Qui sont donc ces étrangers qui osent violer nos pactes d'amitié et tuer mes sujets ? Partons immédiatement pour Memphis !

— Ce sont des Assyriens et des soldats du Sinaï, lui apprit Pennethbet. Il ne faut pas perdre de temps. Nous n'avons pas là à affronter des

Nubiens mais des hordes cruelles qui n'hésitent pas à tout ravager sur leur passage. Elles sont commandées par le roi Sauztata...

— Le traître ! s'exclama Hatchepsout. Senmout et Kallisthès avaient raison de me mettre en garde ! Nous allons leur donner une leçon !

— Nous devons regrouper toutes nos forces, conseilla Pennethbet. Ces peuples venus du nord qui se sont installés en Assyrie vont ravager l'Égypte à la vitesse de l'éclair si nous ne partons pas immédiatement avec l'ensemble de nos hommes !

Contre toute attente, Thoutmosis les rejoignit aussitôt et proposa cette fois-ci de diriger l'armée égyptienne.

— Je conseille à l'Épouse Divine de rester au palais, dit Pennethbet. Il faudra prendre des décisions importantes. Nous ne pouvons déserter Thèbes. Quant à toi, Souverain des Deux Égyptes, ton état de santé ne te permet guère de te mêler à nous. Même si Kallisthès te soigne, ta faiblesse physique ne sera pas d'un grand secours...

— Je prie chaque jour Amon de m'aider mais je me sens si las, répondit Thoutmosis. Le peuple égyptien ne me pardonnerait pas de demeurer au palais. Quand les Nubiens se sont révoltés, j'étais très jeune et ma conduite n'a guère été exemplaire. Aujourd'hui, j'estime avoir atteint l'âge de combattre vaillamment ! Je veux que mon fils soit fier de son père comme je l'étais du mien ! S'il monte un jour sur le trône, il se souviendra de ma vaillance.

Hatchepsout, qui bouillait d'impatience, laissa éclater sa colère.

— C'en est trop, par Isis ! Le fils d'une danseuse succéderait à Ahmosis ! Mais tu n'y penses pas ! Si je n'ai qu'une fille, entends-tu, elle régnera et je la préparerai à ce rôle ! Sobek-Néférourê a su autrefois suppléer son époux ! Mais il n'est pas aujourd'hui question de successeur et si nous voulons conserver notre couronne, agissons au plus vite ! Qu'en dis-tu, Senmout ?

L'Administrateur qui revenait de la Vallée des Morts approuva la reine.

— Mobilisons l'armée. Qu'elle parte le plus rapidement possible ! Nous n'avons que trop parlementé ! Nous perdons du temps. En ce moment, nos ennemis brûlent peut-être la ville de Memphis !

— Senmout a raison, dit Hatchepsout. Je resterai à Thèbes. Thoutmosis, prépare-toi à partir ! Pennethbet, mets-toi en marche dès cet après-midi. J'enverrai des messagers prévenir les garnisons qui te rejoindront. Dieu tout-puissant, Amon mon cher père, jette sur nos ennemis la maladie et la mort ! Qu'ils plient sous le joug de Pharaon, Vie, Force, Santé !

Pennethbet et Thoutmosis se retirèrent aussitôt. Hatchepsout se montra soudain très accablée.

— Comment fais-tu pour te montrer si perspicace ? demanda-t-elle à Senmout qui tentait de la rassurer. Tu as compris que le messager assyrien m'apportait, il y a des mois, une fausse lettre de paix.

— Sans Kallisthès, je n'aurais rien décelé, dit Senmout. Soyons juste et reconnaissons-lui cette exceptionnelle intelligence !

— Informons-le au plus tôt. Il doit se trouver avec ma mère Ahmose dans le temple d'Amon à Karnak. J'ai donné des ordres pour de nouveaux aménagements et l'élévation de statues représentant mes chers Aménophis et Ahmès-Néfertari.

Comme Senmout demeurait sceptique, Hatchepsout l'interrogea.

— Tu parais soucieux, lui dit-elle.

— Ton frère m'inquiète. La principale occupation des pharaons demeure la guerre et ils s'y préparent habituellement dès leur plus jeune âge. Thoutmosis Ier, ton vaillant père, avait habitué ses jeunes fils à chasser, à s'exercer à la lutte et à supporter la fatigue. Or, jamais il n'a eu le temps de former Thoutmosis II aux combats ni à l'endurance. S'il n'avait pas couru de l'aube à l'heure du déjeuner, son fils aîné n'avait pas le droit de se nourrir. Les Égyptiens admiraient chez Thoutmosis Ier sa bravoure, son adresse et sa force. Ils commençaient à déceler chez ses deux premiers fils les qualités de leur pharaon. Mais Thoutmosis II est si faible qu'il ne peut même pas bander son arc. Quand la flèche part, ton frère est projeté en arrière. On dirait que son corps malingre va se casser en deux.

— Je sais tout cela, Senmout, répondit Hatchepsout dans un soupir. J'ai pu moi-même le constater sur un champ de bataille. Il ne connaît pas encore tous les travaux de Montou. Il se tient mal à cheval. Il court trop lentement pour échapper à l'ennemi. Il ne parvient pas à bander les arcs des robustes Nubiens. Mais que pouvons-nous y faire ? Il n'est ni bon archer ni bon cavalier. Quand mon père tenait les rames d'un bateau, son bras se révélait infatigable. Ses muscles devenaient durs comme du bois. Il dirigeait des navires de plus de deux cents soldats. Lorsqu'il cédait les rames à un homme de métier, celui-ci peinait lamentablement tandis que Pharaon lui montrait l'exemple avec une rame de vingt coudées. Les soldats l'admiraient de pouvoir faire trois atours de gouvernail sans se reposer alors qu'eux-mêmes fatiguaient au bout d'un atour. Aucun courant ne l'arrêtait. Qu'il s'agît de changer de cap ou d'avancer, mon père attrapait la rame qui lui servait de gouvernail à deux mains avec une force hors du commun.

— Thoutmosis II serait emporté par le courant ! dit Senmout. Et que dire de son habileté à l'arc ? Ton père était capable de lancer des flèches au centre d'une cible épaisse d'une palme. Il réitérait son exploit vingt, trente fois de suite sur un attelage. Personne d'autre que Pharaon ne parvenait à tirer une flèche contre une cible en cuivre en la plantant si puissamment qu'elle y restait figée, excepté Amon tout-puissant.

— Je me souviens de mon cher grand-père Aménophis qui transperçait le cuivre avec ses flèches, dit Hatchepsout, pensive. Où veux-tu en venir ?

— Je doute que Thoutmosis II sache entraîner l'armée égyptienne à la victoire. Parce que je vénère Rê et que mes oreilles restent grandes ouvertes, je serais peiné que les Égyptiens se ridiculisent face à l'ennemi. Amon étend son bras sur toi. Amon t'ordonne d'agir. Tu n'as jamais offensé son *ka*. Tu as démontré ta valeur. Pendant la campagne contre les Nubiens, tu as tenu à t'occuper toi-même de ton cheval, ta cravache à la main, suivie de tes porte-parasols, de tes porte-éventails et de tes officiers d'ordonnance. Tu as également inspecté les chevaux et les hommes avant chaque marche. Que faisait Thoutmosis pendant ce temps-là ?

— Je dois reconnaître que mon frère ne s'est pas montré à la hauteur. Pourtant, mon père et mon grand-père ne rechignaient pas à supporter les pires fatigues, à panser leurs chevaux ou à les dresser avec amour. Les soldats admiraient leur art du dressage. L'attelage de mon père était le plus beau de tous. Je l'ai vu accomplir de longues courses sous le soleil sans faire transpirer ses chevaux. Qu'il était beau lorsqu'il galopait entre les pyramides, la peau cuivrée et l'uræus brillant sur son front ! Il tirait de l'arc près du sphinx Kephren avant de chasser les bêtes sauvages du désert.

— Tu comprends donc mes craintes, Reine bien-aimée.

— Mais Pennethbet entraînera mes hommes au combat et nous gagnerons ! dit Hatchepsout. Allons ! Même si mon frère n'a pas chassé les antilopes près des pyramides et même s'il n'a jamais affronté les bêtes féroces des environs de l'Euphrate comme mon cher père, j'ai confiance dans les serviteurs du royaume. Je me souviens d'un récit que mon père me faisait quand il me racontait ses exploits. Il me rapportait qu'il chassait des éléphants dans la vallée de l'Euphrate et des rhinocéros en Nubie. Les lions ne lui faisaient pas peur. Il les pourchassait sur son char et coursait près des marécages bordés de roseaux des taureaux sauvages. Il partait souvent sans escorte et n'usait jamais de perfidie. Nous savons tous les deux que Thoutmosis II n'aura jamais sa force. Pennethbet devra le protéger et remporter la victoire ! Il nous est interdit de perdre, Senmout ! Nous risquons nos champs, nos enfants, nos terres, notre pays, notre liberté !

***

Le lendemain, le roi était prêt à partir. Pennethbet avait rassemblé ses troupes et Hatchepsout adressé des messages à tous les chefs de garnison pour qu'ils rejoignissent au plus tôt le général. Pennethbet lui avait seulement conseillé de laisser à la frontière nubienne plusieurs garnisons indispensables pour maintenir la paix dans des régions aussi rétives.

Depuis que la nouvelle de l'invasion assyrienne s'était répandue dans le pays, tous les Égyptiens étaient inquiets. On savait les peuples venus du nord prompts à agir et cruels au combat. Les anciens n'avaient pas oublié les envahisseurs qui avaient autrefois chassé les pharaons égyptiens pour prendre leur place.

Bien qu'elle voulût se montrer confiante, Hatchepsout n'avait pas dormi. Elle avait prié Amon de l'aider et demandé à la nourrice d'amener Néférou-Rê dans sa chambre. Elle avait veillé sur le sommeil de sa fille tout en réfléchissant.

Kallisthès avait lui aussi manifesté le désir de combattre mais Pennethbet l'en avait dissuadé. Le Crétois demeurait un excellent conseiller. Kallisthès se présenta, pourtant, tôt le matin en tenue militaire.

— Ne pars pas, le supplia Ahmose. Ta place est ici. Pourquoi combattrais-tu dans les rangs égyptiens puisque tu vivais en Crète ?

— Mais je suis égyptien par la naissance ! s'exclama Kallisthès. Oublierais-tu que je suis le fils de l'ancien pharaon Aménophis et d'une femme du harem digne et courageuse ?

— Comment oublier que tu es mon demi-frère ? répondit Ahmose. Mais j'ai besoin de toi ici. Ta présence et tes conseils nous seront précieux.

Malgré les arguments de l'ancienne Grande Épouse royale, Kallisthès refusa de céder.

— Je ne t'ai jamais raconté combien mon bras, fort et puissant, avait accompli d'exploits quand j'étais adolescent. Mon entraînement fut sévère. J'ai ainsi acquis une endurance hors du commun. Ma mère se montrait si fière de moi ! J'aurais pu devenir soldat.

— Ton torse musclé et tes larges épaules témoignent des exercices physiques que tu as infligés à ton corps. Mais je reste persuadée que ta place est ici. Écoute-moi et réponds à mes prières. Je crains que les envahisseurs étrangers ne parviennent demain aux portes de la ville ! Comment pourrais-je les repousser ? Hatchepsout se trouvera à mes côtés. Mais tous les soldats seront en campagne. Que deviendrons-nous ?

— Une garnison demeurera au palais ! Senmout saura prendre les décisions qui s'imposent ! Mais je doute que les envahisseurs parviennent jusqu'à Thèbes car nous les aurons repoussés bien avant !

Ahmose dut céder. Hatchepsout harangua les troupes comme elle l'avait fait avant la campagne de Nubie. Elle confia la vie de son frère au dieu Amon et rappela aux soldats quels risques ils couraient s'ils désertaient ou s'ils ne secouraient pas le roi en danger. Mais le moment des discours étant incongru, elle se contenta de prononcer quelques formules d'encouragement.

Les soldats se mirent en rangs dans un cliquetis d'armes. Les roues des chars grincèrent. Les chevaux hennirent et grattèrent le sol de leurs pattes comme s'ils comprenaient l'enjeu de la campagne. Les cuisiniers apportaient les dernières denrées et les gourdes préparées à la hâte. Le roi prit la tête du cortège. Pennethbet chevaucherait à ses côtés. Kallisthès monta dans le char suivant. Il aurait aimé que la reine Ahmose vînt le saluer et lui témoigner son affection avant son départ. Mais la mère d'Hatchepsout refusa d'apparaître en public. Ce détail n'échappa pas à Hatchepsout.

Les trompettes résonnèrent et l'armée accéléra la cadence sous les encouragements du peuple. Bientôt, Hatchepsout ne vit plus de la fenêtre d'apparition que des rubans multicolores flottant au cou des chevaux, des nuages de poussière et la haute coiffe de son frère Thoutmosis.

— Nous avons du travail, lui dit Senmout en venant la rejoindre. Les dieux ne nous encouragent pas à lanterner. Si l'ennemi envoie un détachement à Thèbes, nous devons être prêts à l'accueillir ou à nous protéger. Renforçons les murs. Plaçons des hommes sur les tours. Rassemblons les arcs et les flèches en haut de l'enceinte.

Nous pourrons ainsi repousser une éventuelle attaque !

— Et si l'ennemi nous assiège ? répondit Hatchepsout en frissonnant.

— Nous aviserons. J'ai confiance dans l'appui des dieux. J'espère que l'armée parviendra suffisamment vite à Memphis pour empêcher d'autres massacres et d'autres destructions !

— Oubliant qu'ils se trouvaient dans un lieu public, Hatchepsout se rapprocha de Senmout et lui prit les mains. Si l'Administrateur ne l'en avait doucement empêchée, sans doute se serait-elle serrée contre sa poitrine. Jamais, pourtant, Hatchepsout n'avait montré un soupçon de détresse ni de peur.

— Cette nuit, j'ai entendu la voix de mon grand-père raconter les affronts que les envahisseurs avaient autrefois fait subir aux Égyptiens. Mon ancêtre Ahmosis a dû déployer de tels efforts pour réussir à les battre ! J'en étais bouleversée. Le peuple était si heureux !

Moutnéfret, qui avait accompagné son fils jusqu'à son char avec une immense fierté, regarda vers la fenêtre d'apparition un sourire aux lèvres. Quand elle la vit, Hatchepsout s'éloigna de Senmout comme si elle venait de commettre une faute.

— Thoutmosis est allé embrasser son fils et cette grue d'Iset ! dit-elle à Senmout. Mais il ne s'est même pas inquiété de la santé de sa fille. Te rends-tu compte qu'il ne reviendra peut-être jamais à Thèbes et qu'il n'a pas embrassé Néférou-Rê ?

— Moutnéfret nous observe, lui dit Senmout. Viens. Nous saurons nous occuper de Néférou-Rê et lui apprendre à régner un jour !

— Son sort ne sera peut-être pas plus enviable que le mien si elle doit épouser le fils de Thoutmosis !

Le regard d'Hatchepsout se perdit à l'horizon. Les Egyptiens ne travaillaient plus. Ils restaient à l'écoute, sur le qui-vive. Ils rentraient leurs outils et leurs jarres. Certains sortaient des armes ou des ustensiles qui pouvaient leur servir en cas d'attaque. Les vieillards se lamentaient sur le seuil de leur porte. Les femmes serraient leurs jeunes fils contre elles en priant les dieux. Seuls les enfants, parfois inconscients, continuaient à jouer avec moins d'allégresse. Une lourde incertitude envahissait les esprits. Les Thébains guettaient le moindre danger. Dans tous les villages égyptiens régnait la même terreur. Hatchepsout comprit alors l'insistance de Kallisthès pour partir au combat. « L'attente va être pour nous plus terrible que les batailles », se dit la reine.

— Les danseuses t'attendent. Les musiciennes préparent leurs instruments. Les plats embaument. Pendant que les gardes du palais ourdissent leurs armes, nous devons vivre normalement et nous réjouir afin d'oublier cette angoisse qui risque de nous envahir au fur et à mesure que Rê avancera dans sa course.

— Comme toujours, les dieux parlent par ta bouche, Senmout, dit Hatchepsout en retrouvant le sourire. Mais ce n'est pas l'heure de dîner et des manifestations de joie me semblent malvenues alors que nos soldats n'ont pas encore atteint le village voisin.

— Je te conseille pourtant de répandre les parfums et d'ordonner dès ce soir des réjouissances. Tout en gardant l'œil bien ouvert et les sens en éveil, il est bon que notre esprit se nourrisse des plaisirs de la vie.

VII

Pendant plusieurs jours, Hatchepsout et Ahmose restèrent enfermées dans leur chambre. Elles se tenaient à l'affût du moindre message, se précipitaient dès qu'elles entendaient une agitation dans les couloirs.

Le troisième jour, Senmout se montra, lui aussi, anxieux et inquiet. Il avait partagé la couche de la reine pendant la nuit mais ses yeux étaient restés ouverts durant la course nocturne de Rê. Il avait guetté la disparition des premières étoiles dans le ciel et le lever du soleil. Allongé près d'Hatchepsout, l'Administrateur du royaume n'osait respirer de peur de réveiller la reine.

— Moi non plus, je ne dors pas, murmura Hatchepsout en comprenant que son amant était éveillé et en entendant son souffle irrégulier et ses soupirs oppressés.

Un oiseau vint piailler sur le bord de la fenêtre. Il se mêla à d'autres et s'envola bruyamment.

— Demain, la ville peut flamber. Le parc n'existera plus. Le palais sera détruit. Les habitants mourront ou lutteront pour leur survie. Certains Égyptiens deviendront prisonniers ou esclaves et j'en serai responsable, dit la reine. Pourquoi ne t'ai-je pas écouté quand tu m'as parlé de ces traîtres thébains ? J'aurais dû préparer mon armée, lancer un défi au roi Sauztata, l'attaquer chez lui alors qu'il pensait à venir nous envahir ! Tu m'avais informée et je n'en ai pas profité. Je regrette tant d'avoir tardé. J'ai fait confiance à tous ces messagers qui se sont succédé au palais en m'apportant des lettres d'amitié et des cadeaux. Quelle femme stupide j'ai été !

— Hélas, par Isis, l'histoire ne se répète pas, répondit Senmout. Nous avons été surpris par

Sauztata qui a agi plus vite que je ne le pensais. Mais tu as tort de prétendre que tu ne t'es pas montrée sage et avisée. Sur mon conseil et sur ceux de Kallisthès, tu as renforcé ton armée. Tu avais déjà prévenu Pennethbet qui a pu réunir ses forces plus vite que ne s'abattent les éclairs. Je doute que les ennemis aient poursuivi leurs ravages.

La reine se leva. Une servante se précipita aussitôt pour l'aider à réciter sa prière au dieu Soleil. Puis elle lui tendit une serviette parfumée et imbibée d'eau citronnée. Hatchepsout la passa le long de ses bras.

— Cette nuit la chaleur m'a paru insupportable. Ma peau est moite. Le moindre bruit me fait sursauter. Pourquoi n'avons-nous pas de nouvelles ? Pennethbet m'avait promis de m'en donner chaque jour.

— Quand il serait au combat, lui répondit Senmout. Nos troupes n'ont peut-être pas rejoint les Assyriens.

— Je n'en crois rien, dit Hatchepsout en prenant l'air à la fenêtre. Tout est trop calme, trop silencieux. On a l'impression qu'une catastrophe va arriver.

— Les déesses te mettent en tête des idées bizarres, lui dit Senmout. Le silence est habituel à cette heure. Même quand Thoutmosis se trouve au palais, il dort encore à ce moment de la journée après s'être réjoui tard dans la nuit avec les filles du harem et, hormis les domestiques, aucun membre de la famille royale n'apparaît aux yeux de ses sujets.

— Tu as raison, dit Hatchepsout.

Au même moment, un garde frappa à la porte de la reine. Une suivante se précipita pour tendre une robe à Hatchepsout. La reine la drapa sur sa tunique transparente et ordonna à son homme de main d'entrer.

— Que veux-tu ? demanda-t-elle d'un ton autoritaire dissimulant sa crainte.

— Majesté, un messager vient d'arriver. Il prétend qu'il doit remettre à la reine, haute de gloire, une lettre importante de la part de son époux, le divin Thoutmosis II.

— Enfin ! s'exclama Hatchepsout. Vite ! Dis-lui de me rejoindre dans la salle des audiences.

La reine ôta vivement ses vêtements et se précipita dans son bain. Les suivantes l'aspergèrent d'eau fraîche et la massèrent avec une pâte onctueuse puis elles la parfumèrent et lui relevèrent les cheveux.

— Plus vite ! dit Hatchepsout. Donnez-moi cette perruque et cette coiffe.

Elle enfila elle-même quelques bracelets tandis que Senmout se préparait de son côté dans ses propres appartements.

— Les sandales dorées ! Bien, cela suffira pour recevoir un simple messager de mon époux.

La reine hâta le pas en direction de la salle d'audience, suivie de ses deux gardes. Elle y pénétra d'un pas assuré et s'assit sur le trône près du siège vide de Thoutmosis II. Puis elle ordonna de faire venir le messager.

Celui-ci entra timidement un rouleau de papyrus à la main. Simplement vêtu d'un pagne blanc, la taille petite et le corps brun presque rouge, il se prosterna longuement devant la reine.

— Allons, lui dit Hatchepsout. Donne-moi vite cette lettre de mon frère. Mon scribe va me la lire.

— Honorable parmi les honorables, Reine des Deux Égyptes, permets-moi de déchiffrer moi-même ce message. Je l'ai écrit sous la dictée de Pharaon. J'ai reçu l'ordre de te le lire en personne.

— Soit ! Alors, lis ! dit la reine en s'impatientant.

L'Égyptien déploya le rouleau de papyrus avec beaucoup d'élégance en tenant la feuille du bout des doigts entre le pouce et l'index. Il se racla discrètement la gorge et lut très distinctement :

— « Ma sœur et épouse, Première des premières, digne de Maât et force vitale de Rê, Maâtkarê, Épouse divine, nous venons de repérer l'ennemi. Nous avons traversé des villages désolés, ravagés par le feu et rencontré des habitants en pleurs traînant leur misère sur les chemins. Mais Amon a guidé notre route et la vengeance des Égyptiens se dessine grâce à Rê, à Ptah et à tous les dieux essentiels... »

Hatchepsout n'écouta que très vaguement le reste du message. Senmout la rejoignit à cet instant. En voyant ses yeux éclairés d'une flamme et ses pommettes roses, l'Administrateur comprit qu'il ne s'agissait pas d'une mauvaise nouvelle. La reine demanda au messager de lire une fois de plus la lettre qu'il avait écrite.

— Je vais te dicter une réponse rapide, dit la reine. Tu activeras ton cheval pour rejoindre au plus tôt Pharaon. On va t'apporter un calame et du papyrus.

Senmout s'empressa d'envoyer un domestique jusqu'à son bureau.

— Tu trouveras de l'encre et un nécessaire de scribe sur mon coffre, lui dit-il. Fais vite !

Le domestique le salua bas et se retira discrètement. Pendant son absence, Hatchepsout et Senmout se concertèrent à voix basse.

— Voilà donc ce que tu vas écrire, dit finalement Hatchepsout au messager qui s'était assis en tailleur dans la position du scribe : « À mon époux, Roi des Deux Égyptes, le cœur de la reine Maâtkarê, Épouse divine, l'assiste dans sa campagne. La fille d'Amon attend des nouvelles plus précises sur l'anéantissement de l'ennemi.

Puissent les dieux ne pas la faire attendre. Je te salue. »

— La lettre est courte mais claire, approuva Senmout.

— Obéis à ta reine, dit Hatchepsout au héraut. Reprends des forces, rassasie-toi et lave-toi. Mes domestiques s'occuperont de toi. Pendant ce temps, fais frotter et soigner ton cheval puis repars aussitôt rejoindre ton roi.

L'Égyptien se retira avec le plus profond respect.

— Me voilà momentanément soulagée, dit Hatchepsout à Senmout en reprenant ses occupations habituelles. Que l'on convoque les maçons, les graveurs, les sculpteurs, les dessinateurs qui ont commencé à travailler sur les tombeaux en ruine ! Hommage à toi, mon père Amon, hommages à vous maîtres du ciel, des eaux pures et de la terre ! Je suis votre fille. Vous m'avez donné le titre de Reine. Vous avez apporté la perfection sur la terre ! Je voulais accomplir ma tâche dans un pays en paix. Mais je la remplirai même s'il faut lutter ! L'ennemi ne m'empêchera pas de prendre les décrets que j'avais prévus !

Hatchepsout retourna à ses appartements et ôta l'encombrante couronne du sud qui reposait sur sa perruque. Elle se fit coiffer du *nemes,* une étoffe qui ceignait son front et retombait de chaque côté de ses épaules, recouvrant le haut de sa poitrine de ses couleurs blanches et rouges. Une servante entoura sa tête d'un bandeau pour maintenir le *nemes* en place. Pour les grandes occasions, Hatchepsout aimait ajouter à cette simple coiffe des plumes ou un *atef* de haute Égypte orné de plumes, de l'uræus, de cornes de bélier et de disques solaires.

La reine caressa du bout de ses longs doigts fins sa barbe postiche fabriquée sur le modèle de la barbe d'un chef du Pount, la « terre sacrée » où l'on racontait que plusieurs divinités étaient nées.

— Tu ne vas pas mettre cette barbe de Pharaon ? demanda Senmout en triturant dans ses mains les liens colorés qui permettaient d'attacher la fausse barbe à la coiffe de la reine.

Hatchepsout se moqua de lui.

— Je ne vais pas revêtir ma tenue de cérémonie pour recevoir les peintres ! dit-elle en tendant cependant un collier de pièces d'or à une suivante. Ajuste le fermoir orné de fleurs dorées sur ma nuque et pose-le bien à plat afin qu'il ne blesse pas mon cou.

— Maîtresse, ne préfères-tu pas ce collier de perles muni d'un fermoir à têtes de faucon ? dit la suivante en griffant maladroitement la reine.

— Non, répondit Hatchepsout avec impatience. Hier, mon cou était irrité par ces perles en forme de gouttes d'eau aussi belles que redoutables pour la peau !

Comme à son habitude, la reine enfila promptement un bracelet au-dessus du coude, un autre à chaque poignet et un plus fin à ses chevilles. Puis elle recouvrit le tout d'une robe longue et transparente à manches courtes qu'elle ajusta à la taille à l'aide d'une ceinture dorée.

— Avant que tous nos artistes n'arrivent, j'ai le temps de lire le courrier et d'écouter les conseils de ton frère le Grand Prêtre, dit-elle à Senmout. Je rendrai quelques jugements après le déjeuner.

— Reine divine, n'oublie pas que tu as promis de gracier un jeune Thébain qui a vaillamment combattu contre les Nubiens. Il avait été condamné par les juges pour vol mais Ta Grandeur a décidé de revenir sur cette condamnation...

— Je m'en occuperai tout à l'heure, répondit Hatchepsout. Je m'étonne cependant que ce Thébain n'ait pas suivi le roi au combat. Il est en âge de lutter au premier rang !

— Rassure-toi. Il accompagne le souverain, dit Senmout. Mais son père s'inquiète du sort que les juges lui réserveront à son retour...

— Je le crois conscient de la gravité du geste de son fils qui a été saisi par les ténèbres et dont l'âme a quitté le corps. Mais je représente la Vie et j'agis selon mon bon plaisir. À le voir combattre, j'en conclus qu'il a bien changé. Que la déesse de la joie, des banquets et des étoiles, la Dorée, remette l'égaré sur la bonne voie. Je le gracierai et l'enrichirai même pour ses louables actions guerrières !

VIII

Dès qu'elle eut entendu non sans lassitude les conseils du Grand Prêtre Amen, Hatchepsout rejoignit la salle des audiences. Senmout l'accompagna une nouvelle fois. Il avait les bras chargés de rouleaux de papyrus vierge tandis qu'un scribe le suivait en portant encre et écritoire.

— Vous voilà tous réunis, dit la reine en prenant place sur son trône. J'ai décidé de prendre aujourd'hui plusieurs décisions et de faire rédiger des décrets officiels. Que les scribes prennent note !

Hatchepsout fit signe aux deux servantes qui l'encadraient de l'éventer et de chasser les mouches. Puis elle ordonna aux travailleurs, accroupis devant elle sur deux files en signe d'adoration, de retenir attentivement tout ce qu'elle dirait.

Des lampes brûlaient aux quatre coins de la pièce en dégageant des odeurs d'encens.

— Je veux que les temples dont vous allez entreprendre la restauration soient dotés de terrains, de bêtes et de bateaux. Je souhaite que les dieux reçoivent des offrandes divines. Je veux que les greniers soient complétés d'orge et d'amidonnier, que les temples rutilent d'argent, de lapis-lazuli et de turquoise. Que les noms des dieux soient gravés pour l'éternité. Que mes décrets soient ensuite repris par les rois afin qu'ils honorent les temples de milliers de vases émaillés en argent et en cuivre, de barques et de nourriture.

— Que la reine et les rois futurs continuent de construire en l'honneur des dieux ! dit Senmout en invitant les Égyptiens à reprendre en chœur cette formule courante.

— Les dieux nous aident lorsque nous agissons pour le bien du peuple et des divinités. Reconstruisons ce qui est tombé. Garnissons-le de résine, de vins, de légumes, de cadeaux. Les ennemis viennent de détruire des villages égyptiens. Nous les purifierons avec du sel et des parfums puis nous les rebâtirons. Car seul Pharaon peut décider du sort d'une ville. Il est partout chez lui en Égypte. On le voit en train d'offrir de l'eau, du lait ou du vin aux dieux locaux ou de faire brûler des grains de térébinthe dans un encensoir.

Les Égyptiens approuvèrent la reine.

— Certains d'entre vous travaillent sur mon temple de millions d'années. Quelle joie immense j'ai ressentie en posant la première brique de ce monument, en lançant à terre les grains de besin, en tapant douze fois devant l'endroit où se dresseront mes images. Quand le temple sera achevé, je frapperai alors de la même façon à la porte du sanctuaire. Je consacrerai le *naos* avec des torches enflammées. Je courrai autour de l'enceinte, un vase et une équerre dans chaque main. Ainsi sera inauguré à jamais le temple d'Hatchepsout Maâtkarê pour son voyage d'éternité! Je me mêlerai alors à la Grande Ennéade des dieux!

Après avoir donné ses instructions, la reine poursuivit ses activités. Elle prononça plusieurs sentences comme elle s'y était engagée puis elle reçut dans un kiosque gardé par des scribes et des porte-parasols des Nubiens, des habitants du Pount et des Crétois qui lui offrirent des rhytons, des gobelets ornés de vigne verte sculptée et des figurines aux serpents. Tous attendirent derrière leurs présents que le scribe royal eût enregistré les dons avant de les donner au temple de Karnak puis Hatchepsout les accueillit en leur promettant le souffle de vie et de riches cadeaux.

— L'Égypte rutile d'or. C'est le pays le plus prospère du monde, dit la reine. Vous recevrez des présents plus prestigieux encore que ceux que vous m'apportez!

Lorsque toutes ces corvées furent accomplies, Hatchepsout confia à Senmout combien elle souhaitait retourner dans la Vallée des Rois pour se recueillir sur l'endroit qu'Amon avait choisi pour la construction de son temple de millions d'années.

— Je juge cette promenade bien hasardeuse, lui répondit Senmout. Ne peux-tu attendre quelques jours?

— Que risquons-nous? Nous savons maintenant que l'armée assyrienne ne s'est pas dispersée et que nos troupes sont en train de l'affronter. À Thèbes, nous ne courrons aucun danger!

Persuadé qu'il ne parviendrait pas à la faire revenir sur sa décision, Senmout accepta de l'accompagner.

— Gardes! cria fermement Hatchepsout. Allez chercher mon fidèle cocher Pathmès! Dites-lui d'équiper le char et de nous conduire au bord du Nil pour traverser le fleuve. Qu'il se débrouille pour trouver un passeur prêt à travailler et à gagner pour sa peine un gros sac de céréales !

Les deux gardes s'inclinèrent respectueusement et se retirèrent sans dire un mot.

— Nous sommes pressés, ajouta la reine. Qu'il se hâte !

Comme Senmout demeurait silencieux, Hatchepsout le questionna sur son attitude.

— Quelles sombres pensées t'inspirent donc les dieux ? lui demanda-t-elle.

— Rien de funeste, rassure-toi. Je m'interrogeais cependant sur ton attitude. Tu ne sembles jamais inquiète pour ton époux ni pour le sort de l'Égypte. Je sais que tu as confiance comme moi en Pennethbet et que la mort de ton demi-frère ne serait pas une tragédie. Mais j'en viens parfois à me demander si...

Senmout jeta un regard circulaire autour de lui pour voir si personne ne l'entendait.

— Si ce conflit n'arrive pas à point et si tu n'en es pas venue à envisager de régner seule.

Hatchepsout exprima un sourire mystérieux.

— Mon cher Senmout, Amon n'a-t-il pas permis que je régnasse seule dans les faits ?

— Mais Thoutmosis II existe. Il est roi et s'il mourait...

— Je resterais reine et Pharaon ! répliqua Hatchepsout.

Bien qu'il songeât à l'héritier de Thoutmosis II, le fils d'Iset, Senmout n'osa même pas susurrer son nom devant la reine. Malgré le droit d'aînesse de Néférou-Rê, ce fils avait pourtant toutes les chances de régner un jour.

— Bien sûr... se contenta de répondre l'Administrateur du royaume.

***

Senmout et Hatchepsout arrivèrent dans le cirque rocheux de Deir el-Bahari avec une importante escorte en plein milieu de l'après-midi. À leur approche, des vautours quittèrent les cimes des falaises ocre et tournèrent au-dessus du site.

Hatchepsout resta longtemps immobile, les yeux levés vers le ciel. Elle eut bientôt le vertige et sembla revenir tout à coup à la réalité. Les quelques ouvriers qui travaillaient sur le site sous la direction de Djehouty s'approchèrent pour la saluer. Senmout rassura Djehouty qui venait aux nouvelles. Isolés dans cet endroit reculé de la Vaste Prairie, les artisans craignaient le pire.

— Thèbes semble pour le moment hors de danger, dit Senmout. Reine des Deux Égyptes, tu ne nous as pas rendu la tâche facile en choisissant ce site superbe et sauvage. Il va nous falloir adosser les terrasses du temple à la montagne en nous assurant auparavant qu'il n'existe aucun danger d'éboulement. La première terrasse s'avancera jusqu'ici. Devant cette terrasse dont la cour sera agrémentée d'une colonnade abritant des fresques murales retraçant les événements importants de ta vie, nous disposerons ton image en sphinx comme tu le désires.

— Je veux que ces sphinx, images de ma grandeur et de mon pouvoir, soient disposés les uns à la suite des autres de chaque côté de la rampe d'accès à la deuxième terrasse de manière que chacun soit obligé de passer entre les deux rangées pour accéder au temple.

— La seconde terrasse sera identique à la première. À l'est, se trouvera le sanctuaire d'Anubis où se dérouleront les rites en l'honneur du dieu des morts et du dieu Amon quand l'année débutera et que la barque de ton père divin quittera Karnak pour Deir el-Bahari. Lors des fêtes importantes, cet arrêt à ton temple millénaire sera désormais un passage obligé. Identique à la première, la seconde rampe permettra d'aboutir à la troisième terrasse et au sanctuaire d'Amon.

— Prends modèle sur ce temple de Montouhotep, dit Hatchepsout en s'avançant vers le sanctuaire en terrasse. Copie sur cette architecture étonnante que surplombera la roche aride et majestueuse mais fais-en un temple gigantesque !

— Nous testons la pierre pour savoir si nous pouvons envisager de creuser des pièces dans la montagne afin d'y prévoir le sanctuaire d'Amon. Car derrière la façade de la troisième terrasse aux piliers osiriaques te représentant dans ta majesté adossée aux colonnes, derrière la porte en granit et la salle hypostyle, se trouvera le sacré des sacrés, le domaine de ton père divin !

— Voilà une excellente idée ! s'exclama Hatchepsout. Mais n'oublie pas une seconde chapelle d'Anubis pour que Pharaon puisse vénérer Amon comme les simples Égyptiens le feront sur la deuxième terrasse. Que cette chapelle soit en tout point identique à la première, qu'elle en soit le pendant exact avec ses rites et ses représentations ! N'oublie pas l'autel d'Amon, les fresques qui doivent représenter mon couronnement, ma naissance divine, Thoutmosis II et mon cher père Thoutmosis Ier.

— Thoutmosis II ? s'étonna Senmout.

Hatchepsout demeura pensive un instant. Djehouty, lui aussi, paraissait étonné.

— J'ai décidé de lui céder une place dans mon temple de millions d'années. N'est-il pas mon époux ?

Comme Djehouty s'éloignait pour laisser Hatchepsout parler en privé à Senmout, la reine révéla à son conseiller qu'elle avait parlé avec Kallisthès de cette faiblesse physique qui ne quittait pas son frère.

— Kallisthès prétend qu'il est malade. Il ne sait comment interpréter ces taches qui apparaissent sur son corps depuis quelques semaines mais il trouve le roi de plus en plus faible. J'avoue que malgré sa stupidité et sa fierté parfois déplacée, Thoutmosis me fait pitié. Moutnéfret a beau aboyer pour mettre son fils en avant et tenter de l'imposer aux Thébains à mon détriment, je ne vois plus en lui un adversaire.

— Parce que tu n'as rien à redouter de ton époux, répondit Senmout. Depuis la campagne nubienne, tu as démontré que tu brillais dans tous les domaines et que Thoutmosis II t'était bien inférieur.

— Je ne lui pardonnerai jamais de délaisser Néférou-Rê, dit froidement Hatchepsout. Cependant, je retrouve parfois dans cet être maladif, gringalet et prétentieux des comportements ou des gestes de mon cher père et j'avoue que mon cœur s'emplit alors malgré moi d'une certaine tendresse pour ce frère que j'ai si longtemps haï.

Hatchepsout se retourna vers l'espace vide où elle imaginait son temple. Puis elle marcha d'un pas ferme un peu plus à l'est. Elle avait laissé ses vêtements de reine pour revêtir des habits presque ordinaires. Ses sandales d'or trop rigides auraient blessé ses pieds dans le sable et la poussière.

— Que souhaites-tu faire construire à cet endroit ? lui demanda Senmout. Pourquoi observes-tu la pierre avec tant d'insistance ?

— Je me demandais s'il serait possible de la tailler et d'en enlever des blocs afin de libérer l'espace.

— Ce serait un long travail mais rien n'est impossible aux ouvriers de la reine d'Égypte !

— J'aime ce langage, Senmout ! répondit-elle en regardant fièrement le ciel. Entends ces coups de marteau, ces pics et ces pioches qui fendent la falaise. Vois ces hommes qui suent et peinent en transportant les pierres. Ils travaillent pour la reine divine !

— Au bout de leur peine, les épargneras-tu comme tu l'as un jour envisagé en ma présence ? demanda timidement Senmout.

— Peut-être, répondit Hatchepsout.

— Mais pourquoi t'intéresses-tu particulièrement à cet endroit si proche de l'emplacement de ton futur temple ?

— C'est un secret, répondit la reine, un nouveau sourire énigmatique aux coins des lèvres. Mais tu seras le premier informé et le dernier concerné !

Ils se turent. Un cri d'oiseau se joignit aux coups de pioche des Égyptiens, aux grincements de chars, aux appels qu'ils se lançaient, aux chutes de pierres jetées sur des tas d'éboulis, aux encouragements mutuels et aux respirations fortes. Il semblait que l'humain cherchait à pénétrer un lieu divin, vierge de bruits et de monuments où seul reposait paisiblement le temple de Montouhotep.

Loin au-delà du Nil, aucun Thébain ne se doutait que la construction du temple de la reine divine progressait aussi vite et que celui-ci se révélerait le plus gigantesque et le plus original de la Vaste Prairie.

IX

La guerre dura très peu de temps. Bientôt, les frayeurs de Senmout se dissipèrent car des messages encourageants arrivaient à Thèbes. Pennethbet racontait les exploits de Thoutmosis II qui combattait avec plus de vaillance qu'en Nubie. Si quelques villages avaient été détruits, l'efficacité et la rapidité de l'armée égyptienne avaient eu raison des velléités du roi Sauztata.

Plusieurs saisons passèrent. La ville de Thèbes attendit son roi pour lui faire un triomphe. Moutnéfret jubilait. Chaque jour, elle se précipitait pour lire le courrier qui lui annonçait le retour prochain de son fils. Hatchepsout informa le peuple des victoires de l'armée égyptienne et du retrait des Assyriens. Puis elle les invita à préparer les fêtes en l'honneur de Thoutmosis II.

Quand les soldats entrèrent en file dans la première ville d'Égypte, le peuple thébain sortit des maisons et des immeubles en criant. Une immense joie accompagnée d'un profond soulagement s'empara des cœurs. Les femmes abandonnaient leurs travaux ménagers pour se précipiter sur le chemin emprunté par l'armée. Les enfants couraient à leur rencontre en appelant leurs pères qui faisaient une sieste avant de reprendre leurs activités en fin d'après-midi. Certains artisans encore au travail abandonnaient leurs outils sur place pour aller acclamer leur roi dont le char apparut bientôt en soulevant la poussière du chemin.

— Les voilà ! cria une femme en entraînant dans son sillage toutes ses voisines. Nous sommes sauvées ! Ils ont gagné la bataille et chassé l'ennemi !

Elle se mit à frapper à chaque porte ou à appeler les Thébaines qu'elle connaissait en criant devant chaque escalier. Puis une autre agit d'une manière identique jusqu'à ce que toutes les femmes se prévinssent mutuellement, créant un tel déferlement que les animaux s'éveillèrent eux aussi et s'enfuirent dans le sens opposé en redoutant le pire.

Au palais, Moutnéfret en oublia le protocole et ordonna immédiatement qu'on la conduisît auprès de son fils. Hatchepsout fit sonner les cors et rassembler les gardes. Les étendards furent dressés. Senmout envoya un serviteur placer une étoffe colorée et brillante sur l'estrade qui avait été disposée devant le palais quelques jours auparavant. Il y disposa également les deux trônes de ses souverains.

Déjà, des pétales de fleurs échouaient sous les jambes des chevaux. Des jeunes filles vêtues de blanc lançaient ces délicats et veloutés éclats floraux multicolores en les prenant par brassées dans des paniers d'osier. Le parcours se recouvrit très vite d'une épaisseur moelleuse et parfumée où s'enfonçaient les sandales des Thébains.

— Vive Thoutmosis ! crièrent-ils dès qu'ils aperçurent le jeune roi, le torse nu et le pagne royal ceint de l'épaisse ceinture. Vive notre bienfaiteur ! Gloire aux divinités !

La foule plia devant son souverain et se prosterna très bas. Thoutmosis paraissait satisfait. Il portait la couronne de haute et basse Égypte. Pennethbet avançait fièrement derrière lui tandis que des soldats fouettaient les prisonniers qui réclamaient leur liberté. Si leur nombre ne semblait guère impressionnant, le triomphe des Égyptiens ne perdit rien de sa grandeur.

Dès que le cortège approcha de l'estrade, Hatchepsout qui avait pris place sur son trône évalua à quelle classe sociale appartenaient les captifs. « Pennethbet n'a pas réussi à capturer les chefs assyriens, se dit-elle. Ce sont les plus redoutables. J'aurais préféré qu'ils devinssent les prisonniers de l'Égypte pour ne plus avoir à les craindre. » Elle remarqua toutefois que les chefs des régions révoltées du Sinaï marchaient derrière le char de Pennethbet, les pieds et les mains liés. Ils tenaient la tête baissée et se taisaient, humiliés par leur récente et trop rapide défaite.

Le cortège s'arrêta devant le palais. Thoutmosis descendit de son char et se dirigea vers Hatchepsout qui se leva pour l'accueillir sous les vivats de la foule.

— J'ai été informée de tes exploits et je te félicite, dit Hatchepsout sans hypocrisie. L'âge aidant, je constate que ta paresse s'est transformée en courage et ta poltronnerie en bravoure.

Thoutmosis se contenta de sourire et de prendre place sur son trône.

— Peuple de Thèbes, dit-il, mon général vous a annoncé nos victoires. Le bilan est lourd. Si peu de nos hommes sont morts sur le terrain, des champs ont été pillés par l'ennemi. Il nous faudra reconstruire des villages et travailler dur pour compenser les récoltes perdues. Je peux aujourd'hui vous affirmer que l'ennemi a pris la fuite et qu'il a regagné ce redoutable pays d'entre les deux fleuves. Cependant, nous devrons demeurer vigilants et prêts pour une éventuelle tentative d'invasion. Même si les soldats inactifs labourent aujourd'hui des champs, je leur ordonnerai de poursuivre leurs exercices afin de pouvoir partir du jour au lendemain à la guerre. Par tous les dieux, l'Égypte prospère et riche a le malheur d'être sans cesse convoitée par les peuples voisins. Soyons donc vigilants et poursuivons notre vie comme si rien ne s'était passé. Car Amon n'a pas jugé bon de livrer l'Égypte à des envahisseurs. Rien ne nous dit qu'une nouvelle invasion aura lieu.

Tout d'abord sceptiques, les Thébains déroutés par un discours si mitigé acclamèrent finalement leur souverain. Dans la foule, des pleurs et des sanglots se faisaient entendre. Une femme ou une mère apprenait le décès d'un de ses proches.

Celles-ci se retirèrent pour pleurer leurs morts et préparer leurs embaumements. Mais le reste des Thébains se réjouit en réclamant pour leur roi un triomphe digne de lui.

Dès que le roi quitta son trône, Moutnéfret se précipita vers son fils et se prosterna devant lui.

— Iset t'attend, lui souffla-t-elle. Thoutmosis III voudrait embrasser son père...

Hatchepsout se leva aussitôt et tança sévèrement Moutnéfret pendant qu'Ahmose et Kallisthès félicitaient le jeune souverain.

— Le roi va embrasser sa fille Néférou-Rê, la princesse de l'Égypte ! lui dit-elle en la regardant droit dans les yeux. Les enfants qu'il a eus avec des filles du harem se multiplient. Ces enfants, qu'il s'agisse de filles ou de garçons, ne méritent ni égard ni attention. Thoutmosis leur montre beaucoup de tendresse mais il ne faut pas que ces visites se fassent au détriment de sa fille Néférou-Rê. À l'avenir, j'y veillerai attentivement !

Moutnéfret s'apprêtait à répondre. Mais aucun son ne sortit de sa bouche. Le menton sévère et crispé de la reine, ses yeux enflammés, son front plissé la persuadèrent qu'il valait mieux pour elle demeurer silencieuse et renoncer à toute polémique.

— Le roi décidera, dit-elle cependant.

— Ce que la pharaonne ordonnera ! répondit Hatchepsout en marchant vers Moutnéfret pour la contraindre à s'écarter. Je ne t'ai que trop avertie, Moutnéfret ! N'oublie jamais qui je suis !

***

Pendant les mois qui suivirent, Thoutmosis II devint si avenant et montra tant d'enthousiasme que Senmout décida de multiplier ses espions. Alors que toute la famille royale pensait le roi en bonne compagnie dans les appartements du harem, il avait en effet observé que le souverain recevait des prêtres à l'insu de la reine.

Ces hommes arrivaient tard le soir, après le dîner, et étaient immédiatement introduits auprès du roi. Enveloppés dans une tunique, la tête couverte d'un large foulard ramené sur la bouche et les yeux, ils avançaient si discrètement dans les couloirs en suivant les gardes privés de Thoutmosis que personne ne les entendait. Quelques instants plus tard, ils ressortaient et quittaient le palais de la même façon sans qu'Hatchepsout supposât que son frère reçût à ce moment des ambassadeurs ou des messagers.

Jugeant ces incidents suffisamment étonnants et graves pour être étudiés de plus près, Senmout décida de mener l'enquête lui-même. Il apprit ainsi que des prêtres bien placés dans la hiérarchie rendaient fréquemment visite à Thoutmosis et que le roi les faisait venir de Memphis, de Bouto, d'Hermopolis et de nombreuses autres villes dont le clergé était puissant et influent.

Estimant qu'il ne devait pas garder plus longtemps pour lui ce secret, Senmout en parla à la reine. Mais l'attitude d'Hatchepsout le surprit.

— Je connais tout ce que tu m'apprends, lui confia-t-elle. Crois-tu que je fasse confiance à mon demi-frère les yeux fermés simplement parce qu'il m'aide maintenant à descendre de mon char royal ? Je n'oublie pas qu'il est né du serpent Moutnéfret ! J'ai observé qu'un certain Toumis, originaire de Bouto, rendait souvent visite au roi. Comme tous les prêtres, il porte un pagne long, le torse nu et dédaigne la barbe. Son crâne est aussi lisse qu'une pierre érodée par les flots. As-tu interrogé ton frère, le Grand Prêtre, à son sujet ?

— Précisément, reine des Deux Pays, répondit aussitôt Senmout. Il le dit retors et manipulateur.

Je crains le pire de cet homme. Celui-ci l'a aidé l'an dernier à préparer les fêtes en l'honneur d'Ouadjit et d'Hathor. Le second de mes frères a travaillé avec lui auprès du grand prêtre de Ptah avant d'être nommé Grand Voyant et prêtre *sem* à Mentou.

— Nous verrons, dit Hatchepsout, manifestement contrariée. Je suis, cependant, surprise de l'ingratitude de ces prêtres ! N'ai-je pas donné des ordres pour rebâtir des temples écroulés ? Bientôt, ces temples redeviendront agréables à vivre. On y trouvera des policiers, des artisans, des fonctionnaires, des paysans qui travailleront au service des prêtres purs et des pères divins. Ceux-ci se réunissent déjà en collèges de douze personnes et sont servis par des domestiques divins et des scribes kheryhebet qui protègent le programme des cérémonies. J'ai fait entretenir suffisamment de prêtres pour que les dieux fussent adorés jour et nuit. Un responsable des mystères prépare même les représentations.

— Reine divine, dit Senmout. Tu as raison de te méfier de la mère du roi. Mais prends garde aussi aux prêtres *sem* de On et de Memphis. Ceux-ci ont vu leur ville détruite sous leurs yeux et le roi leur a fait grande impression en chassant le roi Sauztata d'Égypte. Ils le vénèrent maintenant à l'égal d'un dieu.

— Ni le chef du clergé de Toum à On, Grand Voyant, ni celui de Ptah à Memphis, chef des artisans, ni le chef du temple de Thot ne l'emporteront jamais sur les quatre grands de Thèbes et sur le premier serviteur divin ! répliqua Hatchepsout.

Après avoir réfléchi, elle dit à Senmout :

— J'avais prévenu mon frère de ne pas prendre de décisions sans m'en informer et de ne pas rencontrer les prêtres sans moi. Je lui ai fait comprendre que ses manœuvres ne me laissaient pas indifférente et que je prendrais des mesures s'il persistait à agir en coulisses contre l'État et la reine.

— Je crains, hélas, Première des premières, que cette mise en garde n'ait pas suffi.

— Senmout, dès que ce Toumis entrera dans les appartements du roi, je lui rendrai une petite visite qui devrait le surprendre...

Hatchepsout agit comme elle l'avait dit. Ce soir-là, Toumis se présenta en compagnie d'un autre prêtre de moindre importance. La reine attendit qu'il s'entretînt avec le roi puis elle se fit ouvrir les portes du bureau et y pénétra sans attendre. Senmout avait insisté pour l'accompagner.

— Eh bien, Toumis, dit-elle au prêtre qui rougit à son entrée. Je t'ai envoyé de belles femmes pour organiser le culte. Elles jouent admirablement des crotales et des sistres. J'ai rendu visite à la Supérieure divine qui dirige la khenerit fréquentée par les femmes qui habitent au temple. Elle m'a raconté que tu leur laissais beaucoup de liberté et qu'elles n'étaient pas plus sages que les femmes du harem divin d'Amon. J'ai fermé les yeux sur ces libertés... Ton père était un prêtre fidèle à Pharaon. Tu as suivi dès l'âge de cinq ans des cours supérieurs pour accéder un jour au clergé. Tu souhaiterais sans doute que tes fils et petits-fils connaissent le même parcours. Devant ton attitude, j'ai envie de t'envoyer en campagne te battre contre l'ennemi !

Tournis blêmit. Thoutmosis semblait partagé entre la colère de devoir rendre des comptes à sa sœur et la surprise de la voir à ce moment de la journée dans son bureau.

— Toumis, poursuivit Hatchepsout, le regard sévère, tu as appris la grammaire, les textes et l'écriture comme de nombreux enfants mais tu as aussi été initié à la liturgie. Tu connais mieux que quiconque, m'a appris Senmout, les dieux, leurs attributs, leurs épithètes, leurs légendes. Tu as terminé autrefois tes études avec les félicitations du Grand Prêtre. N'as-tu pas honte aujourd'hui de porter les ornements sacerdotaux et de trahir ta reine ? Tu te présentes au palais baigné, rasé et parfumé sans même saluer ta souveraine, la fille d'Amon ?

Toumis balbutia.

— Telle était mon intention, reine des Deux Pays, dit-il en se prosternant.

Hatchepsout éclata de rire.

— Par Isis, tu rends visite à mon époux tous les deux jours sans même m'adresser un message respectueux et tu veux me faire croire que tu avais l'intention de venir me saluer aujourd'hui ! Que complotez-vous ? De gouverner de concert et de prendre des décisions politiques en me mettant devant le fait accompli ? De m'évincer du pouvoir et de me cantonner au rang de Grande Épouse royale ?

Thoutmosis prit enfin la parole :

— Il n'y aurait là rien de déshonorant et il serait temps que le roi gouverne !

Contrairement à son habitude, Hatchepsout approuva le roi.

— Tu veux donc gouverner ? lui demanda-t-elle. Eh bien, gouverne ! Je te promets de ne rien faire pour entraver tes décisions sauf si elles me paraissent contraires aux intérêts de notre pays !

Senmout et Toumis furent extrêmement surpris de cette réponse inattendue.

— Que puis-je faire contre la volonté du roi ? ajouta Hatchepsout. Je serai avant tout la Grande Épouse royale !

— Tu accepterais de me donner le pouvoir ? demanda Thoutmosis étonné.

— Ne l'as-tu pas déjà ?

— Pas dans les faits. Tu prends toutes les décisions...

— J'avoue être un peu lasse de ce rôle, répondit Hatchepsout en surprenant davantage encore Senmout et Toumis. Tu me sembles maintenant mûr pour régner.

Thoutmosis s'empara des mains de sa sœur.

— Ne reviendras-tu pas sur ta parole ? dit-il inquiet.

— Jamais, je le promets par mon père divin ! répondit Hatchepsout en quittant les lieux. Inutile de comploter plus longtemps, tu as ce que tu désirais.

Hatchepsout quitta le bureau, de joyeuse humeur en laissant les trois hommes pantois.

— Que se passe-t-il ? lui demanda Senmout en la suivant aussitôt.

— Mon ami, Thoutmosis revient de la guerre auréolé de gloire...

— N'as-tu pas toi aussi battu les Nubiens ?

— Mon pâle époux tente de réunir contre moi tous les membres du clergé et ton frère n'aura pas suffisamment de puissance pour enrayer ces manœuvres. Autant les approuver et continuer d'agir comme je l'entends. Thoutmosis n'a jamais fait preuve d'une grande astuce ni d'une forte intelligence. Il ne comprend rien à la diplomatie et à la politique. Il manque de culture et de charisme. Mais il est né homme et les clergés d'Égypte n'ont que cela en tête ! Crois-moi. Dans l'immédiat, j'ai pris la meilleure des décisions !

— Permets-moi de consulter Kallisthès car tu m'as pris de court et je souhaiterais connaître son avis, dit Senmout.

Hatchepsout haussa les épaules.

— Ses conseils ne changeront rien à ma décision.

— J'en suis conscient mais j'aimerais lui poser quelques questions.

— Eh bien, fais !

Hatchepsout manifesta le désir de se réjouir et de passer la soirée dans la joie.

— Retrouvons-nous dans les jardins ! dit-elle en riant.

Pendant que de jeunes danseuses et des musiciens étaient convoqués au palais et que Shatra prenait plaisir à rassembler les suivantes d'Hatchepsout, heureuses de participer à la fête et de voir leur maîtresse dans d'excellentes dispositions, Senmout alla attendre Kallisthès sous un vieil arbre au tronc noueux. Bien que les étoiles resplendissent et que la nuit fût claire, Senmout n'y prêta pas attention. Les poissons endormis s'éveillèrent subitement dans la pièce d'eau et sautèrent à la surface comme s'ils voulaient eux aussi participer à la fête qui s'annonçait. Les oiseaux se mirent à gazouiller doucement, sans manifestation excessive, surpris de cette agitation nocturne.

Alors que les crotales et les sistres résonnaient déjà, Senmout décela une ombre qui arrivait vers lui en passant entre les buissons.

— Te voilà, Kallisthès, dit-il à l'amant et conseiller de la reine Ahmose.

— Que se passe-t-il ici ? demanda Kallisthès, surpris.

Senmout le mit aussitôt au courant. Mais le Crétois ne manifesta pas un grand étonnement en apprenant la réponse d'Hatchepsout.

— Que pouvait-elle faire d'autre ? répondit-il finalement en se grattant le menton. Je crois qu'elle nous prouve qu'elle est devenue une reine sage et avisée. Thoutmosis ne prendra jamais de décision importante. Il préférera rester dans l'ombre même si on le met en avant pendant les cérémonies officielles ou les inaugurations. Hatchepsout gouvernera !

Devant l'air contrarié de Senmout, Kallisthès le prit par les épaules contre son habitude car il n'appréciait guère les familiarités.

— Allons, Hatchepsout n'aime guère les faibles et elle n'éprouvera pour Thoutmosis que de la pitié et de la compassion.

— Qu'entends-tu par là ? demanda Senmout, choqué.

— Je connais tes sentiments pour elle et je ne te les reproche pas, moi qui éprouve les mêmes pour sa majesté Ahmose.

— Je n'ai aucune confiance dans ce Toumis. J'ai appris par mon frère, le Grand Prêtre, qu'il avait été arrêté pour escroquerie avant de faire une carrière dans le clergé. Je ne l'ai cependant pas dit à la reine pour ne pas l'effrayer.

Kallisthès sourit.

— Ses espions sont nombreux et efficaces. Hatchepsout est au courant, n'en doute pas ! Avoir un roi à la tête de l'Égypte rassure le peuple égyptien. Mais Hatchepsout a fait ses preuves. Les Égyptiens savent qu'elle sait manier l'arc et conduire un char ou lancer un trait sans faillir. Elle demeure à leurs yeux la fille d'Amon, ce qui restera toujours supérieur à tout ce que peut entreprendre Thoutmosis.

À cet instant, une grande clameur s'éleva. Senmout et Kallisthès soulevèrent une branche qui leur cachait le spectacle. Hatchepsout apparut avec une robe royale et une perruque tressée d'or.

— Voilà la réponse aux questions que tu te poses, Senmout, dit Kallisthès. Hatchepsout est déesse et elle le restera.

— Que l'on prépare les mets et le vin ! ordonna-t-elle, et qu'on éclaire ces arbres comme si l'on était en plein jour !

En très peu de temps, les lampes s'alignèrent et mille feux illuminèrent les parterres et les pelouses. Certains points lumineux se reflétaient dans la pièce d'eau. Des invités avaient même pris place dans des barques et buvaient en se laissant voguer au fil de l'eau. Au lieu de s'asseoir à terre comme il lui arrivait de le faire, Hatchepsout prit place sur un siège doré en roseau où brillaient des pierres précieuses multicolores. Elle resplendissait d'or, la couleur des dieux, et ressemblait à Isis.

— Que le responsable des messagers, les scribes, les serviteurs, mon porte-éventail et mes gardes viennent nous rejoindre ! Que les soldats encadrent nos festivités car une reine a décidé de se réjouir cette nuit dans son palais !

Deux gardes se postèrent devant la reine et croisèrent leurs lances comme pour la protéger. Senmout se plaça à côté d'Hatchepsout.

— Et maintenant, qu'on aille chercher mon époux Thoutmosis pour qu'il se joigne à la fête !

Bientôt, un bruit d'armes se fit entendre. Le roi descendait dans les jardins avec une petite escorte. Dès qu'il arriva devant Hatchepsout, il se montra surpris par tant de faste. Il dut décliner ses titres tandis que ses gardes se prosternaient devant la reine. Senmout fit alors signe aux gardes d'écarter leurs lances et Thoutmosis put s'adresser de nouveau à la reine.

— Je vois que tu es descendu avec ton escorte et tes conseillers, dit la reine en souriant et en dédaignant les hommes qui restaient prostrés à terre. Plutôt que de demeurer en la compagnie d'un homme autrefois accusé pour escroquerie, j'ai pensé que tu aurais plaisir à partager cette nuit de fête avec moi !

« Ainsi donc elle savait », se dit Senmout.

Thoutmosis rougit. Pour accroître sa gêne, Hatchepsout ajouta :

— Tu avais, je l'espère, terminé ton entrevue avec ce prêtre dont la vie n'a pas toujours suivi le chemin de l'honnêteté...

Le corps de Thoutmosis se tassa. Un rictus déforma ses lèvres mais son regard soutint celui de sa sœur avec hauteur. Debout, presque honteux de subir des reproches devant la cour d'Hatchepsout, le roi parut revenir quelques années en arrière quand il se faisait tancer par son maître pour ne pas écouter ses leçons.

— Je ne comprends pas tes sarcasmes, Première des premières, dit-il au bout d'un long silence. Toumis est un excellent prêtre, honoré dans sa ville et dans son clergé. Que m'importent ses actes passés s'il a payé pour avoir commis une faute ? J'ai étudié son dossier. Il a été accusé autrefois à la légère et...

Hatchepsout se leva de son siège, les yeux remplis de colère.

— Oserais-tu affirmer que notre père Thoutmosis le grand aurait fait condamner Toumis à tort, lui qui était si juste et parlait par la voix divine ?

— Tu sais très bien, Divine, que ce n'est pas là ce que je voulais dire, répondit sèchement Thoutmosis, un peu agacé de devoir se justifier devant des domestiques. Thoutmosis aimé des dieux n'a pas prononcé le jugement de Toumis...

— Mais il choisissait les membres du jury qui composaient les tribunaux. Tu remets donc en cause les choix de notre père...

Personne ne parlait. Tout le monde attendait la fin de ce dialogue, le souffle coupé par l'énergie de la reine et l'obstination du roi.

— Dois-je te préciser, ma sœur, ce dont nous venons de nous entretenir. Je suis le pharaon de ce pays et tu as accepté de te mettre en retrait pour assumer ton rôle de Grande Épouse royale à mes côtés...

Pour parler, Thoutmosis s'était subitement avancé et planté devant sa sœur, les jambes légèrement écartées, les mains croisées sur sa poitrine comme s'il se préparait pour un match décisif. L'atmosphère devint plus tendue. L'odeur des mets fumants et le bruit du vin coulant dans les coupes ne distrayaient aucun Égyptien présent.

— Tu ne réponds pas ? ajouta Thoutmosis.

— Si. Allons, levez-vous serviteurs et conseillers du roi ! Thoutmosis a raison !

Les courtisans rassurés, les joues encore rouges, se levèrent tout en gardant les yeux baissés.

— Puisque Toumis a enfin regagné sa contrée, que nos courtisans discutent entre eux de nos accords ! Qu'ils donnent leur avis pendant le dîner ! Shatra ! Que le service commence !

Les musiciens entonnèrent un air langoureux.

— Je bois à ta santé, Senmout ! dit-elle en vidant une coupe. Et à toi aussi mon frère !

Elle reposa sa coupe si violemment sur la petite table déposée sur le côté de son siège que les conseillers de Thoutmosis sursautèrent.

— Je suis Pharaon selon la loi égyptienne ! annonça Thoutmosis.

— Quelle loi ? s'étonna Hatchepsout. C'est nous qui faisons les lois puisque nous sommes souverains.

— Mais tu n'es pas née homme !

— Amon m'a présentée à tous comme son héritier. Il s'est uni à la reine Ahmose pour que je règne seule sur l'Égypte et il a décidé de mon couronnement !

— Mais il n'a pas fait de toi un homme !

— Je suis sans doute homme et femme, homme dans l'esprit, homme dans l'âme mais femme par l'apparence. Toi qui aimes les femmes, reconnais que le physique féminin est plus agréable à regarder que l'apparence masculine !

— Le peuple égyptien souhaite un pharaon homme ! insista Thoutmosis. Reviendrais-tu sur ta parole ? Il souhaite qu'un homme accomplisse les rites divins, qu'il aille au combat, qu'il gouverne !

— J'ai fait la preuve que j'étais capable de remplir toutes ces fonctions mieux que toi !

Thoutmosis rongea son frein. Il se sentait humilié.

— Je ne puis porter le titre de Grand Époux royal ! Si je renonce à demeurer ton époux, qui épouseras-tu ? Un prince étranger ?

Senmout dut s'avouer qu'il n'avait pas envisagé une telle éventualité. Le roi bluffait-il ?

— Je ne reviendrai pas sur nos accords, dit la reine tranquillement. Mais je ne veux pas d'un roi qui ne songe qu'à ses propres intérêts sans penser à ceux du pays. J'aime mon pays, mes dieux, et je donnerais ma vie pour que les Égyptiens vivent libres et heureux. Qu'est-ce qui t'attire dans le pouvoir ? Ton ambition personnelle ou le bien-être de ton peuple ?

— Hatchepsout ne m'a décidément jamais compris, dit Thoutmosis. Je ferai tout ce qui est en mon pouvoir pour rendre l'Égypte prospère.

— Dis-tu la vérité ?

Hatchepsout quitta son siège et se planta devant lui en le regardant droit dans les yeux. Elle répéta sa question.

— Travaillons de concert, dit Thoutmosis. Tu me comprendras alors...

— Jusque-là tu aurais pu m'assister. Sur quelles épaules ont reposé les soucis du gouvernement ? Qui a passé des nuits blanches ?

Elle s'était assise de nouveau et s'agrippait aux accoudoirs de son siège comme pour garder son calme.

— Est-ce moi qui fréquentais le harem et passais du bon temps ? Je te propose un marché, Thoutmosis. Jusque-là, nous sommes apparus en public côte à côte. Je veux bien te céder l'avantage. Pour tous les rites religieux, je me tiendrai près de toi. Nous travaillerons ensemble. Je te donnerai un héritier mais aucune décision ne sera prise sans mon accord préalable.

En entendant ces dernières paroles, Senmout blêmit. Comment Hatchepsout pouvait-elle seulement envisager de partager de nouveau sa couche avec Thoutmosis ? Mais la main de Kallisthès vint se poser sur son bras. Senmout se retourna, étonné.

— Laisse faire, la reine t'apprécie, murmura-t-il.

À ce moment, un cri étouffé parvint aux oreilles de la reine.

— Toumis ! s'exclama-t-elle. Tu écoutais donc notre conversation derrière ce fourré ! Je te croyais parti ! Quelle ruse d'écolier !

Puis elle ajouta à l'intention de Thoutmosis :

— La solution que je te propose est la seule manière de sauver l'Égypte. Tu ne connais rien au gouvernement d'un pays. Je suis entourée des meilleurs conseillers et des fonctionnaires de notre père.

Thoutmosis lui demanda, pitoyablement :

— Mais je serai pharaon, le premier souverain de ce pays ?

— Tu veux dire que tu souhaites paraître devant moi ?

— N'ai-je pas comme toi du sang royal dans les veines ? finit par s'exclamer Thoutmosis.

— Tu es drôle, mon frère ! dit Hatchepsout en souriant. Je ne savais pas que tu descendais, toi aussi, du célèbre Ahmosis !

Comme Thoutmosis allait s'emporter, Hatchepsout déclara :

— Buvons et mangeons ! Toumis, disparais de ma vue ! Tu n'es pas mon invité ! Thoutmosis a besoin de moi ! Je dois avouer que j'ai peut-être aussi besoin de lui... Alors, soyons amis et réjouissons-nous ensemble.

Chacun but et chanta jusqu'au lever du jour. Hatchepsout manifesta le désir de se rendre au temple d'Amon pour l'honorer et tous la suivirent en la vénérant comme le pharaon du pays. Quand elle rentra au palais, la reine, fourbue, confia discrètement à Senmout :

— J'ai perdu Snen et en suis encore peinée. À cela, je me rends compte que je suis encore bien jeune !

X

Dès le surlendemain, Senmout se présenta au palais avec une énorme boîte enrubannée qui semblait peser très lourd. Il parcourut d'un pas vif les couloirs du palais en direction des appartements de la reine sans accepter que le moindre domestique le soulageât de son fardeau.

— Son contenu est trop fragile ! dit-il. J'interdis à quiconque d'y toucher !

Les serviteurs suivaient ou l'encadraient comme pour rattraper le paquet en cas de chute mais Senmout avançait sans ralentir le pas, le sourire aux lèvres. Il demanda vivement aux gardes d'Hatchepsout de s'écarter de la porte et de le laisser entrer. Mais ceux-ci ne décroisèrent pas leurs lances.

— Allons ! dit fermement Senmout. Ne m'avez-vous pas entendu ? Dois-je répéter mes ordres ?

Les deux Égyptiens demeurèrent muets, les lèvres pincées et l'air buté.

— Quelles bourriques ! clama Senmout. Laissez-moi entrer, vous dis-je ! Ce colis est très lourd et je dois le remettre à la reine.

Comme les gardes ne bougeaient toujours pas, la nourrice de Néférou-Rê qui s'apprêtait à entrer, elle aussi, dans la chambre d'Hatchepsout donna des explications au vénérable Senmout.

— Hatchepsout elle-même a distribué ses ordres. Personne ne doit pénétrer dans ses appartements sauf ses servantes et moi. Elle s'est longuement préparée ce matin. Belle et parfumée comme elle l'était, je pensais que...

— Que pensais-tu, fidèle et tendre nourrice ? demanda Senmout, très surpris.

— Il me semblait évident... que notre reine bien-aimée se trouvait à tes côtés. Ses suivantes l'ont baignée longuement avant de la vêtir harmonieusement et de parfumer entièrement son corps jusque dans les parties les plus intimes.

— Que veux dire tout ceci ? Je n'ai pas vu la reine de la journée ! Quand a-t-elle quitté ses appartements ?

— À l'aube et le soleil resplendit déjà dans le ciel au plus haut de sa course.

— L'aurais-je croisée ? Elle savait que j'allais hier honorer la déesse de mon village natal d'Armant et que je dormirais sur place. Où est son cocher ?

— À l'entrée, dit la nourrice. Je viens juste de l'apercevoir. Il discute avec les soldats de Pennethbet.

— La reine ne se déplace plus sans lui. Elle se trouve donc au palais. Elle doit donner quelques audiences. Des ambassadeurs sont-ils venus rendre visite à la souveraine ?

— Non. Je sais seulement qu'elle devait rencontrer le pharaon Thoutmosis d'urgence.

— Thoutmosis ? s'étonna Senmout. Ahmès-Penkhebet, peux-tu me rendre un service ? Dépose pour moi ce paquet dans sa chambre sans l'ouvrir.

La nourrice le prit dans ses bras maigres et faillit le laisser échapper.

— Mais il bouge !

— Tout à fait, dit Senmout en souriant de sa naïveté. Son contenu est en effet plutôt agité !

La nourrice le regarda avec des yeux ronds.

— J'espère que le contenu pourra respirer..., dit Ahmès-Penkhebet en riant.

— Rassure-toi. Le couvercle n'est pas totalement fermé mais il est maintenu en place par ces bandelettes.

Les gardes la laissèrent entrer. La jeune femme déposa le cadeau de Senmout à terre et ressortit précipitamment. Elle en oublia ce pour quoi elle était venue. Quand elle repartit vers la salle de jeu de Néférou-Rê, Senmout s'était déjà glissé jusqu'aux appartements de Thoutmosis. « La santé du roi a dû s'aggraver, se dit-il. Je ne vois aucune autre raison qui ait pu conduire Hatchepsout dans la chambre de Thoutmosis. Avant-hier soir, Hatchepsout a donné une bonne leçon au roi et je doute qu'il l'oublie avant longtemps ! »

Afin de ne pas avoir à affronter la garde de Thoutmosis, Senmout décida de passer par son bureau.

— Je souhaiterais parler au roi, dit-il au serviteur chargé de collecter les messages des ambassadeurs et de les placer dans la salle de travail d'Hatchepsout. Je l'attendrai ici puisqu'il n'y a manifestement personne.

Le vieil homme hocha la tête. Il emporta ses rouleaux sous le bras et ferma la porte. Tandis qu'il contemplait le bureau de Thoutmosis aussi vide que celui d'Hatchepsout était plein, Senmout se dit que la reine s'avérait à juste titre le véritable pharaon du royaume et que toutes les décisions du pays reposaient décidément sur ses épaules. Il devina alors quelques gémissements poussifs derrière la cloison du bureau. Celle-ci donnait en effet sur la chambre du roi. Senmout sourit. Pourquoi avait-il envisagé le pire ? Thoutmosis se portait comme un jeune homme vigoureux. Plutôt que de s'occuper des affaires de l'État, il préférait folâtrer dans les bras d'Iset ou d'une autre femme du harem. Il s'apprêtait à se retirer quand il crut reconnaître le rire éclatant d'Hatchepsout.

— Le vin que j'ai bu hier m'étourdit encore les sens, murmura-t-il.

Mais les éclats de voix qui lui parvinrent l'anéantirent. Il s'agissait bien d'Hatchepsout. Senmout fut un instant tenté de coller son oreille à la paroi. Il craignit, cependant, d'être surpris et jugea cet acte peu digne de sa fonction et de sa personne. Il préféra s'éloigner et marcher dans le jardin. Son cœur battait vite. Que signifiait tout ceci ? Était-ce ainsi qu'Hatchepsout lui rendait son amour et sa fidélité ? Il ne put s'empêcher de lever la tête vers la chambre royale. Qu'avait-il espéré, lui le petit paysan d'Armant ? Hatchepsout lui faisait comprendre qu'il ne resterait toute sa vie qu'un serviteur dépendant de la volonté de la fille d'Amon. Il en ressentit une peine immense.

Il s'assit près de la mare et médita longtemps. Pour la première fois depuis la naissance de Néférou-Rê, il évita la fillette et préféra la laisser à sa nourrice. Elle ressemblait trop à Hatchepsout et, à cet instant, il voulait fuir tout ce qui lui rappelait la reine d'Égypte.

***

Derrière la fenêtre à croisillons de la chambre du roi, Hatchepsout était loin de penser que Senmout se trouvait si près d'elle. Sans doute le croyait-elle encore à Armant.

— Tu te moques de moi ! lui dit Thoutmosis en riant.

— Mais non ! répondit Hatchepsout. Pourquoi ne me fais-tu pas confiance ? J'ai remarqué combien tu étais attentif à moi ces derniers temps. Tu as mûri. Ta délicatesse me touche. J'ai pensé que nous pourrions partager quelques bons moments ensemble. N'aimes-tu pas les femmes ? Le souvenir de notre nuit d'amour est-il pour toi si désagréable que tu ne puisses en envisager d'autres ? J'y suis ! Tu redoutes qu'Iset ne l'apprenne et que cette sotte ne te fasse des scènes de jalousie ! Mais aucune femme ne peut se permettre d'être jalouse de la fille d'Amon ! Tu partages la couche d'une déesse ! Iset ne restera toute sa vie qu'une danseuse avec des manières grossières et gauches !

Thoutmosis n'apprécia guère les remarques d'Hatchepsout. Il se sentit toutefois flatté que la reine vînt le rejoindre. Elle avait accepté de reconnaître sa place de Pharaon unique même si elle souhaitait tout diriger et il était normal qu'elle se donnât à lui, le Pharaon !

— Hatchepsout, tu es fine et intelligente. Tes manœuvres m'échappent parfois... Je ne parviens pas à te faire confiance.

— Laisse-toi donc aller, lui répondit Hatchepsout en dénouant sa longue chevelure dans un geste sensuel auquel il n'était pas habitué. Cesse de voir en moi une femme qui régente tout et qui perd tout aspect de féminité. Ne me trouves-tu pas à ton goût ?

Les cheveux bruns de la reine caressèrent le torse nu du pharaon. Sa tête vint se poser sur la poitrine trop maigre du roi. « Les prêtres m'ont conseillé de me rapprocher de la reine et de veiller à ce qu'elle remplît ses devoirs à mon égard, se dit Thoutmosis. Une Grande Épouse doit partager le lit de Pharaon et lui obéir. »

— J'avoue ne pas être habitué à te voir soumise...

— Je suis une femme, ne me l'as-tu pas suffisamment répété ? dit Hatchepsout en le regardant avec ses yeux de chat soigneusement maquillés. Or, une épouse doit se montrer soumise.

Thoutmosis se leva soudain.

— Que cache ce comportement inattendu ? Parle, Hatchepsout !

Mais la reine sourit et se renversa, offerte, sur le lit. Sa longue tunique épousait les formes de son corps si bien qu'on l'eût crue nue. Elle éclata de rire sans, toutefois, se moquer de lui comme elle l'avait fait devant ses amis après lui avoir cédé le titre de Pharaon.

— Ta grande faiblesse est de ne pas savoir distinguer la vérité du mensonge, ajouta-t-elle. Quel dommage ! Laisserais-tu passer cette occasion que les dieux nous offrent de nous réconcilier et de nous unir comme mari et femme ?

Elle se retourna sur la couche en entraînant ses voiles entre ses jambes, le lin soulignant alors la chute de ses reins. Thoutmosis s'assit de nouveau à côté d'elle et laissa glisser sa main sur ses formes à peine arrondies. Elle sourit, la tête enfouie entre ses bras croisés, sachant qu'elle le mènerait où elle voulait.

— Cesse de te moquer de moi ! dit Thoutmosis en devinant son sourire.

Il se leva et saisit une coupe de vin avec humeur. Hatchepsout s'approcha de lui, les lèvres sensuelles. Mais il s'écarta.

— Tu me mens ! Jamais tu n'as recherché ma compagnie si ce n'est pour faire un enfant !

Elle tenta de déposer un baiser sur ses épaules mais il se dégagea sans brusquerie. Le parfum d'Hatchepsout qui fondait de son cône embaumant l'enveloppa d'une suave douceur, faisant naître en lui un désir nouveau. Malgré lui, ses gestes se firent possessifs. Il déposa vivement sa coupe sur une table et serra Hatchepsout contre lui.

— Tu vas maintenant m'apprendre pourquoi tu es ici ! dit-il, buté.

— Auparavant, je souhaiterais que tu espaces tes visites à Iset. Cette femme devient insupportable de prétention !

— Je ne la vois que rarement.

Hatchepsout sourit encore une fois.

— Tu mens toi aussi, dit-elle à Thoutmosis en posant un doigt sur sa bouche puis en contournant ses lèvres avec son index comme si elle voulait les redessiner. En entrant, j'ai entendu la petite porte du fond se refermer discrètement.

— C'était un domestique, répondit Thoutmosis.

— Un domestique qui poussait des soupirs éloquents ! Ta couche était froissée, ton pagne de travers et le parfum d'Iset aurait soulevé les cœurs les mieux préparés à de tels effluves !

— Soit ! Iset se trouvait dans cette pièce. Et toi, pour quelle raison t'y trouves-tu ?

— Parce que j'ai vraiment envie de partager ta couche, Thoutmosis.

Comme le roi allait protester, Hatchepsout ajouta :

— Tu ne devines pas ?

— Non, répondit Thoutmosis avec humeur.

— J'ai décidé d'attendre un autre enfant de toi.

— Toujours cette même rivalité avec Iset, dit-il maladroitement.

Hatchepsout planta ses yeux dans les siens.

— Je ne te répéterai jamais assez qu'aucune rivale ne peut se comparer à la reine d'Égypte !

— Tu désires pourtant un autre enfant alors que Néférou-Rê te comble et que Thoutmosis peut assurer ma succession. Une union entre eux arrangerait tout.

— Ce n'est pas mon point de vue! lança Hatchepsout. Néférou-Rê n'unira jamais son sang à celui d'une danseuse!

— Par Isis, tu m'étonnes, Hatchepsout! Ne trouves-tu pas qu'il s'agit là de la solution idéale? Thoutmosis deviendra fort et puissant. Il sert admirablement le dieu Amon sous le regard sévère du Grand Prêtre. Ses yeux intelligents témoignent de son esprit têtu et obstiné. Je le trouve parfois belliqueux et dur alors que j'étais si faible à son âge! Néférou-Rê fera une Grande Épouse belle et majestueuse, rompue aux bonnes manières! Elle me rappelle Ahmose dans ses gestes gracieux, dans sa démarche légère et sa douceur. Tu l'as si souvent présentée au peuple qu'elle est habituée à poser et à saluer avec un naturel étonnant!

— À tes yeux, Thoutmosis présente peut-être toutes les qualités propres à régner un jour. Ma fille est éduquée pour se tenir en avant et non pour se placer en retrait derrière un pâle époux. La princesse se montre fragile mais Senmout sait tirer d'elle les meilleures qualités. Aujourd'hui, son éducation demeure incomplète. Mais je souhaite qu'elle dépasse tout le monde par son esprit et sa culture. Seul un frère de sang royal sera alors digne d'elle!

— Voilà donc ton idée, soupira Thoutmosis. Tu souhaites un fils pour l'unir un jour à Néférou-Rê...

— Tous deux, dieux devant les dieux, régneront ensemble.

Thoutmosis hésita.

— Et si tu donnes le jour à une deuxième fille?

— Je tenterai tout ce qui est possible afin d'éviter que le fils d'Iset monte sur le trône d'Égypte! Si nous concevons une fille, nous devrons tenter un nouvel essai...

— Douterais-tu de mes capacités?

— Oh non! répondit Hatchepsout.

— N'oublie pas que je suis Pharaon et j'en possède tous les titres!

— Je ne l'oublie pas! s'empressa de dire Hatchepsout. Avant de t'accorder cette place, ne t'avais-je pas toujours témoigné le respect dû à ton rang?

— Non! Tu ne m'as jamais ni admiré ni respecté! Rappelle-toi ces insultes que tu me lançais quand nous étions enfants!

— Ce temps paraît si lointain... Ne pensons qu'au plaisir. Verse-moi une coupe de vin et étendons-nous!

Il s'exécuta sans recourir à un domestique et s'allongea auprès d'elle. Ils dégustèrent le vin doux par petites gorgées. Hatchepsout guettait le moment opportun pour entraîner son époux dans des élans passionnés. Elle ferma les paupières et posa sa tête sur son épaule comme si le vin alourdissait ses sens. Bien qu'elle éprouvât de la répulsion pour ce mari sans intérêt, elle pria Amon de la lui dissimuler et songea à Senmout en se laissant renverser sur la couche royale.

La reine passa la nuit auprès de Thoutmosis dont les désirs paraissaient insatiables. Bien qu'elle essayât à maintes reprises de se lever et de se glisser hors du lit pour rejoindre sa chambre, Thoutmosis s'éveillait et l'attirait de nouveau contre lui, les sens ranimés par son parfum tenace et ensorcelant. Elle se laissait enlacer malgré elle et livrait son corps à ses baisers brûlants. Le pharaon finit par s'endormir à l'aube, éreinté et repu.

Quand elle l'entendit ronfler doucement, Hatchepsout se leva et revêtit son voile léger puis elle brossa rapidement ses cheveux et enfila ses sandales d'or. Elle ouvrit discrètement les deux battants de porte, ne pouvant emprunter celle qui donnait sur les appartements du harem et ordonna à deux servantes de la raccompagner jusqu'à sa propre chambre.

Dès qu'elle en franchit le seuil, la reine sursauta. Un animal venait de sauter sur son épaule. Elle poussa un cri si terrible que les deux suivantes entrèrent dans la pièce, inquiètes.

— Débarrassez-moi de ce singe qui me tire les cheveux ! dit Hatchepsout à moitié endormie. Qui l'a placé dans ma chambre ?

Le singe sauta sur la coiffeuse puis sur le lit. Il se balança quelques instants au-dessus de la porte puis courut dans la salle de bains.

— Que veut dire ceci ? demanda Hatchepsout. On dirait Snen !

Elle déplia un rouleau de papyrus entouré d'un ruban déposé sur sa boîte de maquillage. Les larmes lui montèrent aux yeux.

— Laissez-moi, dit-elle aux deux Égyptiennes. Tout va bien. Avant de partir, tentez de maîtriser ce singe bleu et amenez-le-moi, que nous fassions connaissance. Apportez-moi des fruits et des friandises. Snen les adorait !

Elle déroula de nouveau le billet de Senmout et le relut plusieurs fois.

— « Pour toi, ce présent, à la Vénérable des vénérables, seul Pharaon aux yeux des dieux, au regard du monde, de la part de ton fidèle Senmout. »

La reine demeura pensive.

— Si tu savais, mon cher Senmout, murmura-t-elle. Un fils naîtra peut-être de notre union. Il aura ton intelligence et ton savoir. Il héritera de mon sang. Thoutmosis le prendra pour son enfant mais ses traits seront les tiens et il gouvernera le monde mieux que n'importe quel autre pharaon au bras de ma Néférou-Rê !

Le singe bleu vint sauter de nouveau sur le lit d'Hatchepsout qui éclata de rire.

— Viens là ! lui dit-elle en le caressant.

Il la mordilla et partit se cacher derrière un coffre.

— Tu n'es pas plus obéissant que Snen ! N'aie crainte ! Viens vite !

Dès que les domestiques rapportèrent des fruits mûrs aux odeurs agréables, le singe pointa son nez et tenta d'en voler un mais Hatchepsout réussit à lui attraper la patte.

— Attention, Majesté, il va vous mordre ! dit un serviteur.

— Mais non ! Vous pouvez me laisser ! Je suis en bonne compagnie.

Le singe finit par s'asseoir sur le lit en puisant dans la corbeille de fruits avec une audace étonnante, répandant du jus sur les étoffes soyeuses. Hatchepsout lui caressait sa tête presque chauve aux poils doux. Ses yeux noirs et malicieux la scrutaient. Il se gratta le sommet du crâne tout en continuant de manger. Puis il vint se blottir contre la reine.

— Tu manges salement, Sneni, dit-elle. Est-ce que ce nom te convient ? Tu devras apprendre les bonnes manières car tu vivras désormais dans ce palais !

Le singe hocha la tête de haut en bas comme s'il approuvait Hatchepsout. Il respecta la fatigue de la reine qui s'allongea et s'endormit aussitôt.

XI

Le roi Sauztata descendit vivement de son char et ordonna qu'on ne le dérangeât pas. Il s'enferma dans son bureau et médita longuement le déroulement de sa campagne. L'organisation et la force de l'armée égyptienne n'avaient rien de commun avec ce que Séti lui avait dit. Il s'était étonné de rencontrer des soldats aussi unis, aussi exercés et si motivés. Pourquoi Séti ne lui avait-il pas parlé de cette puissance ? Ne l'avait-il pas encouragé à guerroyer au plus vite contre l'Égypte ?

Après avoir réfléchi au sujet, le roi se leva de son siège, très agité. Il appela sa garde et cria presque :

— Qu'on prépare l'estrade ! Je dois faire un discours au peuple ! Mais, auparavant, que Séti se présente devant moi et que mon scribe vienne avec lui !

Le Thébain, qui attendait les semonces du roi, se trouvait déjà au palais quand Sauztata manifesta le désir de le voir. Kay paraissait, lui aussi, très contrarié.

— Bien ! dit le roi en ordonnant aux gardes de fermer les deux battants de la porte derrière Séti et son scribe. Qu'on ne me dérange pas ! Et maintenant, je veux des explications !

Séti garda son sang-froid et lui répondit très courtoisement :

— Roi auguste et juste, je ne comprends pas ce que tu attends de moi. Je suis anéanti par notre défaite et pensais sincèrement que tes troupes invaincues l'emporteraient face à l'armée égyptienne, mais je n'ai jamais laissé entendre que les forces ennemies devaient être méprisées. Bien au contraire...

Le roi tapa du poing sur l'accoudoir de son trône avec une force étonnante.

— Kay et toi ne m'avez pas détourné de mon projet. Vous ne m'avez jamais expliqué que Thoutmosis savait mener ses hommes au combat et qu'il avait ainsi appris à tirer de l'arc. L'avez-vous vu lancer ses traits et toucher les Assyriens d'un geste sûr ? Je le croyais gauche et peureux. Au lieu de quoi, le dieu semblait guider son bras qui ne tremblait pas ! Quant à Pennethbet, il demeure aussi brillant qu'autrefois ! Vous ne m'avez pas déclaré que nous gagnerions à coup sûr mais vous ne m'avez pas une seule fois découragé !

Comme Séti tentait de répondre, Sauztata lui dit en tendant l'index vers lui :

— Je me demande ce que cache tout cela ! J'ai l'impression d'avoir été manipulé et je ne vous fais aucune confiance ! Scribe, toi qui es parti avec les Thébains Séti et Kay et qui me sers depuis si longtemps, révèle-moi la vérité ! As-tu appris ou vu quelque chose d'intéressant en Égypte ?

Séti rougit. Il craignait les révélations du scribe et se tenait prêt à toute condamnation.

— Non, je n'ai rien vu, répondit celui-ci. Comment aurais-je pu comprendre la situation de l'Égypte alors que nous attendions tous le retour de Séti aux portes du désert, non loin de Memphis ?

Séti sembla revivre. Il retrouva son assurance et ajouta :

— Roi bien-aimé, nous ne t'avons jamais encouragé à agir aussi vite. Tu paraissais tellement heureux de l'emporter sur les Égyptiens que nous n'avons pas été aussi objectifs que nous l'aurions dû...

Le roi l'observa et caressa sa fausse barbe taillée au carré.

— Je pense, Séti, que tu es très habile mais je finis par me demander si tu n'as pas agi de concert avec la reine Hatchepsout. N'as-tu pas comploté avec elle au palais ? Ne lui as-tu pas révélé mes intentions car les Égyptiens étaient manifestement informés de notre arrivée. Sinon, ils ne nous auraient pas repoussés avec une telle rapidité ! Quand on est pris par surprise, on n'arrive pas sur-le-champ avec une armée rassemblée et prête au combat !

— Par Ishtar, je ne pouvais pas comploter contre toi avec la reine d'Égypte !

— Et pour quelle raison ? Tu es thébain ! Peut-être convoites-tu un haut poste en Égypte ?

— Mais non ! C'est impossible !

— Pourquoi ? Explique-moi très exactement pourquoi tu as un jour quitté l'Égypte pour l'Assyrie. Kay m'a exposé ses raisons. Je ne sais si je dois le croire...

— Quelle décision vas-tu prendre ? demanda Séti, la gorge nouée.

Le roi se leva et arpenta la pièce les mains croisées derrière le dos.

— Scribe, assieds-toi et note ! Je compte ouvrir une enquête au sujet de Séti. Je veux un rapport complet sur lui ! Qu'on interroge mes espions et qu'ils se rendent si nécessaire en Égypte. Si j'apprends qu'il a menti, il sera puni, lui et sa famille ! Qu'une enquête soit également ouverte sur Kay et Thémis !

Sabutu notait à toute vitesse ce que lui dictait le roi en regardant Séti d'un air moqueur et satisfait.

— Et dans l'attente de cette enquête ? demanda Séti, froissé.

— Toi et Kay resterez dans cette ville. Je vous interdis de la quitter sous un prétexte quel qu'il soit ! Quatre de mes gardes vous surveilleront ! Si vous tentez de partir en secret, ils vous exécuteront.

— Je comprends que cet échec te contrarie, osa Séti, mais je te prie, roi tout-puissant, de retrouver ton équité. Je t'ai servi pendant des années le mieux possible sans ménager ma peine. Je t'ai fourni de précieuses indications parce que j'étais autrefois employé à la cour de Pharaon...

— Laisserais-tu entendre que le traître serait ce Kay ?

— Certainement pas, répliqua aussitôt Séti. Avec tout le respect que je te dois, je te supplie de réfléchir et de considérer demain les choses plus calmement. Nous en reparlerons...

— Comment ? Tu oses me donner des ordres et discuter les miens ! Qu'on s'exécute et qu'on chante des hymnes pour nos soldats défunts ! Je ne resterai pas sur un échec et l'Égypte aura de mes nouvelles ! Mais j'ai l'impression qu'on me dissimule des faits et je veux en avoir le cœur net !

XII

Le lendemain, Hatchepsout fut réveillée par Sneni qui croquait des fruits secs. Elle se demanda, tout d'abord, qui faisait ces bruits bizarres puis elle se souvint du cadeau de Senmout.

— Bonjour Sneni ! dit-elle en riant à l'animal qui lui fit fête.

— Majesté, nous ne parvenons pas à l'attraper ! se plaignit une suivante.

— Laissez-le libre d'aller où bon lui semble ! Senmout s'est-il présenté ce matin ?

— Non, Reine des Deux Pays.

— Je vais lui faire une petite visite pour le remercier de son présent ou plutôt non. Sneni ira à ma place lui porter ma réponse. Scribe ! Écris ce que je vais te dicter !

Le scribe qui s'apprêtait à lui lire les dépêches comme chaque matin s'assit en tailleur et affûta son calame.

— Sneni s'avère plus indiscipliné encore que Snen. Je le trouve donc à mon goût. Tu as réalisé le meilleur des choix. Merci de tout cœur, dicta la reine. Bien ! ajouta-t-elle à l'intention du scribe. Tu peux donner le rouleau à Sneni.

— À Sneni ? interrogea le scribe sans comprendre.

— À mon nouveau compagnon que voici.

— Mais il va le déchiqueter !

— J'espère bien que ce singe se montrera assez intelligent pour ne pas dévorer un message royal !

Sans attendre que le scribe le lui tendît et comme s'il comprenait les intentions de la reine, Sneni sauta d'un bond près du scribe qui eut un geste de surprise. Puis il s'empara du rouleau et courut à travers la pièce en poussant de petits cris joyeux.

— Sneni ! dit Hatchepsout en riant. Va porter cette lettre à Senmout ! Un garde va t'accompagner.

Elle appela en effet l'un de ses gardes qui ne cacha pas son étonnement devant une demande si peu ordinaire. Sneni avançait par petits bonds, le rouleau serré contre lui. Il se retourna à plusieurs reprises pour voir si Hatchepsout le suivait et manqua faire demi-tour mais il se ravisa et suivit le garde jusqu'à la porte de Senmout. Les gardes de l'Administrateur suprême lui ouvrirent les deux battants en s'effaçant devant l'animal comme s'il s'agissait d'un haut fonctionnaire. Sneni courut dans toutes les pièces. Ne trouvant personne, il déposa le rouleau sur le lit et ressortit vivement.

— Tu as trouvé Senmout ? demanda la reine au garde.

— Non. Le bureau et la chambre étaient vides mais nous avons déposé le message.

— Vides ? s'étonna la reine. Bien ! Laisse-moi. Je vais me préparer. Senmout serait-il retourné à Armant ?

***

Dans les jours qui suivirent, Hatchepsout guetta les signes d'une éventuelle grossesse. Elle interrogea des magiciennes, des médecins, s'inventa des nausées et des vertiges. Chaque jour, elle consultait Kallisthès en prétextant des malaises indéfinissables. Le Crétois s'inquiéta tout d'abord d'un tel état d'esprit. Pourquoi la reine, d'ordinaire si robuste, cherchait-elle absolument les causes d'une maladie ? Craignait-elle d'attraper le même mal que Thoutmosis ? Mais il finit par comprendre et interrogea plus précisément Hatchepsout.

— Tout incline à penser que tu attends un nouvel enfant, Vénérable des vénérables, répondit Kallisthès.

Les yeux d'Hatchepsout brillèrent de joie. Puis son regard s'assombrit.

— Si Senmout se montrait plus enjoué à mon égard, je serais comblée ! Je vais de ce pas lui annoncer la nouvelle !

— Crois-tu qu'elle le réjouira ? demanda Kallisthès. Je te sais habile. Tu n'aurais jamais pris le risque de tomber enceinte sans avoir de relations avec ton époux... Or, Senmout t'est fidèle... Il t'apprécie, t'honore et éprouve pour toi de tendres sentiments.

— Que prétends-tu, Kallisthès ? s'indigna Hatchepsout. Si j'ai des relations avec mon époux, ce n'est que par devoir et sans plaisir. Le père de cet enfant ne peut être que Senmout !

— En es-tu sûre ?

— Bien entendu ! répondit Hatchepsout en se redressant.

La nouvelle se répandit bientôt dans toute l'Égypte que la reine attendait un enfant. Iset devint soudain plus agressive. Si elle n'osait pas reprocher à Thoutmosis de fréquenter sa femme, elle ruminait sa rage au fond d'elle-même. Malgré les ardeurs de Thoutmosis, Hatchepsout mettait beaucoup de zèle à l'éviter, prétextant qu'elle ne se sentait pas très bien. Elle priait chaque jour Amon de lui donner un garçon et se couchait souvent, même en pleine journée.

Plus la naissance approcha, plus Senmout paraissait s'éloigner d'Hatchepsout. Elle ne trouvait pas à ses côtés le réconfort souhaité. Toute la ville en émoi attendait avec anxiété la venue de ce nouvel enfant. Quand le jour fut enfin arrivé, les femmes accompagnèrent Hatchepsout dans le kiosque où elle voulait accoucher. Faisant fi de toute douleur, la reine interrogea la nourrice dès qu'elle eut mis au monde son enfant.

— C'est une petite fille ! s'exclama celle-ci avec joie.

Les nobles du palais, aussitôt informés, se montrèrent plutôt satisfaits. Thoutmosis, le fils du pharaon et d'Iset, se présentait bien comme l'héritier de la couronne. Hatchepsout refusa de les recevoir. Elle s'enferma pendant plusieurs jours dans sa chambre. Même le pharaon dut renoncer à la voir. Quant à Senmout, il hésita à se présenter auprès d'elle la sachant anéantie.

En voyant la reine agir de la sorte, Iset comprit qu'elle avait donné naissance à une fille mais elle voulait en avoir le cœur net. Aussi se présenta-t-elle dans la chambre du roi en l'interrogeant avec empressement.

— Nous avons eu une seconde fille, répondit celui-ci, un peu déçu.

Iset ne put contenir sa joie. Elle se mit à rire aux éclats en se moquant de la reine.

— Je vais chercher notre enfant. Il doit s'ennuyer sans son père. Je suis donc, moi simple danseuse, moi Iset, la mère du futur pharaon de ce pays ! Je le sens ! Mon petit Thoutmosis déjà si fort régnera !

— Calme ton ardeur, lui dit le roi. Tout cela est indécent. Les gardes t'ont entendue ! Ils pourraient bien rapporter tes propos !

— Je n'en ai que faire !

— Pas moi ! dit Thoutmosis. On raconte que je suis trop faible avec toi, que tes manières s'avèrent indécentes, que mon père t'aurait chassée si tu avais osé devant lui un dixième de ce que tu oses avec moi ! Je ne veux pas passer pour un faible !

— Tu ne m'as jamais parlé ainsi, maître, dit Iset en se jetant à ses pieds.

— Tu dépasses les limites autorisées par Amon ! Des gens d'origine modeste vivent avec générosité et ouvrent leur cœur à autrui. Tu te montres ingrate et cruelle. La reine a été patiente à ton égard. Elle s'emporte facilement mais elle pardonne vite. L'affection que j'éprouve pour toi m'empêche d'être juste.

Le roi agitait nerveusement le bracelet qui ornait son poignet. Il le faisait monter et descendre autour de son bras.

— Je sais que tu n'as pas été élevée à l'école des princes, que tu as dû gagner ta vie, donner de ta personne avant de me rencontrer. Mais tu dépasses les bornes. Les dieux nous invitent à ne pas faire preuve de démesure. Tu resteras désormais dans tes appartements avec le petit Thoutmosis jusqu'à ce que les rumeurs à ton sujet se calment. Si tu ne respectes pas mes ordres, je donnerai moi-même des instructions pour que tu sois fouettée sur-le-champ ! On raconte partout que tu faisais les cent pas pendant que la reine accouchait et que tu envoyais sans cesse un messager aux nouvelles ! Tes intentions n'ont berné personne !

Le pharaon se faisait violence en prononçant de telles paroles. Il se mordilla les lèvres et croisa puis décroisa les doigts avec agacement. N'avait-il pas créé cette situation par son laxisme ?

— Le palais attend que je te donne une leçon de conduite. Les fonctionnaires, fidèles de la reine, n'apprécient ni tes remarques ni tes transports de joie alors qu'Hatchepsout sanglote, seule, entre ses draps. Prends garde, Iset, que ton ambition ne te mène à ta perte ! Je connais Hatchepsout. Elle sera bientôt informée de tes élans de bonheur, déplacés dans un tel contexte. Elle restera de marbre mais elle viendra me donner un ultimatum.

— Qui se permettrait de donner un ultimatum à Pharaon ! s'exclama Iset avec audace.

— Tais-toi, malheureuse ! J'ai trouvé avec ma sœur-épouse un terrain d'entente. Je suis Pharaon et compte bien le rester ! Tout Iset que tu sois et bien que j'éprouve à ton égard une immense affection, aucun être, aucune chose, ne saurait l'emporter à mes yeux sur ce titre envié de Pharaon ! Je te chasserai avec ton fils si je dois choisir entre toi et le trône !

Un peu dépitée, Iset serra les genoux de son maître et le supplia de l'aider.

— La reine me fait peur, dit-elle non sans hypocrisie. Quand elle passe devant moi en me jetant un regard froid et dur, je me sauve. Thoutmosis la craint, lui aussi. Il éclate en sanglots chaque fois qu'elle le regarde !

— Hatchepsout ne regarde jamais Thoutmosis,

répondit le roi. Ne mens pas ! La reine a accepté que je prisse d'autres épouses. Je t'ai nommée seconde épouse alors que tu n'es ni une princesse ni une femme noble. Je te demande de prendre garde à tes manières et à tes propos. Je ne tolérerai pas que tu insultes la reine et que tu te moques d'elle en public !

— Roi des rois, pardonne-moi ! Je n'ai pas fait attention ! Mais je sais que la reine manigance derrière mon dos ! Elle veut me chasser du palais, elle et mon fils. Si elle avait donné naissance à un héritier, je ne serais peut-être plus à tes côtés aujourd'hui même ! Comprends ma joie ! Me ferais-tu fouetter parce que je tiens à toi et que je souhaite voir mon fils devenir pharaon ?

Devant le regard éploré de la belle Iset, le roi se sentit de nouveau fléchir.

— Je t'épargnerai cette fois, dit-il finalement, mais au moindre faux pas, je te livrerai au bourreau ! Tu resteras, cependant, dans tes appartements. Ne te hasarde ni dans les couloirs du palais ni dans le jardin. La nourrice ira promener Thoutmosis. Si par hasard tu rencontrais Hatchepsout et si elle venait d'apprendre que tu t'es réjouie de son malheur, tu serais justement punie ! Tu ne participeras pas non plus aux prochaines fêtes ni aux dîners officiels.

Iset se releva discrètement. Elle s'inclina devant le roi et lui demanda timidement :

— Majesté, puis-je te poser une dernière question ?

— Fais !

— As-tu vu ta fille ? À qui ressemble-t-elle ? À toi ou à Hatchepsout ? Thoutmosis a-t-il des traits communs avec sa sœur qui vient de naître ?

Le roi se montra surpris d'un tel intérêt pour la princesse.

— Que cachent encore ces interrogations ?

— Rien. Mais Thoutmosis vient d'avoir une nouvelle sœur et je ne puis m'empêcher de me poser des questions !

— Eh bien, oui, j'ai vu ma fille. Son visage était encore tout fripé et rouge ! Elle sera bientôt honorée au temple devant le dieu Amon. Sans doute alors ses traits seront-ils plus nets et ses yeux ouverts. Nous pourrons dire à qui elle ressemble le plus. Elle me semble en bonne santé. Quand elle est née, Néférou-Rê était moins robuste !

— Et comment s'appelle-t-elle ?

— Meryrêt-Hatchepsout.

— Senmout va-t-il être son précepteur ?

— Je ne le pense pas, répondit le roi. Ses occupations ne lui permettent même plus de s'occuper de Néférou-Rê ! Senmen le remplace très bien.

Bien qu'elle y songeât et que la remarque lui brûlât les lèvres, Iset n'osa avancer l'hypothèse que Meryrêt pouvait être la fille de Senmout. Elle connaissait la constance de la reine et elle se doutait qu'Hatchepsout tenterait probablement d'avoir un fils dans les mois à venir. La partie n'était pas encore gagnée.

— J'ai cru comprendre que la reine reprendra vite ses activités, ajouta le roi. Elle n'a pas l'intention d'entourer constamment Meryrêt. Évite de la croiser dans les premiers temps. Sois patiente.

— Je sens que tu es encore en colère contre moi, dit Iset en revenant vers lui.

— Agis de telle sorte que j'oublie ta mesquinerie et ta bêtise, Iset ! dit le roi. Sinon, je te verrai moins souvent. Ton fils jouera avec les autres enfants du harem sans pouvoir prétendre au trône et j'ordonnerai de te châtier. Maintenant, enferme-toi dans ta chambre et médite bien mes paroles !

Le pharaon se mit alors à tousser. Il dut se lever pour prendre l'air. Iset appela du secours.

— Ce sont encore ces toux sèches qui l'agitent, dit Kallisthès en entrant précipitamment dans la pièce. Vite ! Apportez les cruches, de l'eau et des compresses ! Il me faut aussi du linge imbibé de citron. Qu'on aide le roi à s'étendre ! Là ! Hâtez-vous !

Le Crétois lança à Iset un regard noir. Il avait entendu comme tout le monde les bruits qui circulaient sur son attitude peu digne d'une seconde épouse. Aussi Iset quitta-t-elle le chevet du roi, décidée à obéir et à laisser passer l'orage.

XIII

Bien que Thoutmosis commençât à s'imposer, son état de santé suscitait des interrogations. Pour la première fois, Kallisthès restait impuissant. Malgré ses drogues et ses préparations, il ne parvenait pas à enrayer le mal qui rongeait le roi. Sa maigreur devenait inquiétante. Il dut également multiplier ses efforts pour aider la reine Ahmose qui s'alita un matin pour s'éteindre dans la nuit. La Grande Épouse fut enterrée dignement. Son peuple et sa famille la pleurèrent longuement. Alors qu'elle n'écoutait guère ses conseils, Hatchepsout se sentit désemparée. Même si elle refusait souvent de consulter sa mère, la jeune reine préférait la savoir à ses côtés. Elle l'avait toujours aimée sans manifestation de tendresse excessive mais avec respect, ne lui reprochant que sa liaison avec Kallisthès.

Le Crétois surmonta difficilement sa douleur. Après l'enterrement, il demanda audience à Hatchepsout et lui dit aussitôt sans détour :

— Reine des Deux Égyptes, j'ai quitté un jour la Crète où est enterrée ma mère pour venir apporter des plantes bénéfiques à la divine Ahmose. Quand j'ai vu l'épouse de Pharaon, je n'ai pu détacher mon regard ni mes pensées de sa bonté et de sa beauté. Tu me l'as suffisamment reproché. Pourtant, je crois aussi avoir contribué à servir la famille royale. J'ai préparé pour vous et vos amies des onguents et des crèmes de beauté. J'ai travaillé à l'élaboration de vos tombeaux et à vos monuments gigantesques. Je vous ai sauvées autrefois d'une mort certaine. Aujourd'hui, il est enfin temps que je rentre en Crète...

— Réfléchis, lui dit Hatchepsout. Je ne te chasse pas ! J'ai appris à te faire confiance et tu es le bienvenu au palais. J'ai besoin de conseillers habiles comme toi. Tu seras aussi bien traité que lorsque ma mère vivait.

Souhaitant, tout d'abord, précipiter son départ, Kallisthès le repoussa de jour en jour jusqu'à ce qu'il n'en parlât plus. Moutnéfret venait le consulter matin et soir, le suppliant de trouver un remède pour guérir son fils du mal inconnu qui le rongeait. Le roi pria Hatchepsout de l'aider à construire son temple de millions d'années.

— Prête-moi ton architecte Senmout, lui demanda-t-il. Il accomplit des exploits à Deir el-Bahari. J'ai moi-même dessiné les plans de mon futur tombeau. Donne-les-lui. Qu'il agisse vite !

Bien qu'elle jugeât les dessins de Thoutmosis presque ridicules, tant la tombe envisagée semblait médiocre à côté de la sienne, la reine accepta d'intercéder auprès de Senmout.

— Il me sera difficile d'entreprendre un monument sacré pour un homme que je n'aime pas, lui avoua Senmout. Mais je le ferai pour toi. Comment décorer des murs d'exploits quand j'ai vu Thoutmosis trembler devant les Nubiens ? Comment le louer dans sa vie politique et privée alors que je le trouve si misérable avec sa danseuse Iset qu'il chérit tandis que tu travailles tard dans la nuit !

Hatchepsout le supplia d'oublier leurs querelles et leurs dissensions pour exécuter les volontés royales.

***

Thoutmosis eut beau lutter pour prolonger sa vie jusqu'à ce que son tombeau fût achevé, les dieux et les hommes restèrent impuissants : Thoutmosis II mourut sans avoir réellement régné, en ayant occupé le trône pendant seulement quelques années.

Quand le médecin constata son décès, le pays fut en ébullition. Le peuple s'interrogeait : Hatchepsout se retrouvait seule au pouvoir. Épouserait-elle un étranger ? Comment une femme pharaon se ferait-elle obéir ? Comment Thoutmosis II avait-il pu mourir si vite ? Iset se révolta contre la reine comme si Hatchepsout était responsable de la mort du pharaon. Elle laissa courir de méchantes rumeurs, prétextant qu'Hatchepsout avait toujours voulu le pouvoir pour elle seule et qu'elle fréquentait plus assidûment son époux pour mieux s'en débarrasser.

Ces rumeurs ne parvinrent pas tout de suite aux oreilles de la reine qui regrettait son frère même si elle le détestait quand il était enfant, qu'elle le jugeait stupide adolescent et incapable de gouverner, accordant plus d'attention à ses fonctionnaires. Senmout estima plus prudent de la tenir au courant.

— Le peuple s'interroge sur la mort de Pharaon, lui dit-il sans mentionner Iset. Il juge sa disparition si subite...

— Qu'entends-tu par là ? s'étonna la reine alors qu'elle venait de donner des ordres pour que l'on préparât au mieux l'enterrement de Pharaon et qu'on procédât à la purification de sa chambre selon les conseils de Kallisthès.

— Qui ne serait pas bouleversé par la disparition d'un proche ? éluda Senmout. Je dois, cependant, t'informer des bruits qui courent.

— Et en quoi suis-je responsable de ces rumeurs ?

Senmout se racla la gorge. Il rougit avant de déclarer :

— Je crois que d'aucuns en profitent pour laisser croire que tu ne serais pas étrangère au décès de Thoutmosis II.

— Comment par Isis ! Qui ose donc colporter de tels mensonges ? Donne-moi son nom que je le punisse immédiatement !

— Hélas ! On ne connaît souvent pas l'origine des rumeurs.

— Je suis persuadée que tu en sais plus que tu ne veux bien le dire ! Eh bien ! Que l'on informe le peuple thébain que je prononcerai demain matin un discours devant les portes du palais ! Qu'on fasse dresser l'estrade royale ! Va chercher Kallisthès !

Senmout reçut les ordres de la reine sans discuter.

— Attends, Senmout ! le rappela Hatchepsout avant qu'il ne prît congé. Je voulais connaître ton avis au sujet de ma petite Meryrêt-Hatchepsout. Tu ne m'as rien dit d'elle depuis sa naissance. La trouves-tu belle ? À ton avis, à qui ressemble-t-elle ?

— Je ne compte pas m'occuper de Meryrêt comme je l'ai fait pour Néférou-Rê si tu le permets, ô Reine des Deux Égyptes. Mes fonctions ne me laissent pas suffisamment de temps. À moins, bien entendu, que tu n'insistes sur ce point...

— Je suis d'accord avec toi, Senmout, l'interrompit Hatchepsout. Mais tu n'as pas répondu à ma question. Es-tu allé voir ma petite fille ?

— Très rapidement, pour rendre hommage à la princesse, reconnut Senmout un peu froidement.

— Quand elle est née, elle ne ressemblait à aucun membre de la famille royale. Mais je trouve qu'elle a ton regard et ce même pincement des lèvres quand je ne m'occupe pas d'elle. On dirait qu'elle est jalouse de mes autres occupations et de sa sœur !

— Elle est trop petite pour éprouver de tels sentiments, dit Senmout calmement. Je ne lui trouve aucune ressemblance avec moi. Elle tient plutôt de son père Thoutmosis.

— Par tous les dieux ! s'emporta Hatchepsout. Pourquoi veux-tu que Thoutmosis soit son père ? C'est toi son père ! Son vrai père !

— À ta place, je n'en serais pas si sûr ! répondit Senmout

— Que veux-tu dire ?

— Ne prenais-tu pas plaisir à fréquenter Thoutmosis avant qu'il ne partît pour l'Au-Delà ?

— Comment oses-tu affirmer une telle ineptie !

— Je préfère ne pas en parler, répondit Senmout en saluant la reine. Je vais chercher Kallisthès.

L'Administrateur suprême laissa Hatchepsout en plein désarroi. « Que signifie tout ceci ? » se demanda-t-elle à voix basse. Mais elle n'eut guère le temps de s'interroger davantage car le Crétois répondit aussitôt à son appel.

— J'apprécie ta diligence, Kallisthès. Autrefois, je croyais qu'elle n'était réservée qu'à ma chère mère. Je dois reconnaître que je me trompais ! J'ai besoin de tes services et de ton honnêteté. As-tu réussi à deviner de quel mal mon pauvre frère a été frappé ?

— Non, Majesté, répondit Kallisthès. J'ai pu observer l'évolution de sa maladie et les taches qui se multipliaient sur sa peau. Mais, hélas, aucun de mes remèdes n'a permis de le sauver.

— Je ne t'ai pas appelé pour t'adresser des reproches, dit Hatchepsout. Mais je veux annoncer demain officiellement au peuple thébain de quoi souffrait son pharaon. Toi seul peux le lui dire clairement. Il aura confiance en toi car tu es savant et tu te mêles volontiers à lui.

— Je dirai ce que je sais, promit Kallisthès.

Le lendemain, la foule se réunit en masse devant les portes du palais. La reine ne consacra pas de longs moments à sa toilette. Elle se présenta presque aussitôt devant les Thébains et leur dit en se tenant debout devant son trône :

— Inutile de tergiverser ! J'ai appris par mes conseillers que des bruits couraient dans la ville sur les causes du décès de Thoutmosis, Horus d'or, pharaon d'Égypte ! Avant que ces rumeurs ridicules n'atteignent Memphis, car je connais la langue des Égyptiens, je voudrais calmer les esprits. Kallisthès est rompu à l'art de la médecine. Qu'il prenne la parole !

Kallisthès s'approcha de l'estrade et parla bien fort.

— Thébains ! Thoutmosis aimé de Rê et d'Amon, Grand de gloire, est mort d'une maladie que je n'ai pas réussi à soigner ! Que les dieux me pardonnent pour ne pas avoir été à la hauteur de ma tâche.

— D'autres médecins ont-ils été confrontés à cette maladie ? lui demanda Hatchepsout.

— Bien entendu, Majesté, répondit Kallisthès.

— Un poison aurait-il pu entraîner de tels symptômes ?

— Certainement pas ! J'ai sauvé des vies humaines et je connais la préparation de tous les poisons. Aucun ne donne ainsi des taches sur la peau !

— Kallisthès ! Serais-tu prêt à le jurer sur tes ancêtres et devant Amon sans craindre un jour le dur châtiment d'Osiris devant la balance du bien et du mal ?

À cet instant, Hatchepsout croisa le regard d'Iset placée au premier rang et sembla comprendre à son expression comment était née la rumeur.

— Oui, répondit Kallisthès. Je puis prêter serment, jurer sans aucune crainte !

— Parles-tu ainsi parce que tu sais que j'attends de toi une telle réponse ?

— Majesté, je peux demain regagner la Crète où est enterrée ma mère. Je me sens libre de dire et de faire ce que je veux et ce qui est juste. Or, Thoutmosis II est bien mort d'une maladie !

— Parfait ! Scribes ! Donnez-moi le rapport de Kallisthès ! Devant vous tous assemblés, les médecins du palais vont apposer leurs sceaux sur les documents ! Ceux-ci seront diffusés dans toute l'Égypte ! Si j'apprends que circulent à nouveau de fausses rumeurs, je condamnerai le responsable à mort !

Iset baissa la tête et ne put s'empêcher de rougir. Son attitude n'échappa à personne.

— Juges ! ajouta Hatchepsout. Vous qui êtes habitués aux litiges et aux condamnations, approuvez-vous mes paroles ?

Les juges hochèrent la tête, se consultèrent quelques instants et firent savoir à la reine que ses propos leur convenaient.

— Alors, tout est dit ! conclut Hatchepsout. Si quelqu'un ose médire derrière mon dos, qu'on n'hésite pas à m'en informer. Je ne considérerai pas cela comme de la délation mais comme un service rendu à la fille d'Amon ! Je le récompenserai largement !

*
**

Pendant les jours qui suivirent, Hatchepsout mena l'Égypte comme elle l'avait toujours fait. Elle consacra du temps à ses loisirs, à la chasse et à la danse, l'une pour garder son adresse et sa force, l'autre pour ajouter de l'élégance à ses gestes ainsi que sa mère le lui répétait autrefois.

Iset, qui se sentait devinée, n'osait plus sortir de ses appartements. Elle s'attendait à être chassée avec son fils du palais royal. Comme Hatchepsout poursuivait apparemment ses activités sans s'intéresser à elle, l'ancienne danseuse lui demanda audience. Mais elle fut éconduite et dut patienter. Un jour, cependant, elle s'emporta violemment. « Thoutmosis doit être nommé pharaon et prince héritier ! se dit-elle. Je suis la mère du futur roi ! La reine ne peut me traiter de la sorte comme une vulgaire servante ! » Elle envoya un serviteur auprès de la reine en lui ordonnant de lui rapporter promptement une réponse.

Le jeune garçon courut presque dans les couloirs du palais pour contenter Iset et se fit annoncer, à bout de souffle.

— Que se passe-t-il ? demanda Hatchepsout, étonnée, alors qu'elle écoutait les dépêches en compagnie de Senmout. Qui est cet homme ?

— Majesté, il demande à vous parler d'urgence, lui dit l'un de ses gardes.

— Bien ! Qu'il entre donc et qu'il soit bref ! Nous avons du travail !

Comme le héraut s'apprêtait à parler avant même de s'être prosterné devant la reine, Senmout lui donna l'ordre de saluer et d'attendre qu'Hatchepsout l'invitât à s'exprimer.

— Je viens transmettre à Sa Majesté un message d'Iset. La vénérable Iset est allée consulter une voyante hier soir et un prêtre d'Amon. Tous deux ont affirmé que la divinité avait désigné le successeur de Thoutmosis II.

— Ah oui ? dit Hatchepsout, un sourire ironique aux coins des lèvres. Et qui est donc cet héritier ?

— Thoutmosis, troisième du nom, Majesté, répondit le héraut dont les lèvres se mirent à trembler.

Les bracelets de la reine scintillaient sous les éclats du soleil qui commençait à pénétrer dans la pièce.

— Je souhaiterais tellement connaître comment Amon s'est manifesté pour faire entendre sa volonté ! dit la reine. Sans doute assistais-tu à cet événement exceptionnel. Je t'écoute ! Raconte-moi la scène !

— En réalité, je n'étais pas présent, répondit le héraut. Mais tout le monde a vu Thoutmosis servir le dieu et lui demander s'il accomplirait un jour les mêmes gestes que son père dans les temples d'Amon.

— Et bien entendu, Amon a répondu en personne ! dit la reine, un sourire aux lèvres.

— Aussitôt !

— Et de quelle manière ?

— Sa coiffe d'or a étincelé de mille feux !

— Parce que Rê venait éclairer sa couronne divine ! répondit Hatchepsout. Qu'y a-t-il là d'étonnant ?

— Non, Reine des Deux Égyptes. Sa coiffe miroitait. Ses yeux brillaient. Certains affirment même qu'il se serait penché vers Thoutmosis.

— Va chercher Iset et dis-lui que je l'attends !

Le héraut s'empressa de saluer et de quitter la pièce.

— Que penses-tu de cette histoire ? demanda Hatchepsout à Senmout.

— Il s'agit manifestement d'une nouvelle invention d'Iset pour faire accepter son fils et convaincre les prêtres.

— Se laisseraient-ils berner par de telles pratiques ?

— Peut-être. Toumis hante les jardins du palais depuis la mort de Pharaon. Je n'aime pas cela !

Iset fit savoir qu'elle attendait devant la porte avec son fils.

— Qu'ils entrent ! dit Hatchepsout.

La reine s'adressa à Thoutmosis en dédaignant la seconde épouse de son défunt mari.

— Viens, mon petit. N'aie pas peur de moi. Je porte le cobra et le vautour mais ils ne doivent pas t'effrayer. Ce sont les signes de la puissance, non de la méchanceté. Je me doute que ta mère te met sans cesse en garde contre moi. Tu n'auras jamais rien à redouter de la reine d'Égypte ! Raconte-moi ce qui s'est passé dans le temple alors que tu servais Amon.

— Comme mon père le priait et l'honorait à la manière d'un pharaon, je lui ai demandé si je devais procéder de même maintenant que mon père était devenu Osiris.

— Pourquoi lui as-tu posé cette question, Thoutmosis ? demanda Hatchepsout en penchant la tête vers lui pour mieux l'entendre.

— Parce que le dieu Amon doit être malheureux...

Hatchepsout sourit.

— Non. Rassure-toi. Nous sommes là pour le vénérer. Sache que je suis sa fille et que je ne l'abandonnerai jamais. Mais que s'est-il passé ?

— J'ai reculé d'un pas en voyant sa couronne s'illuminer et ses yeux me regarder soudain avec éclat ! Tout le monde a poussé un cri.

Thoutmosis ajouta comme s'il venait de comprendre ce que la reine lui avait dit :

— Néférou-Rê est ta fille et tu es toi-même la

fille d'Ahmose. Pourquoi prétends-tu qu'Amon est ton père ?

— Parce que c'est la vérité et que ta mère aurait dû te l'apprendre. Amon voulait sans doute te montrer combien il approuvait tes services.

Le petit garçon se buta et prit un air dépité. Il regarda sa mère qui rougissait.

— Mère m'a affirmé que je deviendrai pharaon !

— Peut-être, répondit Hatchepsout en lui prenant les mains. Avant tout, tu dois apprendre et suivre des cours. Quand Amon aura décidé de te choisir pour gouverner le pays, s'il te choisit un jour, je t'en informerai car je serai la première à le savoir.

Comme Thoutmosis s'apprêtait à protester, Hatchepsout lui dit plus sévèrement :

— Ta mère n'a pas fait ton éducation ! On ne répond jamais à la reine d'Égypte ! Maintenant, incline-toi devant moi et laisse-nous. Je vais m'entretenir avec Iset.

Contre toute attente, Iset s'avança vers Hatchepsout, la tête haute et le regard arrogant.

— Sache, Iset, que le dieu ne parle qu'à moi seule, sa fille, dit la reine. Quiconque ose affirmer le contraire sera puni. Je ne sais quels mensonges tu as racontés à cet enfant. Tu as accompli du beau travail ! Il semblait réciter sa leçon ! Tous les Égyptiens vont maintenant colporter la rumeur que le petit Thoutmosis souhaite succéder à son père et qu'Amon l'a choisi ! Tu outrages Amon et moi-même ! Si tu espérais ainsi arriver à tes fins, tu me parais bien naïve !

Mais Iset demeura droite et hautaine.

— Thoutmosis est le fils héritier de Pharaon, clama-t-elle.

— Quel toupet ! Comment un enfant en si bas âge pourrait-il gouverner sans que tu ne te mêles des affaires de l'État ? Crois-tu donc que le peuple acceptera d'être dirigé par une danseuse ?

Comme Iset ne répondait pas, Hatchepsout se leva rouge de colère.

— Ah, je comprends ! Tu pensais mettre de ton côté l'armée et les prêtres égyptiens ! Sans doute as-tu contacté Tournis, cet escroc qui écoute aux portes et manigance dans mon dos ! Je dois prendre une décision importante. Je suis accaparée par la gestion des affaires de l'Égypte et je ne puis me permettre de laisser ainsi des dangers menacer le trône ! Vous êtes, toi et ton fils, des périls que je veux effacer de mon entourage !

Senmout se racla la gorge. Il manifesta ainsi à la reine son désir d'intervenir. Le comprenant, la reine tempéra ses propos.

— Tant que vous vous tiendrez à l'écart et que vous garderez vos distances, il ne vous arrivera rien, ajouta-t-elle. Sinon, je vous chasserai tous les deux d'Égypte !

Les yeux d'Iset lançaient des éclairs de rage. Elle fixait Hatchepsout, les lèvres tremblantes de colère mais aucun son ne sortit de sa bouche. Senmout s'interposa entre elle et la reine afin qu'elle ne dépassât pas les limites permises par le protocole.

— Bien, dit finalement Iset en s'inclinant. Je rejoins mes appartements. Mais...

— Mais ? dit Senmout en la poussant vers la sortie.

— Rien... Rien, répondit-elle en laissant ses bras retomber le long de son corps et en tournant les talons.

Dès qu'Iset eut quitté la pièce, Hatchepsout distribua ses ordres à Senmout.

— Je veux savoir quels prêtres Iset a contactés. Si ce Toumis cherche encore à me nuire, débarrasse-m'en sans attendre ! Je suis consciente que Thoutmosis va grandir et que certains prêtres tenteront de l'imposer au peuple à mes dépens ! Peut-être un jour régnera-t-il. Je ne puis exclure cette éventualité mais ce temps n'est pas venu !

Hatchepsout prit soudain conscience de son étonnante puissance. Elle se tourna vers le Nil et contempla les monts de la Vallée des Morts. Puis elle se laissa revêtir d'un pagne pour recevoir des ambassadeurs et se retourna pour qu'une servante entourât son cou d'un superbe et lourd pectoral orné de pierres bleues. Elle s'éloigna de la fenêtre par laquelle filtraient de trop chauds rayons et rechercha la fraîcheur de la pièce. Là, elle tendit ses bras aux suivantes qui s'activèrent avec joie autour de leur reine, l'ornant de bracelets précieux.

— Ah, Senmout ! dit Hatchepsout. Tu as eu raison de demander aux fermiers de travailler sur ma tombe. Elle sera plus vite achevée et je la consacrerai à Amon.

Pendant qu'on lui peignait les ongles des pieds et des mains en rouge, la reine songeait à son pouvoir. Une poudre dorée nappa ses joues, ses lèvres et ses paupières. Ses yeux furent soigneusement entourés de khôl. La couronne orna ses cheveux et le cobra occupa la hauteur de son front majestueux. Elle se regarda dans un miroir et sourit.

— Je suis bien la reine de ce pays, dit-elle.

— Sans aucun doute, répondit Senmout en s'inclinant.

Lui aussi avait revêtu le pectoral des hauts fonctionnaires du royaume. Fait de scarabées dorés et turquoise, il couvrait ses épaules et son cou.

— Pour te remercier de construire le plus beau des temples, ajouta Hatchepsout en tendant maintenant ses jambes afin qu'on protégeât ses pieds de sandales fines décorées de perles, tu auras le droit d'inscrire ton nom et tes titres sur l'une des terrasses. Choisis l'endroit ! Je veux aussi que tu y sois représenté au vu de tous !

Senmout se montra ému d'une telle distinction. Il ne refusa pas. Il ferait graver son nom dans l'endroit le plus secret et le plus sacré, là où seuls les membres de la famille royale et les dieux auraient accès.

— Senmout, ajouta la reine, j'ai envie de faire couper mes tresses et de me faire raser la tête. Qu'en penses-tu ? Je ressemblerai ainsi à un pharaon et on ne distinguera plus si je suis une femme ou un homme...

Senmout étouffa un cri.

— Demain, je convoquerai les barbiers, dit-elle sans attendre sa réponse. Seul un heaume recouvrira désormais ma tête.

— Majesté ! Cet aspect austère déroutera les Égyptiens !

— Je ne le crois pas, répondit Hatchepsout dont les pommettes avaient été légèrement rosies par les servantes. Je veux rester l'Horus d'or !

À cet instant, Néférou-Rê entra dans la pièce sans sa nourrice. Elle s'empara d'un bijou de la reine en forme de vautour et le plaça sur sa tête en prenant des poses devant la glace.

— Pose cela tout de suite ! dit sévèrement Hatchepsout. Tu n'es pas pharaon ! Seul Pharaon porte l'emblème de haute et basse Égypte !

— Serai-je un jour Pharaon ? demanda Néférou-Rê.

— Décidément ! soupira la reine. Qu'ont donc les enfants aujourd'hui ? Ne peuvent-ils attendre de grandir ?

— Meryrêt régnera-t-elle à ma place ? insista Néférou-Rê avec un brin de jalousie.

— Mais non... Il est trop tôt pour y penser. Pourquoi viens-tu ici alors que je dois me rendre dans la salle d'audience ?

— Je voulais caresser Sneni. Nourrice m'en a parlé ! Il est drôle et vif, paraît-il. Où le caches-tu ?

Hatchepsout soupira.

— Sobek ne t'intéresse plus ? Il te faut maintenant un singe pour jouer !

Néférou-Rê supplia sa mère de lui montrer l'animal.

— Il est en train d'avaler toutes les pâtisseries de la cuisine ! répondit la reine. Cours vite l'attraper ! Mais fais attention de ne pas te faire mordre !

Hatchepsout se regarda de nouveau dans le miroir.

— Je pourrais aussi mettre une barbe postiche plus souvent, dit-elle à Senmout.

— Ah non ! protesta Néférou-Rê en se blottissant contre sa mère. Seuls les hommes mettent des barbes !

— Laisse-nous, dit Hatchepsout, et pose ce scarabée sur cette table !

— Puis-je l'emmener dans ma chambre ? minauda Néférou-Rê. Je le contemplerai de temps en temps et je rêverai que le royaume d'Égypte m'appartient !

— Si tu veux, finit par dire la reine. Maintenant, Senmout, laisse-moi, toi aussi, pendant quelques instants. Je souhaiterais prier Amon, mon père bien-aimé.

— Je te retrouve dans la salle d'audience, dit Senmout en saluant la reine et en veillant à placer sa main sur son pectoral pendant qu'il inclinait le buste.

Elle caressa du bout des doigts la croix de vie et la crosse que portait son père.

— Pourrai-je toujours les croiser sur ma poitrine à la face du monde ? murmura pour elle-même la reine d'Égypte.

Un violent rayon illumina son visage poudré d'or qui étincela comme celui d'une déesse. En l'observant, les suivantes eurent l'impression de contempler une apparition. Pas une alors ne douta qu'Hatchepsout Maâtkarê était bien la fille d'Amon.

Dixième partie

XIV

Les prêtres demandèrent audience à la reine. Toumis prenait de l'assurance et tentait d'imposer le fils de Thoutmosis II et de Moutnéfret au pouvoir. Le Grand Prêtre d'Amon informa aussitôt la reine de ses manœuvres. Hatchepsout convoqua ses meilleurs conseillers.

— Tu dois accepter d'être nommée régente de ton beau-fils, Thoutmosis III, lui dit Senmout. Dans les faits, tu dirigeras puisqu'il est trop jeune pour succéder à son père. Mais, un jour, il te faudra t'effacer...

— M'effacer ? s'indigna Hatchepsout. Mais ce bébé n'est que le fils d'une danseuse !

— Souviens-toi de la question que t'a posée Thoutmosis II avant de mourir. Préférerais-tu épouser un prince étranger ?

— Non, avoua Hatchepsout.

— À la mort de leur mari, quelques reines veuves ont régné à la place de leur fils trop jeune. Personne ne s'opposera donc à cette situation, d'autant que tu es l'épouse, la demi-sœur et la fille d'un pharaon.

— Dois-je m'estimer heureuse d'entendre de tels propos ? Mais j'ai été choisie pour régner, non pour langer un prince encore au berceau !

— Tu exagères, Hatchepsout, reine divine, lui

répondit Senmout, Thoutmosis III commence à grandir et ta situation serait très...

— Pitoyable ! s'exclama Hatchepsout. Moi, la fille d'Amon ! Moi, la descendante du divin Ahmosis, jouer les nourrices ou les régentes tant que l'on a besoin de moi !

— Tu pourrais ensuite marier Thoutmosis III à ta chère Néférou-Rê...

Hatchepsout le regarda étrangement.

— Senmout, si je ne connaissais ta sagesse, je te croirais devenu fou ! Donner à cet enfant né d'une fille de rien mon héritage, l'associer à mon pouvoir, lui céder ma fille chérie !

Un long silence suivit ces paroles.

— Quel est votre avis ? demanda finalement la reine au Grand Prêtre et à Kallisthès.

— Nous pensons que Senmout parle sagement, répondit le Grand Prêtre. Montre-toi conciliante et gouverne. Accepte les titres de « veuve et fille de roi ». Fais-toi représenter derrière le nouveau roi Thoutmosis III dans les temples d'Égypte et de Nubie. Que Thoutmosis III devienne « Roi de haute et basse Égypte et Seigneur du Double Pays ». Qu'il pose pour être représenté dans les temples nubiens avec le dieu Dedoun lui tendant la couronne blanche.

Hatchepsout devint rouge de colère.

— Mes conseillers ont été frappés de folie ! cria-t-elle. Sortez tous et laissez-moi ! Vous êtes tous des traîtres ! Et qu'on m'amène ma fille, la princesse héritière du trône d'Égypte.

Néférou-Rê se présenta beaucoup plus tard devant sa mère qui la réprimanda.

— Je jouais avec Sobek, lui répondit Néférou-Rê avec plus de timidité qu'Hatchepsout n'en avait à son âge.

— La reine n'attend pas, lui répondit Hatchepsout. Je l'ai compris en naissant. Pourquoi faut-il t'inculquer des préceptes aussi élémentaires que n'importe quelle princesse digne de ce nom discerne sans qu'on les lui apprenne !

Néférou-Rê baissa ses yeux au regard intense.

— As-tu bien écouté les cours de ton précepteur ? demanda encore Hatchepsout.

La fillette hocha la tête.

— Je préfère Senmout, répondit-elle avec une moue capricieuse.

— Senmout n'a plus le temps de te donner des cours mais il t'aime toujours autant. Pourquoi ne fréquentes-tu que Sobek ? Il y a bien d'autres filles du harem au palais !

— Sobek est la moins sotte, répondit Néférou-Rê. Je la trouve belle, aimable et intelligente.

— Que penses-tu de Thoutmosis, ton frère ?

— Tu m'as toujours empêchée de le voir ! Je le rencontre parfois mais je le trouve pleurnichard et bavard. C'est un bébé !

— Oui, répondit en riant Hatchepsout, c'est encore un bébé alors que tu es déjà une fillette ! Mais dans très peu d'années, tu deviendras une femme et Thoutmosis, le fils du roi, convoitera le trône...

Comme Néférou-Rê l'interrogeait sur le sens du verbe « convoiter », la reine lui fit servir une boisson fraîche et des pâtisseries.

— Je dois maintenant travailler, dit-elle. Mange et retourne jouer.

« Bien sûr, Thoutmosis n'est encore qu'un bébé mais il grandira vite et que se passera-t-il si j'accepte la régence de cet enfant ? se dit Hatchepsout. En revanche, si je cherche à m'imposer seule au pouvoir, les prêtres ne m'aideront pas ! »

Hatchepsout décida finalement d'attendre quelques jours avant de prendre sa décision mais l'évidence s'imposa à elle. Elle fit appeler Senmout et finit par lui dire :

— Tu m'as encore guidée sur la bonne voie, Senmout. Tu n'as pas parlé de gaieté de cœur en me conseillant de devenir régente mais que puis-je faire d'autre ? En acceptant ce rôle, je gagnerai du temps. Après, j'aviserai.

— Après ? demanda Senmout avec inquiétude.

— Quand Thoutmosis grandira, je devrai aviser. Annonçons donc officiellement au peuple que Thoutmosis III succède à son père et que je deviens régente de ce royaume !

— Bien, fille d'Amon, lui répondit Senmout en s'inclinant très bas.

— Moutnéfret se pavanera une fois de plus. Quant à cette ridicule Iset, je n'ose imaginer son attitude. La voilà « mère du roi » ! Je ne lui permettrai jamais de porter d'autres noms ! Ils résonnent déjà cruellement à mes oreilles.

Tandis que Senmout se retirait, la reine le rappela.

— Plus que jamais, je vais avoir besoin de l'appui de vous tous qui m'êtes proches et fidèles. Sans vous, je serais demain une femme morte. Les ennemis qui convoitent nos terres, les femmes qui recherchent le trône pour leur fils, les hommes qui veulent ma place pullulent. Faites de votre amitié et de votre expérience un rempart contre les serpents de l'Égypte !

***

Hatchepsout tint sa parole. Pendant les mois qui suivirent, elle accepta de bon gré d'être représentée sur les parois des temples nubiens avec le pharaon Thoutmosis III, mais au lieu de se trouver en sa compagnie au même rang que lui, le sculpteur la grava dans la pierre derrière l'enfant de Thoutmosis II et d'Iset. Thoutmosis II avait achevé sa course triomphale au ciel en se mêlant aux dieux. Son fils avait pris sa place comme roi du Double Pays en gouvernant sur le trône de celui qui l'avait mis au monde.

Pendant ce temps, Hatchepsout, la divine épouse, gérait les affaires du pays comme elle le voulait. Les Égyptiens la vénéraient et travaillaient pour leur pays parce qu'elle était née de la semence du dieu. Peu à peu, Hatchepsout s'imposa avec une telle évidence qu'elle jugea le moment opportun de reprendre l'ensemble de ses titres. Elle se fit de nouveau appeler « Horus d'or femelle », « Roi de haute et basse Égypte », « Maâtkarê », « Celle qui s'unit à Amon ». Personne ne chercha à l'en empêcher. Même les prêtres, entraînés par le contentement du peuple, ne manifestèrent aucune animosité.

De son côté, le roi Sauztata, qui avait finalement décidé de garder Kay et Séti à son service tout en les faisant surveiller de près, veillait à l'évolution de la situation. Il est vrai que son scribe avait disparu étrangement sans laisser de trace, ce qui arrangeait considérablement les affaires des Thébains.

Le jour où elle reprit ses titres officiels et qu'une nouvelle cérémonie de couronnement fut annoncée pour saluer la reine comme Pharaon du Double Pays, Hatchepsout apprit de Senmout que la construction de la deuxième terrasse de son temple de Deir el-Bahari progressait rapidement.

— Emmène-moi là-bas, lui dit-elle. Je veux y aller au coucher du soleil en ta seule compagnie pour remercier Amon de m'avoir rendu mes titres. Si j'apprécie le pouvoir, je préfère, en effet, l'exercer en tant que Pharaon. Il me sera doux de me laisser envahir par la magie du lieu.

Tous deux quittèrent la rive des vivants avec la plus grande discrétion. Le cocher Pathmès les emmena jusqu'au temple et se retira. Hatchepsout admira la terrasse qui s'étalait au pied de la falaise. Elle s'avança pour regarder les scènes dont elle avait ordonné la reproduction sous les colonnades. Tout le déroulement de sa naissance divine y figurait. Pour la première fois sans doute dans l'histoire des pharaons, un roi osait afficher son lien divin avec Amon et sa propre divinité, de son vivant.

Un groupe de prêtres franchit le mur d'enceinte en briques crues et vint se prosterner devant Pharaon. Hatchepsout les remercia et les pria de s'éloigner. Au contraire, elle fit signe à Senmout de l'accompagner.

— Voilà Isis, Osiris, Nephthys, Horus, Seth, Thot qui choisit ma mère Ahmose pour le dieu Amon parce qu'elle est la plus belle des femmes. Ma mère s'unit au dieu et Khnoum façonne l'enfant qui naîtra de cette union. Heket, la déesse à tête de grenouille, me donne vie tandis qu'Ahmose apprend de Thot quel heureux destin a choisi pour elle le dieu Amon.

Hatchepsout s'attendrit en voyant représentée sa mère enceinte assistée de la déesse de l'accouchement Meskhenet, sa première nourrice.

— « Je suis là derrière toi pour te surveiller », lit-elle avec émotion.

Et elle poursuit sa lecture en admirant Hathor devant son père divin qui lui disait dans la pierre :

— « Viens vers moi, ma fille bien-aimée. Tu es Maâtkarê qui t'empares du trône d'Horus pour l'éternité. » Voilà bien les paroles d'Amon ! Mais ne suis-je pas là représentée en garçon ? s'exclama Hatchepsout en riant.

— Garçon ou fille, qu'importe ! répondit Senmout. Amon savait qu'Ahmose attendait une fille. Mais il avait également décidé que cette fille serait Pharaon comme un homme !

— Et voilà mon père Thoutmosis qui m'emmène visiter les dieux d'Égypte ! Son discours lorsqu'il m'associe au pouvoir ! « Viens avec moi mon enfant chérie. Je te prendrai dans mes bras pour que tu voies que tes ordres sont respectés dans le palais. Ton image est reproduite. Tu as reçu la double couronne, le pschent, et tu es bénie. Tu apparais dans le palais avec la double couronne car je te considère comme l'héritière à qui j'ai donné naissance ! Que ma fille vive longtemps ! Je la mets à ma place ! »

Hatchepsout avait les larmes aux yeux.

— J'attendais exactement cela, dit-elle à Senmout en le remerciant d'un regard. Je suis comblée.

— L'oracle ne vient-il pas de prédire qu'Hatchepsout deviendra Pharaon ?

— Quand l'oracle d'Amon a été consulté, les porteurs de la barque d'Amon à la Proue puissante ont avancé d'un pas.

— Il s'agissait d'un signe infaillible. Quand j'ai moi-même écrit sur des *ostraca* [1] des réponses variées à la question qu'on lui posait, l'oracle s'est dirigé spontanément vers celle que j'attendais. La manifestation des dieux demeure incontestable ! La question était simple : « Deviendrais-je Pharaon ? » J'ai proposé plusieurs réponses en les écrivant très clairement en gros sur les morceaux de poteries : « Non », « Jamais », « Plus tard », « Demain ». La réponse choisie a été « Demain » !

Hatchepsout passa de nouveau devant les différentes scènes peintes sur les murs. Elle détailla la coiffure de sa mère portant le vautour aux ailes abaissées des deux côtés de ses joues, son ventre légèrement arrondi sous sa robe longue et moulante. Elle observa de près la nourrice divine à la

1. Morceaux de poteries.

chevelure surmontée du signe *ka* en forme de U qui la tenait dans ses bras. La scène était touchante. La représentation majestueuse de Thoutmosis Iᵉʳ lui arracha de nouvelles larmes.

— Nous célébrerons mon couronnement avec Amon. Que sa barque Ouserat-Amon sorte dès demain de la chapelle que j'ai fait édifier à Karnak pour le dissimuler aux yeux du peuple.

— Divine des divines, dit Senmout. Nous entrons dans la première année de règne ! Souhaites-tu que cette fête ait lieu à Memphis comme les anniversaires des couronnements royaux ?

— Non. Thèbes reste la ville d'Amon. Nous continuerons à compter mes années de règne à partir de celles de Thoutmosis III. Inutile de tout embrouiller et de rappeler que je suis désormais le seul Pharaon. Ne m'as-tu pas appris à m'imposer sans heurts et à ne pas choquer les esprits ?

Senmout se prosterna à ses pieds et la bénit comme son père Amon l'avait fait autrefois.

XV

— Dorénavant, lors des grandes fêtes et au moins une fois par an, pendant la fête de la Vallée, commençant à la nouvelle lune du deuxième mois de l'été, mois de la Vallée, j'accompagnerai la barque d'Amon sur la rive occidentale, dit Hatchepsout à Senmout. Bientôt, les bateaux de Mout, d'Amonet et de Khonsou navigueront aussi vers la Prairie des rois et vers mon temple de millions d'années. Depuis sept cents ans, depuis le règne de Montouhotep II, la barque d'Amon se rend à Deir el-Bahari et dans la nécropole située plus au sud. Très prochainement le rituel de cette fête de la Vallée de Neb-Hépet-Rê où se situe la tombe de Montouhotep II sera représenté sur le troisième niveau de mon temple...

Senmout approuva de la tête.

— Sur le mur est, précisa-t-il.

— Bien ! Que cette fête soit la première d'une série de remarquables réjouissances marquées par mon règne tout-puissant !

Senmout s'inclina.

La barque d'Amon venait d'être déposée à l'extérieur de sa chapelle de Karnak. Tous les yeux des Égyptiens restaient braqués sur l'entrée du sanctuaire. Enfin, des porteurs hissèrent sur leurs épaules le bateau en bois doré au centre duquel se trouvait le *naos* abritant la statue du dieu cachée par une tenture.

Hatchepsout suivit en litière. Puis vint Thoutmosis III avec sa mère Iset, « la mère du roi », et tous les fonctionnaires. Afin de faciliter le parcours, les porteurs stationnaient à chaque chapelle-reposoir, posant délicatement la barque sur la pierre prévue à cet effet. Puis Hatchepsout accomplissait son travail de Pharaon en rendant hommage à Amon avec des gestes autrefois faits par Thoutmosis II. Étant trop jeune pour se joindre à elle, Thoutmosis III assistait au bref cérémonial dans les bras de sa mère.

Les Égyptiens accompagnèrent leur pharaon en la suivant des yeux comme s'ils cherchaient à l'aider. À l'embarcadère, Hatchepsout fit l'encensement. La barque royale portant la statue d'Hatchepsout en habit de pharaon hala le bateau du dieu Amon où Hatchepsout avait embarqué. La reine s'empara immédiatement des avirons pour guider l'*ouserhat* [1] du dieu.

1. Barque du dieu.

De nombreuses barques, conduites par une vingtaine de rameurs, un pilote se tenant à la poupe et un guide à la proue, recouvrirent bientôt le Nil en direction de la Vallée des Morts. Les femmes jouaient du sistre ou chantaient avec allégresse. Les enfants lançaient des balles en l'air. Les Égyptiens discutaient gaiement.

Le cortège débarqua avec la même joie. Toutefois, les porteurs ralentirent l'allure sous le soleil brûlant. Ils passaient toujours de station en station, le front mouillé et les joues empourprées mais ils se montraient fiers de leurs tâches. Ils firent également une halte dans le temple d'Aménophis Ier, grand-père d'Hatchepsout.

— Plus tard, lors de la fête de la Vallée, murmura Hatchepsout à Senmout qui ne la quittait pas, nous passerons par tous les temples de mes ancêtres défunts afin que je puisse rendre hommage à tous ces rois.

Senmout approuva. Il trouva l'idée excellente.

Bientôt les Égyptiens escaladèrent une petite colline et redescendirent sur le flanc opposé, découvrant soudain le cirque rocheux de Deir el-Bahari en chantier. Deux statues-sphinx d'Hatchepsout avaient été placées de part et d'autre de la rampe d'accès conduisant à la première terrasse.

— Attendons le prêtre guetteur, dit Hatchepsout en soufflant. Éventez-moi ! Je ne veux pas prendre de risques. Le prêtre nous dira si nous pouvons nous avancer dans ce cirque.

— Que crains-tu, reine Pharaon ? demanda Senmout.

— Ce cirque que l'on domine aisément ne possède aucune issue. Je préfère m'assurer qu'aucun ennemi ne se trouve à l'horizon avant de m'y engouffrer avec les notables de cette ville. Sinon, nous pourrions bien être tous anéantis !

Quand le prêtre guetteur fut revenu, assurant à la reine que tout allait bien, le cortège descendit la colline en file.

À la nuit tombante, Hatchepsout leva les bras vers le ciel.

— Que la Grande Offrande se déroule ! dit-elle.

Hatchepsout rendit ainsi hommage à Amon et à Anubis tandis que les Égyptiens admiraient sous les piliers les représentations de la naissance divine d'Hatchepsout.

Quand le soleil eut complètement disparu, Hatchepsout invita le peuple à rentrer chez lui pour se réjouir. Elle-même monta une autre rampe d'accès et accéda à la seconde chapelle inachevée d'Anubis. Elle honora seule le dieu et se dirigea dans un tunnel creusé dans la montagne déjà orné des représentations de Thoutmosis Ier, de Thoutmosis II et d'Hatchepsout. Iset la rejoignit à cet endroit sans que la pharaonne ne lui en eût donné l'ordre.

— Descends sur la terrasse inférieure ! ordonna aussitôt Hatchepsout, et attends que je te fasse appeler !

Elle demanda à Senmout de l'aider à préparer les bassins de lait non loin de l'autel en calcaire du dieu Amon. Cette initiative souleva bien des interrogations et des chuchotements. Comment un humain ordinaire osait-il pénétrer dans le sacré des sacrés sans crainte d'une représaille des dieux ?

Sans y prêter attention, Senmout appela les porteurs et leur ordonna de déposer la barque d'Amon sur un bassin rempli de lait. Puis il alluma lui-même quatre torches qu'il déposa aux quatre points cardinaux.

— Voilà qui éloignera d'Amon les mauvais esprits, dit-il.

— Maâtkarê allume une torche pour son père,

dit Hatchepsout, afin qu'il vive chaque jour à jamais !

La voûte céleste creusée dans la montagne s'illumina soudain.

— Que ces bassins de lait placés aux côtés du dieu Amon pour la survie de la reine honorent la divinité ! ajouta Hatchepsout qui pria Amon. La barque flotte sur son lac d'or céleste au milieu des végétaux, des poissons et des oiseaux.

Hatchepsout faisait allusion aux peintures ornant les bassins. Puis elle s'éloigna.

— J'ai demandé qu'on apporte ici ma couche, dit-elle à Senmout. Je veillerai à ce qu'aucune torche ne s'éteigne pendant la nuit.

— Ce n'est pas ta place, digne reine, remarqua Senmout. Va te reposer. Je te promets de ne pas m'endormir et de veiller à ta place.

— J'ai décidé que les membres de la famille royale et mes proches conseillers auraient le privilège de dormir dans la Vallée, dit Hatchepsout. J'ai ordonné de porter des couvertures. Que chacun s'installe et boive. Qu'il danse ou chante. Je permets tout, excepté de manquer de respect à Amon. Informe tous ceux qui attendent en bas. Et que cette sotte Iset amène Thoutmosis devant l'autel d'Amon !

Des chants montèrent des collines avoisinantes.

— Que se passe-t-il ? s'étonna Hatchepsout.

— Reine, ce sont les Thébains. Ils n'ont pas voulu rentrer chez eux. Ils préfèrent visiter les tombeaux de leurs ancêtres et organiser là des banquets pour se rapprocher des morts.

— Qu'on leur apporte des bouquets de fleurs ! Et que tout le monde chante et danse !

Aussitôt les prêtres firent cercle autour de l'autel à bonne distance. Le Grand Prêtre assista au sacrifice d'un bœuf et à son dépeçage.

— Nous avons de quoi manger. Ces cuisses

fumantes sentent bon ! dit la reine. Mes amis, réjouissez-vous.

Tous levaient la tête vers la pharaonne qui se penchait au bord de la terrasse supérieure du temple en montrant une joie peu ordinaire. Elle leur parla en portant sur sa poitrine, dans chacune de ses mains croisées, la croix de vie et la crosse du pouvoir.

« Qu'elle est belle ainsi ! se dit Senmout. Je vais la faire représenter dans cette tenue sur chaque pilier osiriaque qui ornera cette terrasse sacrée. »

La voix d'Hatchepsout portait loin. Le cirque renvoyait son écho. La double couronne que le Grand Prêtre avait posée pour la seconde fois sur sa perruque tressée resplendissait sous les étoiles alors que les autres prêtres et les amis de la reine se trouvaient dans l'ombre.

Cette image étonnante qui grandissait Hatchepsout, pourtant d'une taille très moyenne, impressionna même Moutnéfret peu encline à se laisser intimider. La belle-mère de la reine qui avait cru le pouvoir définitivement acquis à son petit-fils ruminait sa haine. Elle avait fini par se persuader que les dieux ne voulaient pas d'un Thoutmosis sur le trône. Son époux était mort trop jeune. Ses trois fils l'avaient rejoint. Son petit-fils n'avait pas encore l'âge de régner. Mais elle oubliait qu'Hatchepsout se dressait en face d'elle et que rien ne pouvait contrarier les volontés de la fille d'Amon.

Le lendemain, la barque quitta Deir el-Bahari pour Karnak et fut déposée devant un pylône en construction. Elle fut portée à l'intérieur jusqu'à la cour des fêtes de Thoutmosis II. Hatchepsout l'encensa. Puis Amon fut conduit dans la chapelle d'Aménophis Ier. Des acrobates et des danseurs exécutèrent aussitôt quelques prouesses autour de la chapelle.

— Le moment de la purification est arrivé ! dit la reine. Après son séjour dans le monde des vivants, Amon doit retrouver sa pureté !

Afin de lui donner son état irréprochable, Hatchepsout procéda au rituel de l'ouverture de la bouche.

— Mes ancêtres divins ont été régénérés par la vue du dieu. J'ai réalisé les rites en tant que Pharaon. Maintenant, il faut que les humains purifient le dieu. Tous les défunts de la rive occidentale ont bénéficié du pouvoir réparateur et régénérateur d'Amon ! Les Thébains en ont fait profiter leurs propres morts ! Mais n'abusons pas de la bonté divine et procédons au rituel !

Hatchepsout fut longuement applaudie. Les Égyptiens scandèrent son nom pendant toute la journée. Quand ils quittèrent le sanctuaire, laissant le dieu des dieux reposer en paix, ils festoyèrent longtemps. Hatchepsout avait retrouvé son trône. Hatchepsout avait regagné son royaume. Hatchepsout était Pharaon à part entière !

XVI

Hatchepsout avait gagné la partie. Même si l'on racontait qu'au troisième millénaire avant J.-C., une femme avait pris les attributs du pouvoir, qu'une certaine Nitocris avait régné pendant douze ans à Memphis et que la reine Néférou-Sobek, fille et épouse d'Amenemat IV, avait assumé le pouvoir pendant quatre ans, les Égyptiens ne faisaient guère de différence entre légende et réalité. Aucune loi n'interdisait aux femmes de régner en pharaon mais s'imposer se révélait une gageure.

Le Grand Prêtre Amen aida Hatchepsout en multipliant les oracles qui tous se montrèrent favorables au nouveau pharaon. Bientôt, une grande activité gagna l'Égypte. Hatchepsout décida d'envoyer des expéditions dans les carrières de grès et aux mines du Sinaï. Elle voulait, disait-elle, exploiter les matières premières. Le travail de rénovation des temples se poursuivit. Hatchepsout porta aussi son attention sur Karnak. Elle fit transformer le domaine du dieu Amon.

Bien vite, des centaines d'Égyptiens travaillèrent sur le site. Ils édifièrent des salles d'offrandes et ornèrent le nouveau *dromos* [1] de statues de sphinx. Partout, le bruit des pioches et des ciseaux résonnait sur les blocs de pierre. Les ouvriers comptaient le matin très tôt leurs outils en cuivre avant de se mettre au travail avec vigueur. Ils savaient qu'Hatchepsout leur accordait un long délai pour la construction d'un temple magistral d'Amon mais ils ne souhaitaient pas la décevoir.

Il fallait démonter les monuments existants qui dataient de l'époque d'Aménophis Ier tels les appartements divins précédés des piliers osiriaques, aménager une cour où se dérouleraient les grandes fêtes.

— Conservons les réalisations de Thoutmosis Ier et la cour en calcaire de Thoutmosis II, suggéra Senmout.

— Je n'ai pas l'intention de tout détruire, répondit Hatchepsout, mais de poursuivre l'œuvre de mon père et de mon frère. L'espace sacré va chan-

1. Allée reliant le grand temple d'Amon (Karnak) au petit temple (Louxor).

ger, s'ouvrir totalement... Que le palais de Maât demeure l'endroit des offrandes et des magasins ! Dans les salles du sud se dérouleront les rites de purification, d'offrandes liquides et d'onction. Les dieux résideront dans la Grande Demeure.

— Et la chapelle-reposoir de la barque d'Amon ?

— J'en veux une plus prestigieuse ! Mais il vaut mieux pour l'instant concentrer nos efforts sur la pièce de Maât. Je veux aussi une entrée plus majestueuse, un pylône précédé de mes ancêtres adorés. Ce pylône restera notre œuvre conjointe à Thoutmosis III et à moi-même.

— Voilà qui est généreux...

— Nous pourrions le dédier tous deux à Thoutmosis Ier et Thoutmosis II. Mon premier souci est de faire représenter mon père adressant un discours aux dieux. Il doit remercier les divinités d'avoir régné sur l'Égypte et de m'avoir désignée, moi sa fille, comme son héritière.

— Tu légitimes ainsi ta prise de pouvoir.

— Et je démontre que je souhaite poursuivre l'œuvre de mon père.

Senmout expliqua qu'il fallait démolir une petite construction en briques pour élever le pylône.

— Je le veux en grès du Djebel el-Silsileh, dit-elle.

— Il sera très difficile de déplacer de tels morceaux de grès sans les abîmer ! s'exclama Senmout. Les joints devront être parfaits. Il faudra y ajouter un escalier pour accéder aux emplacements supérieurs.

— Bien entendu. Pensons à tous les rites, dit la reine. Songe à les éclairer par des puits de lumière et aménage même des chambres au-dessus du pylône.

Senmout imaginait déjà l'édifice avec ses mâts et ses drapeaux flottant sous la brise tiède, son mur l'entourant avec sa fine couche de calcaire blanc, ses inscriptions, le tout entouré de statues colossales : Thoutmosis II en quartzite et en calcaire rutilant de pourpre, Aménophis Ier en calcaire, Ahmès-Néfertari, plus petite, mais aussi prestigieuse.

L'architecte rêvait aux scènes iconographiques qui orneraient les murs : Pharaon recevant des mains des dieux Mout, Khonsou et Amon les insignes du pouvoir, le sceptre et le flagellum-nekhakha en main. Hatchepsout exécuterait des courses devant les formes ithyphalliques d'Amon. La déesse-nourrice Amonet rappellerait comment elle avait allaité les souverains de son lait divin. L'*imyt-per,* rouleau officiel, dirait la légitimité de l'Horus des vivants, héritier de son père.

Hatchepsout courrait comme elle avait autrefois combattu le taureau et « remettrait ainsi le domaine » selon l'expression du peuple égyptien. Les programmes des festivités et du couronnement resteraient inscrits dans la pierre éternelle tandis que d'autres décors rappelleraient les fêtes d'Opet et de l'ascension royale, la reine précédant Amon à sa sortie de Karnak, guidée par Montou et Ouret-Hekaou, la Grande de Magie à tête de lion.

— Sur ces parois, je serai présentée à Amon et aux quinze dieux de la Grande Ennéade, dit Hatchepsout, rêveuse.

— J'y ajouterai à cet endroit l'imposition de l'uræus sur ton front royal, dit Senmout.

Tous deux imaginaient ce que deviendraient ces espaces vides ou ces vieux monuments réduits à l'état de ruines. Pendant ce temps, les ouvriers faisaient éclater la pierre, peinant comme si les dieux résistaient de toutes leurs forces pour empêcher la démolition des premières constructions.

— L'essentiel est que la décoration du pylône rappelle ta fonction royale et ta nomination par le dieu lui-même ! dit Senmout.

— Aménophis Ier a déjà fait représenter la procession de la barque et le couronnement...

— Il suffira de dessiner la suite. Anubis et Sokar accompagnent la montée royale d'Aménophis. Tes ancêtres et toute ta famille, Aménophis Ier, Thoutmosis II, ton propre père t'accueilleront. Tu deviendras l'intermédiaire entre les dieux et les hommes. Ton pylône se présentera comme la porte ouverte sur ton pouvoir.

— Thoutmosis mon père remerciera les dieux de m'avoir acceptée sur ce pylône, porte de mon *ka* pharaonique !

Ils restèrent longtemps côte à côte à contempler le travail des ouvriers et à rêver aux plus gigantesques des monuments lançant leurs pierres dorées vers le ciel de Rê.

***

Afin de ne pas déplaire à la divinité en établissant ses choix, Hatchepsout interrogea de nouveau les oracles. Lors d'une séance solennelle où étaient réunis les plus grands dignitaires du royaume, l'oracle qui interprétait la volonté d'Amon se montra hésitant.

— Que se passe-t-il ? demanda aussitôt Hatchepsout, inquiète. Avons-nous accompli un acte qui déplaît à la divinité ?

— Je ne le crois pas, répondit l'oracle. Je ne sais pourquoi le dieu semble désigner ce perséa qui a été planté en son honneur.

— Quel message cherche-t-il à nous transmettre ?

L'oracle suggéra plusieurs hypothèses et les inscrivit sur des morceaux de poteries qu'il disposa devant la statue du dieu.

— Majesté, Amon te donne un ordre. Celui d'aller chercher des arbres à encens, des résines et des aromates au Pount afin de mieux accomplir les rites divins. Il faudra que ton ambassade atteigne les Échelles et se fraye un chemin jusqu'au pays de l'encens afin d'en extraire l'huile divine. Amon a répondu clairement : Pount sera reconstitué à l'intérieur du temple. Les Égyptiens planteront les arbres du pays des dieux à droite et à gauche de son sanctuaire.

Hatchepsout ne bougeait pas. Elle écoutait sans comprendre les paroles sacrées.

— Le Pount ? finit-elle par dire. J'en ai, en effet, entendu parler dans ma jeunesse. Mais ce pays existe-t-il vraiment ? Interroge encore le dieu Amon ! Pourquoi souhaite-t-il de l'encens alors que nos caravanes traversent les déserts pour nous en rapporter ?

Le prêtre s'exécuta sous le regard attentif de tous les respectables serviteurs d'Hatchepsout.

— Nous n'avons que trop peu d'aromates pour les rites d'Amon, conclut-il. En outre, ils sont souvent vieux et pleins d'impuretés. Amon t'ordonne, Vénérable des vénérables, de rapporter beaucoup de résine et des arbres vivants qui permettront de contenter Amon indéfiniment. L'Égypte n'aura ainsi nul besoin de faire du commerce avec la Nubie.

Hatchepsout rentra au palais et convoqua Senmout. L'oracle l'étonnait mais ne lui déplaisait pas car elle voulait multiplier les échanges entre les peuples.

— Ce pays des Échelles où les habitants montent dans leurs maisonnettes perchées au sommet des arbres a hanté mes rêves d'enfant. Quand j'étais petite, ma mère me racontait des voyages effectués dans ces pays reculés. Je croyais qu'ils n'existaient que dans l'imagination des professeurs et dans les contes.

— Tes augustes ancêtres sont bel et bien partis vers le pays des hommes chaleureux.

— Chaleureux, dis-tu ? Qu'en sais-tu ?

— On les dit bons et serviables. Ils aiment recevoir des produits nouveaux et donner en échange des denrées de leur pays.

— Connais-tu le chemin emprunté par les membres des expéditions ? demanda Hatchepsout avec intérêt.

— Je pourrais facilement le reconstituer à partir des documents que nous avons. D'ici il faudrait redescendre le Nil, emprunter des canaux aujourd'hui envahis par les herbes et les roseaux, retrouver les pistes...

— Crois-tu vraiment que tu y arriverais ?

— Je le pense sincèrement, répondit Senmout.

— Eh bien ! Attelle-toi à ce travail car je souhaite envoyer une expédition dans le Pount, une expédition dont on parlera dans la postérité !

Senmout la regarda en riant.

— Reine toute-puissante, tu fais déjà construire les plus beaux édifices. Tu ordonnes la restauration des temples. Tu reçois presque chaque jour des ambassadeurs et entretiens ainsi d'excellentes relations avec les pays étrangers. Tu sais repousser l'ennemi et mettre les tributaires de l'Égypte au pas s'ils se révoltent. Ne trouves-tu pas que tu t'engages là dans des entreprises dignes d'un dieu ?

— Ne suis-je pas déesse ? répondit Hatchepsout avec fierté. Comment pourrais-je désobéir à Amon ?

Senmout s'inclina.

— Occupe-toi du trajet de l'expédition, des courriers que je pourrais transmettre aux chefs du Pount et de la liste des denrées ou des biens que les membres de l'expédition embarqueront avec eux pour les échanger dans le pays des Échelles. Pennethbet rassemblera des hommes capables de mener cette expédition à bien. As-tu déjà une idée de l'apparence et des habitudes de ces gens-là ?

Senmout lui rapporta quelle était la couleur de peau des habitants du Pount, peu différente de celle des Égyptiens.

— Ils sont maigres et assez grands, précisa-t-il. Ils ont toujours le sourire aux lèvres et adorent les visites. Nos hommes seront reçus avec égard. On peut rapporter de leur pays des plumes d'autruche, des œufs peints et du bois de construction.

— Des œufs peints ? s'étonna Hatchepsout. Pour quoi faire ?

— Pour décorer nos maisons !

— Drôle de coutume ! Mais comment transporter des troncs d'arbres de si loin ?

— N'en rapportons-nous pas de Byblos ? Rien n'est impossible !

— En effet, souligna Hatchepsout. Prenons, cependant, toutes les précautions. Nos hommes partiront armés et nombreux au cas où ils rencontreraient en chemin quelques ennemis ou qu'ils ne seraient pas reçus au Pount comme ils s'y attendraient. Connais-tu un seul Thébain qui y soit allé récemment ?

Senmout dut reconnaître que tel n'était pas le cas et que les récits qui couraient sur les hommes des Échelles remontaient loin dans le temps.

— On a même dit que leur pays était la contrée des dieux, précisa-t-il. Comment faire la part du vrai et du faux ?

— Il le faudra bien pourtant. Ah ! Que l'on ramène de ce pays qui respire l'embaumante odeur divine des aromates, de l'encens et des métaux ! Dans combien de temps penses-tu être prêt pour établir le trajet qu'emprunteront nos ambassadeurs ?

— Tu le sauras bientôt. Songe aussi à nos navires qui ne sont pas conçus pour affronter les redoutables flots de la mer Rouge. Ils sont longs et peu stables, tout juste bons à descendre le Nil !

— N'oublie pas le dieu Amon... dit Hatchepsout. Toutes tes mises en garde ne serviront à rien ! Je veux que tu en sois parfaitement conscient ! Mais je tiendrai compte de tes remarques pertinentes.

— Si tu réussis, Reine des Deux Pays, ajouta Senmout, je ferai graver cet exploit sur les murs de ton temple de millions d'années !

Le visage d'Hatchepsout s'illumina.

— Tu y as déjà fait représenter tant de magnifiques fresques comme l'expédition de Nubie !

— On lira sur les peintures de ton temple toute ton illustre vie !

Hatchepsout le remercia d'un regard brillant qui le combla de bonheur.

XVII

L'expédition réclama de nombreux mois de préparation. Senmout examina tous les documents qu'il trouva et se déplaça même, pour ce faire, jusqu'à Memphis. Il rapporta ainsi à la reine que les Égyptiens importaient déjà de l'oliban et de l'électrum du Pount dès le règne de Sahourê et qu'ils passaient souvent par des intermédiaires nubiens pour acquérir les précieux produits.

Senmout expliqua à Hatchepsout que les pharaons de l'Ancien Empire préféraient envoyer leurs expéditions par la voie d'eau jusqu'à la mer Rouge. Sous le Moyen Empire, celles-ci partaient de Coptos et suivaient le chemin terrestre à travers le désert jusqu'à la mer. Les expéditions se rendaient de plus en plus loin à la recherche du précieux arbre à oliban. Des habitants du Pount se proposaient même de livrer les arbres en Égypte à l'aide de radeaux.

Pendant la septième année de son règne, Hatchepsout put enfin contenter son père divin. Elle décida que ses troupes suivraient, elles aussi, l'ancien parcours de Coptos. Contre toute attente, elle convoqua Senmout et le pria de venir immédiatement. Le conseiller courut jusqu'au bureau de la reine, s'inquiétant de son message.

— Rassure-toi, lui dit Hatchepsout. Je voulais juste te faire part d'une décision que j'ai prise cette nuit.

— Cette nuit ? lui demanda Senmout, intrigué, en remarquant les cernes qui noircissaient le dessous de ses yeux tristes.

— Oui. Amon m'a envoyé un songe essentiel dont il me faut absolument tenir compte. Tu as compris combien je comptais sur la réussite de cette expédition dans le Pount.

— Je serais un sot si je n'avais pas senti à quel point ce projet t'était cher.

— Il l'est ! Dis-moi franchement... Crois-tu cette expédition dangereuse ? Penses-tu que l'ambassade égyptienne pourrait ne jamais revenir du pays de Pount ? Si toutefois ce pays existe réellement !

Senmout réfléchit quelques instants et répondit avec assurance :

— Non, Pharaon des Deux Égyptes. Je ne sais si nos hommes arriveront un jour dans ce fameux pays du Pount mais, à moins de rencontrer des ennemis en cours de route, je suis d'avis que le seul désagrément auquel ils peuvent être confrontés demeure l'incertitude du temps. S'ils partent avec un vent favorable comme aujourd'hui, ils parviendront très vite sur les rives de la mer Rouge. Si un vent puissant s'engouffre au retour dans les voiles des navires, ils rentreront lentement. Mais pourquoi insistes-tu sur ce point ? Nous en avions déjà longuement parlé.

Hatchepsout posa ses deux bras minces sur ses genoux et médita dans son fastueux fauteuil, la tête droite sous sa coiffe imposante rutilante de lapis-lazuli.

— Mon brave Senmout, tu vas partir avec l'ambassade. Tu la conduiras toi-même auprès du chef des habitants de l'Échelle. Ainsi me l'a recommandé Amon pendant mon sommeil. Je te voyais mener ces hommes armés de lances et t'adresser personnellement au chef de la tribu. Le message était si clair que je n'ai pas besoin d'un interprète pour le comprendre.

Senmout montra son mécontentement.

— Je ne souhaite pas quitter l'Égypte, dit-il. Je veux rester à tes côtés. Tout paraît tranquille dans notre pays mais un ennemi va peut-être surgir au moment où l'on s'y attend le moins ! Ou bien Moutnéfret profitera de mon absence si ce n'est Iset ! Crois-moi, gouverner quand on est femme représente tant de sacrifices et de courage que je ne me sens pas de trop pour t'aider !

Hatchepsout voulait précisément s'imposer seule pendant les quelques mois où Senmout serait absent de Thèbes. Sans doute cherchait-elle aussi à se prouver qu'elle était capable de régner seule.

— Nous avons choisi des marins courageux et expérimentés, dit Senmout.

— Allons, mon fidèle ami, dit Hatchepsout, tu cherches à me protéger mais je reste Pharaon et ne crains personne.

— Thoutmosis grandit... Si nous rentrons plus tard que prévu... Si nous ne revenons pas...

— Eh bien, je me battrai pour rester au pouvoir ou je céderai et quitterai le palais ! À moins que Thoutmosis n'épouse Néférou-Rê...

— Il te faudra alors lui abandonner le trône d'Égypte, ce que tu refuses de toutes tes forces !

— Senmout, Isis a commencé à verser ses larmes. L'année débute et le Nil se gonfle. Obéis-moi sans réserve...

— Bien, répondit Senmout un peu sèchement. Puisque tu le désires si ardemment je partirai au risque de ne plus jamais te revoir.

Hatchepsout allait faire un geste pour le retenir mais ses deux bras, comme paralysés, restèrent blottis contre ses cuisses. « Je dois faire passer l'intérêt de l'État avant le mien et écouter les conseils d'Amon », se dit-elle, rêveuse.

Elle demeura longuement ainsi, les yeux vagues et l'esprit ailleurs, partagée entre la tristesse et le devoir.

⁂

Le matin du départ de l'ambassade égyptienne, Hatchepsout se leva plus tôt que de coutume bien qu'elle fût de plus en plus matinale. Les Égyptiens s'étaient réunis sur les bords du Nil pour contempler les bateaux longs prêts pour le cabotage qui les mèneraient jusqu'au Pount. Ils furent surpris par la grandeur des cinq navires et attendirent l'arrivée de la famille royale. Hatchepsout ne se fit pas attendre. Elle avait revêtu son majestueux vêtement de cérémonie et portait le cobra à son front.

Après le discours de la reine qui invita les troupes à progresser à l'aide des voilures si les vents s'avéraient favorables ou à ramer en cas de nécessité avec beaucoup de précaution le long des récifs, deux cent dix hommes vêtus de pagnes, portant un bouclier ovale, une lance et un casque, montèrent à bord. Trente rameurs s'installèrent dans chaque bateau. L'équipage prit place aux commandes. Huit soldats et un officier s'assirent sur les côtés.

Deux imposantes statues d'Amon et d'Hatchepsout en granit furent tirées sur le sable mouillé jusqu'au rivage. Puis de robustes marins les disposèrent non sans difficulté à l'avant d'un des bateaux. Hatchepsout les regarda avec satisfaction et fierté car elles étaient destinées à être dressées sur le rivage du pays de Pount.

Pennethbet distribuait ses ordres. Il avait choisi un chef de troupes digne de remplir au mieux sa mission pour accompagner Senmout. Ce dernier surveillait d'un air sombre le chargement des denrées tandis que Thoutmosis s'émerveillait de la voilure des bateaux. En grandissant, il faisait preuve de beaucoup de lucidité, de sagesse et d'intelligence. Il ressemblait tant à son père ! Senmout se montra très contrarié de la présence de Thoutmosis qu'Hatchepsout avait envoyé loin de Thèbes. Elle avait, en effet, conseillé à Pennethbet de faire son éducation militaire, ce qui le tenait à l'écart de la cour et des préoccupations de la reine.

Tandis que Senmout observait le jeune garçon, son regard croisa celui de la reine qui sembla le comprendre. Hatchepsout n'avait pas beaucoup dormi. Elle avait préféré se coucher seule et ne pas leur imposer des adieux déchirants à son réveil. Mais la reine affichait une langueur et une morosité inhabituelles.

Bientôt retentirent les sistres et les crotales. Les prêtres rendirent grâce au dieu Amon et le supplièrent de faciliter la navigation des Égyptiens.

— Ils seront arrivés dans quarante jours, dit

Kallisthès à la reine. Pennethbet leur a demandé de progresser le plus vite possible. Ils se reposeront à terre chaque nuit et se repéreront grâce aux monts. Ils trouveront de l'eau dans des puits. Afin de ne pas partir dans n'importe quelle direction et de ne pas heurter la côte, les hommes se reposeront à tour de rôle. Le retour s'effectuera dans des conditions différentes. Nos Égyptiens devront ramer contre le vent. Ils mettront bien une centaine de jours pour rentrer ! Je ne décèle aucune difficulté dans ce parcours favorable au cabotage. Notre flotte est habituée à naviguer ainsi. Sous l'Ancien Empire, l'expédition se composait de trois mille hommes et tous rentrèrent sains et saufs, comblés par leur voyage !

— Depuis le temps des dieux, jamais aucune expédition de cette ampleur n'a été organisée, dit Hatchepsout. J'en suis fière !

— Mais tu parais soucieuse, ô Reine des Deux Pays.

— Tu as compris pourquoi, j'en suis sûre.

Le Crétois s'inclina sans ajouter un mot. La reine s'avança vers Senmout qui embarqua en dernier sur le bateau de tête et le supplia de réussir.

— J'ai tellement hâte de revenir à Thèbes, répondit-il, que je conduirais moi-même les cinq bateaux de sa Majesté !

Ses frères et sœurs exceptionnellement réunis le serrèrent contre eux avec émotion.

— Prenez bien garde à notre maison et promettez-moi d'aller à Armant rendre hommage à notre déesse ! dit Senmout, les larmes aux yeux.

Tous acceptèrent. Les Égyptiens encouragèrent par leurs chants le départ des matins. L'air embaumait encore des feux éteints du sacrifice. Les enfants réclamaient à leur père de les hisser sur leurs épaules pour voir les bateaux s'éloigner. Les Égyptiens choisis pour l'expédition semblaient conscients de l'exploit qu'ils allaient accomplir.

— Donne-moi très vite des nouvelles, dit Hatchepsout à Senmout. Maintenant, va !

Senmout n'entendit que fort peu les acclamations des Égyptiens et les chants des femmes. Bientôt, ces clameurs s'estompèrent. Il resta pensif sur le pont du bateau regardant l'écume s'échouer sur la poupe, le visage frappé par le vent qui se levait. Les voiles battaient de plus en plus fort et les crissements se multipliaient.

— Ils reviendront, dit Kallisthès en se penchant vers la reine qui demeurait, elle aussi, immobile.

— Bien sûr, qu'ils reviendront ! dit-elle comme si elle retrouvait toute sa lucidité. Quelle étrange remarque ! En attendant, Thoutmosis, ajouta-t-elle en se retournant vers son neveu, tu partiras de nouveau t'entraîner avec Pennethbet !

Le jeune garçon marmonna entre ses dents.

— À quoi me servira-t-il donc de devenir un bon cavalier et un tireur d'élite dans un pays en paix ? Quand je serai grand, je passerai mon temps à faire briller la lame de mon couteau et l'or du manche ? Je brosserai mon cheval ?

— Oh, mon garçon, dit Hatchepsout, les tâches ne manqueront pas ! Tu m'accompagneras en inspection. Tu vérifieras si les scribes ne reçoivent pas des paysans quelques cadeaux qui les pousseraient à moins les imposer !

— Voilà bien là les tâches d'un chef militaire ! s'exclama Thoutmosis. Je resterai aux ordres du Pharaon !

Alors que le peuple se retirait, Hatchepsout attrapa Thoutmosis par les épaules et planta ses yeux dans les siens.

— Tu as besoin d'une leçon, mon petit, lui dit-elle. Je suis Pharaon et compte bien le rester ! Tu seras donc en permanence sous mes ordres ! Ne t'avise pas un jour de l'oublier !

Iset s'approcha d'eux d'un pas ferme et attrapa son fils par la main.

— Tu ne m'as pas laissé répondre ! protesta ce dernier.

— Aujourd'hui, tu n'as pas le droit de donner ton avis. Dans quelques années, Hatchepsout te suppliera de l'épargner !

XVIII

Hatchepsout reçut très vite des nouvelles officielles de l'expédition. Afin de faciliter sa progression, Hatchepsout ordonna de prier Amon et de lui donner des offrandes. Elle fut toutefois contrariée de ne pas recevoir de message personnel de Senmout. Elle en attendait chaque jour en vain. Rassurée sur son état de santé, elle regrettait que Senmout demeurât silencieux.

Aussitôt arrivé, le chef de troupes Nésy raconta dans une longue lettre qu'il avait établi son camp dans le pays de Pount pour accueillir les responsables des tribus. Il leur avait offert du pain, de la bière, du vin, de la viande, des fruits, de nombreux biens venant de la Terre Chérie Ta-Méri, l'Égypte, ainsi que le lui avait ordonné Hatchepsout, Vie, Santé, Force.

Le chef de troupes expliquait dans son message qu'il avait reçu la visite du Grand de Pount, Parakou, de sa femme Ati et de leurs enfants, deux fils et une fille. « J'ai été saisi par la difformité de la reine, disait l'Égyptien. Elle est petite et très grosse. Sa fille présente les mêmes caractéristiques que sa mère. En revanche, le chef est de taille et de mensurations normales. Il porte un pagne en peau de bête comme ses hommes. Ils se sont présentés devant moi avec aménité. Derrière eux étaient alignés des serviteurs offrant de l'oliban, des pépites d'or, des sacs, des plats et des jarres. Un âne portait l'un d'entre eux qui avait jeté sur son épaule un sac plein de céréales. »

Dès qu'il apprit que la reine avait enfin reçu un rapport du Pount, Kallisthès se précipita dans son bureau et y amena les conseillers auxquels Hatchepsout avait récemment confié des fonctions importantes. Le vizir du Nord, Baber, étant en visite au palais, elle tint à ce qu'il fût lui aussi informé.

— Notre ambassade a manifestement étonné les Grands du Pount, dit la reine avec beaucoup de décontraction.

— La troupe a-t-elle suivi les chemins supérieurs ? demanda Baber.

— Non. Nous avons décidé d'opter pour la voie d'eau. Je crois que nos Égyptiens ont soulevé l'admiration du chef du Pount. Le voyage par eau et par terre reste compliqué. Le chef de troupes a déjà commencé ses tractations ! Il a offert des colliers d'or, des perles en céramiques, des dagues, des bracelets d'or qui, je l'espère, plairont aux habitants du Pount. Écoutez ce qu'il écrit : « Curieusement, alors que nous nous apprêtions à échanger nos biens, le roi et la reine nous convièrent à une fête somptueuse. Le soir même nous fûmes reçus avec beaucoup d'honneurs et participâmes à une cérémonie religieuse où nous offrîmes nos dons aux dieux tandis que nous en recevions. »

— Quelles étranges coutumes ! dit Baber. Les Égyptiens ont-ils déjà cueilli la résine et préparé les arbres à encens ?

— Oui. Ils expliquent même que ces arbres ont été déracinés puis rempotés dans de grands et profonds paniers prêts au transport. Les hommes les emportent sur un immense balancier en bois jusqu'aux embarcations. Le chef que Pennethbet a choisi dit avoir lui-même abattu un tronc à l'aide d'une hache et avoir entaillé des branches pour recueillir de l'oliban !

Pennethbet entra, tout couvert de poussière, et pria la reine de l'excuser.

— Entre, entre, Pennethbet ! dit la reine en riant. Écoute ces récits incroyables qui nous viennent du Pount ! Le chef de troupes cueille lui-même de la résine !

— Je leur ai bien expliqué comment procéder à l'embarcation des troncs, dit Pennethbet. Donnent-ils des détails à ce sujet ?

— Pas précisément, répondit Hatchepsout. Ils prétendent que les arbres sont placés sur de petites embarcations avant d'être posés sur les bateaux. Regarde les dessins qui nous sont parvenus !

Tous se penchèrent avec intérêt sur les esquisses à peine ébauchées qui seraient retravaillées ensuite avec plus de détails.

— Ces dessins nous permettent de mieux juger du physique des autochtones et de leur végétation.

Hatchepsout s'attarda sur les formes des poissons esquissées sous les coques des bateaux lourdement chargés aux voilures pliées. Des planches de bois avaient été placées entre les ponts des bateaux et le rivage. Des hommes montaient péniblement sur le bateau, un panier suspendu à l'avant et à l'arrière de leur long balancier. De chaque panier émergeait un arbre au tronc court, au feuillage épais en forme de cône. Deux Égyptiens encourageaient à l'arrière leurs acolytes tandis que d'autres hommes portaient sur leurs épaules des jarres encombrantes.

Quand ils accédaient enfin au pont du bateau, ils disposaient chaque denrée et chaque don à une place précise si bien que des tas minutieusement constitués paraissaient envahir l'ensemble des bateaux.

Au-dessus de ces esquisses, avaient été dessinées de longues files d'hommes, de bétail et de chiens.

— Nos hommes ne pourront bientôt plus monter à bord tant les Grands du Pount se sont montrés généreux ! s'exclama Hatchepsout, ravie. J'ai hâte de voir et de toucher tous ces mets et ces objets magnifiques.

— Et de les goûter ! précisa Kallisthès en riant lui aussi.

— À condition que la longueur du voyage ne les endommage pas ! précisa le vizir.

— Voilà des boswellia, dit Hatchepsout en tentant de comprendre l'écriture malhabile du scribe-dessinateur.

— Un boswellia ! s'exclama Kallisthès. Je n'ai pas vu de ces arbres depuis bien longtemps !

— Kallisthès, dit la reine. Tu vas pouvoir nous expliquer à quoi servent toutes ces plantes dont le nom m'est inconnu.

Le Crétois salua bas la reine et se pencha sur les dessins.

— Travail magnifique de précision, dit-il. Les boswellia sont précieux. Voici de l'ébène, des noix de coco. Le pays de Pount possède de nombreuses plantations d'ébène.

Chacun lut avec émerveillement la liste des produits et des bêtes déjà chargés sur les bateaux égyptiens : minéraux, électrum, or vert obtenu avec du cuivre noir, khôl vert et noir, animaux aux longues cornes, œufs d'autruche, plumes, chiens longilignes entraînés à la course, babouins, panthères, léopards, peaux de félins, singes verts de petite taille.

— J'ai déjà vu ces cocotiers au tronc gigantesque auquel grimpent les indigènes, dit le vizir. Jamais nos Égyptiens ne réussiront à rapporter de tels arbres à Thèbes !

— Ces palmiers ressemblent à nos dattiers, dit la reine en mettant le doigt sur le papyrus déroulé.

— Ce sont apparemment les mêmes arbres que les nôtres, répondit Baber. En revanche, certains de ces animaux me sont inconnus.

La reine lut les noms inscrits sous les dessins avec un certain scepticisme dans la voix.

— Des girafes, des rhinocéros, des poissons-coffres, des raies, des seiches, des homards, des langoustes, des espadons... Ah ! voilà des poissons qui nous sont plus familiers ! Des poissons-chats, des tilapia...

— Et des tortues d'eau douce, précisa Kallisthès. Je connais toutes ces variétés. Leur chair est agréable à manger mais tu n'auras pas le loisir d'y goûter, Majesté, car le poisson pourrirait pendant le voyage !

— Les scribes-dessinateurs ont indiqué la couleur de l'eau. Ils prétendent qu'elle est tantôt bleue, tantôt verte.

— Sans doute parce qu'il s'agit là tantôt d'eau douce tantôt d'eau salée, expliqua Baber.

Kallisthès approuva doctement.

— Ces habitants du Pount me semblent beaux avec leurs traits fins et leurs cheveux frisés ramenés en arrière à l'aide d'un bandeau serré ! reconnut la reine. Mais quelle étrange coutume de construire sa maison au sommet d'un arbre !

Kallisthès retint ses rires pour ménager la susceptibilité de la reine.

— Tu as mal interprété ces esquisses, Majesté, dit-il. Les huttes couvertes de nattes des habitants du Pount sont construites sur des pilotis et se terminent par un toit en forme de cône. Ils utilisent ces échelles pour accéder à leur porte d'entrée, non pour monter en haut des arbres !

— On raconte, ajouta le vizir, que les Grands du Pount ont la peau rouge ou noire semblable à celle des Nubiens. Ils apprécient les barbes longues. Le roi ne porte, en revanche, qu'une barbe postiche...

— Comme moi ! s'exclama Hatchepsout qui se distrayait de ces récits. J'espère, Pennethbet, que ton chef de troupes aura la présence d'esprit de me rapporter l'un de ces colliers ras le cou aux médaillons ovales du plus bel effet !

— Peut-être souhaiterais-tu également porter à ta ceinture ce magnifique poignard et cet anneau à ta cheville, dit Kallisthès en souriant.

— Pourquoi pas ? Ils brillent d'or et de pierres ! Crois-tu que ces dessins cherchent à m'épater ou penses-tu que nos troupes ont réellement réussi à charger plus de trente arbres sur nos bateaux ?

Kallisthès consulta le vizir.

— Cela me paraît incroyable, Reine des Deux Pays, finit par répondre le vizir.

— Si nous replantons plus de trente arbres chez nous, tous ne subsisteront pas, précisa Kallisthès.

— Même si Amon les protège ? demanda Hatchepsout avec malice.

— Quand bien même notre Pharaon veillerait sur eux toute la nuit, je doute qu'ils puissent résister à nos climats. Certaines espèces poussent dans des crevasses difficiles d'accès. Je doute qu'ils aient été arrachés sans que les racines ne subissent de grands dommages. Peut-être même nos troupes embarqueront-elles des arbres à aromates de mauvaise qualité. Les Grands du Pount sont aimables mais malins. Ils tenteront de leur donner des arbres qui dépérissent.

— Qu'ils essaient seulement une fois et je me

rendrai moi-même là-bas pour obtenir des excuses ! répliqua Hatchepsout. Leur ai-je donné des produits de basse qualité ? Que Thèbes sente bientôt la savoureuse odeur de l'antyou et que mes bœufs paissent à l'ombre des arbres à oliban !

Kallisthès suggéra aussitôt à la reine de replanter quelques arbres devant le temple de Deir el-Bahari.

— Je ne pense pas que cela soit une bonne idée, dit la reine contre toute attente alors qu'elle ne discutait guère habituellement les sages propositions du Crétois. J'ai choisi de les faire replanter dans le temple de Karnak. Amon en sera plus honoré. Je ne m'approprierai qu'un seul de ces précieux arbres pour mon temple privé.

Chacun s'inclina sans discuter les décisions de la reine.

— On parlera dans toute l'Égypte de cette expédition ! dit la reine, satisfaite. Bientôt cette aventure sera racontée dans tous les pays. Les enfants se demanderont si elle appartient au monde réel. De quoi faire pâlir de jalousie nos ennemis ! Le roi Sauztata n'en croira pas ses oreilles !

Hatchepsout pria ses conseillers de se retirer. Elle allait s'allonger sur sa couche quand un garde frappa à sa porte.

— Vois de quoi il s'agit, dit-elle à sa suivante. Qu'on ne me dérange plus. Je suis lasse !

La toute jeune suivante lui tendit bientôt un message. La reine reconnut le sceau de Senmout et le brisa promptement, le cœur battant. Senmout lui parlait de sa santé, de ses états d'âme, lui donnait quelques conseils et s'excusait de ne pas lui avoir écrit plus tôt. Elle devina entre les lignes ce qu'il n'osait dire et se sentit revivre.

Une petite brise se glissa jusqu'à son lit placé dans l'ombre. Une servante ôta ses sandales et lui massa les pieds avec des linges frais imbibés de citron puis des onguents aux odeurs d'amande. Une autre lui enleva sa coiffe et sa perruque. Une troisième délia sa ceinture et soulagea ses bras, ses poignets et son cou de ses lourds bijoux. Deux danseuses agitèrent de longues plumes en guise d'éventails.

Hatchepsout ferma les paupières et revit toutes ces fresques du pays de Pount qu'on lui avait envoyées. Cette petite région foisonnante de richesses, de bétail, de senteurs, d'arbres à aromates, d'animaux sauvages et de singes verts ouvrit son imagination à maintes aventures.

Elle se voyait entraînée par Senmout dans une hutte en bois pour une sieste romantique. Les Grands du Pount organisaient en leur honneur des fêtes tribales où des homards cuisaient sur des feux allumés à la hâte. Des danseurs exécutaient des mouvements harmonieux avec leur lance, tapant des pieds comme pour faire fuir les mauvais esprits réfugiés sous terre. Les étoiles, par milliers au-dessus de leur tête, veillaient sur les enfants nus dont les colliers de perles sautillaient à leur cou et sur les femmes aux jambes trop courtes et au bassin large. Les dons des Grands du Pount défilaient devant leurs yeux éblouis. Les tambourins résonnaient dans le désert. L'odeur des plantes devenait irréelle comme dans les contes de fées. Étendus sur des peaux de léopard, ils assistaient à des rites étranges, au dépeçage d'animaux féroces et à des danses féminines sensuelles et sauvages. Dans la nuit hululaient d'étranges oiseaux aux yeux ronds et perçants. Plus ils buvaient, plus les danses endiablées s'enchaînaient et la reine n'entendait plus que le rire du roi de Pount au pagne de léopard qui prenait un plaisir infini à déguster ses écrevisses.

Hatchepsout étendit ses jambes et sombra dans un demi-sommeil. Elle se sentait bien et rêva, comme dans son enfance, à des personnages nés des légendes. Tant de saisons étaient passées sans que le Pharaon, soucieux des affaires d'Égypte, se sentît capable de rêver !

XIX

L'absence de Senmout commençait à contrarier Hatchepsout quand un messager lui apprit que l'expédition s'apprêtait à rentrer. Le cœur de la reine se mit à battre très fort. Elle distribua ses ordres, s'enquit de la santé des marins, de l'état des bateaux. Ses questions fusaient et se mêlaient à des instructions variées données au fur et à mesure qu'elles lui venaient à l'esprit.

— L'expédition est enfin de retour ! dit-elle en songeant surtout à Senmout. Bientôt, ils rentreront à Thèbes, tous et en vie !

Kallisthès se précipita dans la salle d'audience pour rejoindre la reine.

— Tu as le temps, Majesté. Le Nil a débordé et les bateaux sont lourdement chargés. Ils ne remonteront le fleuve qu'avec peine.

— Dans combien de jours aborderont-ils à Thèbes ?

— Pas avant une vingtaine de jours, à mon avis.

Hatchepsout soupira.

— J'ai hâte de les revoir ! Nous allons préparer une fête grandiose !

— Prends garde de ne pas trop honorer Senmout, dit Kallisthès.

— Et pourquoi donc ? Senmout ne fait-il pas partie de l'expédition ?

— Je me suis mal exprimé, répondit Kallisthès.

Je voulais seulement dire que Senmout doit recevoir les mêmes honneurs que les autres.

— Il a dirigé cette opération !

— Bien entendu...

— Je comprends ce que tu cherches à me dire, Kallisthès, avança Hatchepsout. Mais tous les Égyptiens savent que Senmout est mon conseiller le plus proche. Si Néférou-Rê ne régnait pas, il pourrait très bien devenir...

Elle se tut, soudain consciente qu'on allait entendre ses propos.

— Pharaon, acheva Kallisthès, envisagerais-tu de l'épouser ? Prends garde ! Si Senmout obtient le rang suprême, je doute qu'il te garde auprès de lui. Thoutmosis III lèvera l'armée avec la bénédiction du peuple et vous perdrez tous deux le pouvoir !

— Tu m'insultes, Kallisthès ! Comment peux-tu envisager que Senmout se détourne de moi ?

— J'apprécie son amitié et sa fidélité, ô Pharaon. Mais l'ambition transforme les hommes. Tu courrais un risque en te mariant avec Senmout.

Hatchepsout s'accorda un instant de réflexion. Toutefois, comme elle n'avait pas envie d'être triste en cette journée exceptionnelle, elle préféra mettre un terme à leur conversation.

— N'en parlons plus, dit-elle. Je me suis exprimée sans réflexion. En réalité, je n'ai jamais envisagé ce mariage. Tu as raison comme d'habitude.

Kallisthès la regarda attentivement. Mentait-elle ou avait-elle réellement parlé sans réfléchir ? Il la trouva si semblable à Ahmose, avec son visage réjoui et ses gestes gracieux qui avaient subitement perdu toute rudesse et toute virilité, qu'il en fut troublé.

— Ton regard s'assombrit, lui dit Hatchepsout. Je souhaiterais pourtant que tu partages notre joie pendant ces jours de fête et que tu chasses de ton esprit ce que je viens de te dire. Nul ne connaît l'avenir. Seuls les dieux guident nos pas. Vivons l'instant présent et profitons de la vie !

— Mes pensées avaient rejoint l'âme de ma chère Ahmose, dit Kallisthès.

— Je ferai porter demain de nouvelles offrandes près de son tombeau. Thoutmosis Ier a été honoré ce matin.

— Elle aurait tant souhaité te voir réussir cet exploit fabuleux dont on parlera pendant des siècles ! D'habitude, tes traits me rappellent la volonté et l'assurance de Thoutmosis Ier mais, en ce jour, ton sourire éclatant à la pensée de retrouver Senmout est identique à celui d'Ahmose lorsqu'elle était heureuse. Tu as ses dents, son rire chantant, cette même façon de trémousser ton nez quand tu es contente. Je n'avais pas vu ces signes sur ton visage depuis bien longtemps !

— Ma mère nous manque, Kallisthès. C'était une femme admirable qui m'a enseigné la générosité, la grâce et la culture. Elle voit mes exploits et m'approuve. Quand nous serons réunis dans l'Au-Delà, nous en reparlerons en riant autour d'une coupe de vin.

— Tu as raison, Reine, dit Kallisthès. Mais l'absence des êtres chers se révèle dure à supporter !

— Je m'étonne cependant, Kallisthès, que tu viennes me reprocher mes projets avec Senmout alors que tu as caressé longtemps l'idée d'avoir un enfant avec ma chère mère afin de l'épouser. Tu aurais ainsi évincé mon père Thoutmosis. Crois-tu qu'il n'aurait pas pris les armes pour te chasser et penses-tu réellement que tu aurais pu le battre ?

Le Crétois se montra fort gêné qu'Hatchepsout lui rappelât ces lointaines intentions. La reine pharaon le regardait, le front plissé et sévère, attendant une réponse.

— Je reconnais que je ne suis pas le mieux placé pour te donner des conseils sur ce plan, répondit Kallisthès. Toutefois, reconnais que la situation était tout autre. La divine Ahmose avait du sang royal dans les veines tout comme moi puisque notre père commun était Aménophis Ier. Les Égyptiens réclament des mariages pharaoniques entre frère et sœur pour renforcer les dynasties. Le peuple m'avait déjà accepté lorsque j'ai fait part de cette idée à Ahmose tandis que Senmout reste de basse extraction.

— Crois-tu réellement, insista Hatchepsout sans détacher son regard du Crétois, que le peuple aurait abandonné Thoutmosis Ier le victorieux ? Et l'armée ? Quels soldats se seraient détournés du vaillant Thoutmosis pour te suivre ?

— Je vois... bafouilla Kallisthès contre son habitude. Mais je ne souhaitais pas évincer Thoutmosis. J'avais seulement prévu de le remplacer au cas où, comme ses trop jeunes fils, il eût été tué au combat.

— Ne me mens pas, Kallisthès, dit Hatchepsout. Je connais toute l'histoire.

— Mais tu as toujours cru que je ressentais une profonde animosité à l'égard de ton père, l'interrompit Kallisthès plus sûr de lui. Or, il n'en est rien ! Je lui reprochais seulement de rendre ta mère malheureuse et de la délaisser pour Moutnéfret ou pour d'autres épouses secondaires sans intérêt. Tu as cru alors que seuls l'ambition et l'intérêt me poussaient à agir et tu avais tort.

— Je le sais aujourd'hui, dit Hatchepsout. Ne revenons pas sur le passé. Pensons seulement à fêter le retour de nos vaillants marins et de leur courageux chef Nésy !

⁂

Les jours qui suivirent parurent très longs à Hatchepsout qui tentait de tromper son impatience en recevant des chefs de chantier prêts à lui faire un rapport sur l'avancée des travaux de tel ou tel site sacré. Elle arpentait ses jardins et jouait avec Meryrêt qui préférait manifestement la compagnie de Moutnéfret dont la tristesse semblait se muer en sérénité à l'approche de la petite fille. Hatchepsout engageait parfois une partie de jeu de patience mais l'abandonnait rapidement. Elle surveillait les cours de Néférou-Rê, convoquait Kallisthès pour parler avec lui sans raison précise. Elle se rendit même à la maison de Senmout afin d'informer elle-même ses frères et sœurs de son retour imminent, les engageant vivement à participer aux préparations de la fête qui allait accueillir ceux qui semblaient revenir du pays légendaire des fées, des bons génies et des dieux.

Au bout de dix-huit jours, Kallisthès se précipita dans le parc du palais à la recherche d'Hatchepsout.

— Reine des Deux Pays, dit-il en se prosternant. Les voilà ! Demain matin, ils accosteront à Thèbes !

— Merci, dieu Amon, mon père, dit Hatchepsout en fermant les yeux et en s'agenouillant à terre pour prier.

Elle se coucha tôt ce soir-là comme si elle accélérait ainsi la course du temps mais elle ne parvint pas à trouver le sommeil. Elle se leva plusieurs fois pendant la nuit à la recherche d'un peu de fraîcheur. Sa peau était moite de sueur. Dès l'aube, elle somnola à l'affût du moindre bruit. Quand elle entendit les prêtres bénir son réveil et qu'un rayon de soleil jaillit dans sa chambre, elle remercia rapidement Amon de lui offrir cette nouvelle journée puis elle se leva avec beaucoup de gaieté.

— Vite ! Vite ! dit-elle à ses servantes.

Après un bain rapide, elle se drapa elle-même dans un vêtement court et ajusta son casque. Elle enfila des sandales ornées d'améthystes et de cornalines aux brides dorées, se laissa parer de bijoux en turquoise et en jaspe que les suivantes répartirent élégamment autour de son cou, de ses chevilles, de sa taille, de ses poignets et de ses bras.

Le palais semblait s'éveiller lui aussi. On entendait des va-et-vient dans les couloirs, des ordres lancés avec autorité, des mouvements de joie.

Hatchepsout saisit sa crosse et son fléau puis elle rejoignit sa litière. Les hauts fonctionnaires l'attendaient dans des chars ou sur leurs chevaux. Les serviteurs qui précédaient le défilé écrasèrent bientôt de leurs pas cadencés les pétales de fleurs dont on avait jonché le parcours du palais à l'embarcadère. La foule se pressait pour apercevoir Hatchepsout, au milieu des cris et des rires. Avant même sa sortie, les Égyptiens étaient venus harceler en vain les gardes à l'entrée du palais mais ceux-ci avaient conservé toute leur vigilance et leur discrétion, se contentant de remettre à leur place les plus désobéissants.

Hatchepsout ayant ordonné de sortir la barque du dieu Amon, la foule se prosterna doublement sur son passage tandis que sa litière côtoyait celle de son père divin. La reine pharaon portait croisés sur sa poitrine la crosse et le fléau, symboles pharaoniques. Un silence exceptionnel accueillit l'arrivée des notables et des hauts fonctionnaires dont les Thébains suivaient la carrière depuis de nombreuses années. Derrière eux, les drapeaux flottaient en haut des longs mâts en bois de Byblos élevés devant les portes du palais.

Derrière le cortège, le flux humain se referma et suivit avec des acclamations de joie, des chants et des accompagnements musicaux.

— Tu es partie trop tôt du palais, souffla Kallisthès à Hatchepsout dès que les notables se furent assis de part et d'autre du trône royal, au bord de la rive du fleuve.

— Non, dit Hatchepsout. Je voulais assister avec mon peuple à l'arrivée des bateaux. Dès qu'ils apparaîtront à l'horizon, je veux entendre des appels joyeux et des hymnes !

Un long silence se fit autour d'eux. Les Thébains paraissaient aussi anxieux que leur pharaon. Ils scrutaient l'horizon en clignant des yeux. À force d'observer, certains essuyaient leurs paupières baignées de larmes tandis que leurs enfants s'impatientaient, demandant sans cesse ce que leurs parents attendaient au bord du Nil. Mais bientôt, comme dans une sorte de mirage, de hauts mâts apparurent au loin, dansant sur les flots dans une nappe de brouillard gris.

— Là ! dit Kallisthès en tendant le bras. Je crois bien les reconnaître ! Ils ont replié leurs voiles et rament contre le vent !

Hatchepsout tendit le cou, le cœur battant. Toutes les têtes se tournèrent vers la droite. Chacun retint son souffle. Peu à peu, ils distinguèrent le mouvement régulier des rames qui se levaient puis s'abaissaient. Sur le pont des navires, les objets prirent forme. Points minuscules, les marins s'agitaient, levant les bras et sautant sur place en appelant leurs proches. À la poupe du premier navire, Hatchepsout distingua un homme qui ne bougeait pas. Ses doigts se crispèrent sur la crosse et le fléau qu'elle portait mais elle ne perdit pas son attitude hiératique.

Les prêtres commencèrent les sacrifices et firent brûler l'encens. Bientôt, le premier bateau fut suffisamment près pour qu'Hatchepsout pût voir Senmout qui la regarda avec émotion. Ils ne se quittèrent pas des yeux jusqu'à ce que le bateau eût accosté. Les Égyptiens se levèrent alors et acclamèrent en chœur les marins, leur faisant une magnifique ovation.

Des serviteurs se précipitèrent pour mettre en place les passerelles. Senmout descendit le premier et vint se prosterner aux pieds de la reine pharaon.

— Soyez les bienvenus à Thèbes ! dit Hatchepsout avec joie, la voix légèrement tremblante. Relève-toi, Senmout, que je te félicite !

Tandis que la foule se précipitait pour regarder les objets rapportés par les marins, Senmout fixa longuement Hatchepsout. La reine lui trouva l'air serein. Il paraissait grandi de son voyage, plus mûr, plus sérieux.

— Voilà ce que je te rapporte, Reine des Deux Pays, dit-il en tendant le bras vers les ponts des navires. Nous avons dressé des dais pour protéger les aliments que nous voulions te faire goûter. La myrrhe contentera bientôt Amon en donnant le meilleur encens !

— Et ces arbres dont les feuilles s'agitent au vent, ce sont...

— Oui, Reine, les arbres à oliban !

— Les arbres d'Amon ! dit-elle en se tournant vers les prêtres et le devin qui était à l'origine de cette expédition. Qu'on les débarque et qu'on les replante le plus rapidement possible !

Senmout salua Kallisthès.

— Je vois que tu as donné de sages conseils à notre pharaon, dit-il au Crétois, car tu connais parfaitement la nature et toi seul sais à Thèbes combien ces arbres sont fragiles.

Kallisthès lui sourit et lui exprima son amitié. Le chef des marins désigné par Pennethbet vint également saluer Hatchepsout et chacun observa le débarquement des arbres.

— Rentrons au palais, dit Hatchepsout. Le peuple est content et je suis plus que satisfaite. J'ai hâte de voir ces cadeaux à mon aise dans la salle d'audience !

Dès qu'elle eut regagné le palais, la reine s'assit sur son trône d'or et demanda au chef Nésy et à Senmout de se tenir à côté d'elle pour lui donner tous les détails possibles sur les présents qui allaient défiler sous ses yeux.

— Scribes ! Vous noterez tout très précisément ! Que la fête commence !

La myrrhe fut déposée à ses pieds, pesée et mise de côté. À ce moment, Néférou-Rê pénétra dans la pièce. Iset et Moutnéfret s'émerveillèrent avec jalousie des nombreux paniers et coffres qui attendaient devant les portes.

— J'ai appris que tu ne t'étais pas réveillée ce matin, dit Hatchepsout à sa fille. Je n'ai pas voulu te déranger. Mais maintenant, viens t'asseoir près de moi et regarde !

Néférou-Rê accepta les hommages de Senmout qu'elle chérissait toujours autant et s'empressa de s'asseoir sur le trône vacant à côté de celui de sa mère.

— Où se trouve Thoutmosis ? demanda la reine pharaon.

— Il arrive, Reine des Deux Pays, répondit Iset en se mordant les lèvres de dépit.

— Scribes ! Veillez à mettre dès maintenant de côté une part de ces biens pour le dieu Amon qui vient de regagner sa chapelle. Gardez-en un tiers pour le Trésor royal et donnez le reste aux prêtres.

Des serviteurs, chancelant sous le poids des présents, apportèrent des sacs d'or, de bijoux, d'anneaux en or, d'ivoire, de peaux de bêtes. Puis des singes, des fauves et des chiens tenus en laisse soulevèrent des exclamations étonnées.

— Voilà un présent du chef de tribu en personne à la Reine des reines, dit Senmout en se levant et en attrapant la laisse d'un superbe léopard.

Il saisit le fouet que lui tendait un serviteur et donna quelques légers coups sur la tête de l'animal qui se coucha aux pieds d'Hatchepsout effrayée par la gueule du fauve qui bâillait.

— N'aie crainte, il est savamment dressé ! dit Senmout qui reprit sa place à côté du pharaon.

Les présents se succédèrent. Enfin, quand tout lui eut été expliqué, Hatchepsout se leva et manifesta le désir de se rendre au temple pour prier Amon et lui faire don d'une bonne partie de ces cadeaux. Les courtisans la suivirent. Elle fit un court discours et rendit hommage à Amon. L'oracle qui se tenait à côté de la statue du dieu attendit qu'elle terminât. Quand elle l'eut interrogé du menton, il dit :

— Fille d'Amon, ton père divin te remercie d'avoir accompli ses volontés.

Les courtisans se dispersèrent et se hâtèrent de rentrer au palais où devaient commencer le banquet et la cérémonie. Hatchepsout retourna elle aussi dans ses appartements. Elle décida de porter la double couronne et le pectoral, se vêtit avec ses plus beaux atours. Puis elle rejoignit la salle des festins qui embaumait la myrrhe avant que Penethbet, son fidèle et vieux général, Senmout, Kallisthès, les vizirs, le Grand Prêtre, les membres de la famille de Senmout, Néférou-Rê et Meryrêt ne prissent place autour d'elle. Les danseuses nues entrèrent, évoluant sur une musique douce. Un chanteur à la voix troublante évoqua les récits des matins de l'expédition. Dans les jardins, quelques invités riaient sous les sycomores. Leurs éclats de voix parvenaient jusqu'à la salle où tout était permis et où le vin coulait à flots.

Quand chacun se fut rassasié et que les jeux de mots devinrent grivois, Hatchepsout regarda Senmout et se leva. Ses filles étaient parties se coucher depuis longtemps. Ils quittèrent la salle sans cérémonie et regagnèrent les appartements de la reine.

Intimidé et gauche, Senmout entreprit de raconter à Hatchepsout chacune de leurs escales mais la reine l'interrompit et se dévêtit.

— Tu m'as déjà écrit tout cela et nous avons passé la journée à l'entendre, dit-elle en riant.

Elle s'approcha de lui et éveilla son désir d'autant plus aigu qu'ils ne s'étaient pas vus depuis de longs mois. Bientôt, leurs caresses se mêlèrent à leurs baisers passionnés. Ils se redécouvrirent avec amour tandis que les rires des derniers invités leur parvenaient encore, assourdis par les bruissements des feuilles.

Puis ils demeurèrent longuement enlacés jusqu'à ce qu'Hatchepsout se levât et prît la double couronne à deux mains. Elle revint la placer sur la tête de Senmout.

— Cette couronne te va, lui dit-elle. Qu'en dis-tu ?

— Pourquoi plaisanter avec des sujets aussi sérieux que le pouvoir suprême ? répondit Senmout. Viens plutôt t'étendre contre moi et profitons de ces instants exceptionnels.

— Tu refuses donc la double couronne ! dit Hatchepsout.

— Elle n'est pas faite pour moi. Si je l'acceptais, le peuple et l'armée se révolteraient.

— Toi aussi, tu penses ainsi...

— Évidemment, Divine. Que pourrait-on imaginer d'autre ?

— Rien, dit-elle en remettant sa couronne à sa place et en se recouchant près de lui.

Elle l'attira contre elle et s'enivra de l'odeur de sa peau parfumée. Tout en le serrant avec force, elle regardait le clair de lune illuminer la pièce et elle pria pour que cet instant magique se renouvelât le plus souvent possible.

— Je n'osais effleurer ta peau divine, ma reine, dit Senmout. J'avais presque oublié son parfum. Me le pardonneras-tu ? Jamais je ne t'ai aimée ainsi !

Elle se contenta de le serrer plus fort contre elle et lui murmura à l'oreille :

— La nuit s'ouvre devant nous et tant de nuits semblables à celles-ci ! Je suis heureuse ! Jamais plus tu ne me quitteras ! Amon nous a séparés pour mieux nous réunir. N'est-ce pas un signe qu'il veut nous voir unis pour l'éternité ?

Senmout n'entendit pas ces paroles sans frémir mais il préféra ne rien ajouter et respirer l'odeur tenace de la myrrhe qui lui donnait l'impression d'être encore dans le fabuleux pays du Pount.

XX

Le retour de l'expédition fut l'occasion de longues et grandes fêtes. Les Égyptiens se réjouirent en même temps des récoltes qui avaient été favorisées par le débordement du Nil et par le dieu Hâpi aux mamelles volumineuses. À l'exemple de leur divinité favorite, les cultivateurs affichaient parfois un ventre rond dont les plis graisseux formaient des bourrelets au-dessus du pagne.

Les membres de l'expédition purent ainsi ajouter aux mets étalés en l'honneur du dieu de l'inondation — plats de poissons, canards ou viande garnis de fleurs et d'épis — leurs propres produits. Ils déposèrent eux-mêmes une couronne de plantes aquatiques sur la statue du dieu Hâpi installée devant les tables de banquet.

— Que le père des dieux soit béni pour nous avoir tant comblés ! déclara la reine. Que de nouveaux villages portent désormais son nom ! Senmout ! Tu en dresseras la liste ! Que tous ces produits étranges, magnifiques et inconnus de nous soient répertoriés dans les livres du dieu du Nil !

Chacun put s'offrir des petits Hâpi en pierres précieuses que la reine avait fait créer spécialement pour le retour de l'expédition. Elle-même en avait suspendu à son cou, à ses chevilles entourées d'une chaîne fine et à son diadème. Tous ces objets miniatures brillaient d'or, d'argent, de bleu turquoise et de lapis-lazuli. L'épouse du dieu Hâpi avait également été représentée en pâtisserie. Les enfants dévoraient des gâteaux piqués de raisins secs très sucrés d'où coulait un miel blond et épais. Ils frottaient leurs doigts collants sur leurs pagnes blancs et tentaient en vain de nettoyer les commissures de leurs lèvres du revers de leur main.

Les adultes choisissaient dans des paniers en osier placés sur des tréteaux de bois des Hâpi de pain en forme de poissons, de fleurs ou de couronnes à la mie grise. Procédant comme ils l'avaient fait avant la crue du Nil, les Égyptiens présentaient au dieu des offrandes innombrables dans tous les temples de l'Égypte. Ils jetaient les statuettes dans le Nil, priaient longuement, las d'avoir semé et labouré pendant la saison d'akhet, d'avoir ensuite irrigué, moissonné, dépiqué pendant la saison de peret jusqu'à celle des récoltes.

La saison chaude apportait beaucoup de satisfaction mais seul Pharaon demeurait celui qui donnait aux Égyptiens de la fraîcheur. Hatchepsout la divine apparaissait comme le souffle du soir.

Les mineurs qui travaillaient au Sinaï étaient rentrés. Ils refusaient, à juste titre, de travailler pendant la saison de chemou où Rê chauffait la montagne d'une boule de feu insupportable. En outre, les gemmes se modifiaient sous cette chaleur exceptionnelle, rendant leur travail impossible.

Pour lutter contre les épidémies, Kallisthès avait préparé ses potions habituelles pendant plusieurs jours, celles qu'il conseillait à la reine et à ses proches pendant la saison de chemou et qui étaient bien différentes des préparations des autres périodes de l'année. Mieux valait prévenir les maladies que les soigner.

Hatchepsout reçut de nombreux présents de dignitaires invités mais aussi de simples Égyptiens qui lui montraient par ce geste leur dévouement et leur fidélité. Le Nil fut bientôt envahi de barques où les femmes jouaient du crotale et les hommes de la flûte. Tous, à tour de rôle, se frottèrent d'huile et revêtirent un pagne propre pour vénérer leur divinité locale.

Quand les Égyptiens eurent beaucoup bu, ils prirent les membres de l'expédition sur leurs épaules et les acclamèrent.

— Bientôt, dit Hatchepsout, les arbres pousseront autour du temple d'Amon ! Les animaux se reproduiront dans nos parcs ! Les plus inoffensifs courront dans les jardins du palais et boiront l'eau de la mare ! Le bois servira pour la construction des mâts de bateaux et des poteaux. Les colliers seront distribués aux plus vaillants des Égyptiens, à ceux qui remplissent le mieux leurs fonctions. Mais la plupart de ces caisses vont partir pour les temples. Les dieux faciliteront ainsi votre vie, Thébains ! Vivez en paix et heureux !

Contre son habitude, Hatchepsout désira se mêler à la foule pour participer à la fête. Puis elle fit ouvrir les portes des jardins du palais et invita à entrer bon nombre de Thébains qui purent ainsi contempler des animaux sauvages encore en cage, des singes verts agrippés aux branches des arbres, des girafes et des chiens effilés si maigres que leurs côtes apparaissaient sous leur peau marron.

— Est-ce bien sage de faire ainsi pénétrer dans le parc des Égyptiens qui pourraient attenter à ta vie ? dit Senmout en désapprouvant la décision de la reine.

Hatchepsout lui répondit avec assurance :

— Je savais, mon bon Senmout, que tu ne manquerais pas de me faire une telle remarque. Mais réfléchis et écoute-moi. Je ne désire pas être un pharaon régnant du haut de son piédestal. Je ne veux du moins pas le paraître. Le peuple a appris à m'aimer. Je ne crois pas me tromper en avançant qu'il commence à m'admirer.

— Ainsi donc, non contente de gagner l'admiration de ton peuple, tu souhaites aussi avoir son estime ?

— Oui, répondit Hatchepsout. Amon me guide dans mes choix. Je reste attentive à tes remarques. Mais ne t'offusque pas si je fais passer tes conseils après les décisions divines.

— Sans doute as-tu encore reçu des signes de la divinité ? dit Senmout.

— Des rêves, dit Hatchepsout, des intuitions. Comment t'expliquer ? Quand Amon se manifeste, je ressens une grande chaleur intérieure, comme un feu qui brûle en moi et consume mon cœur et mon ventre. Je me sens habitée par le dieu, mon père. Je deviens déesse et j'agis pour lui.

— J'essaie de te comprendre, répondit Senmout, bien que je ne sois ni Pharaon ni dieu.

— Amon guide ma voie vers la lumière éternelle, dit Hatchepsout. Je le suivrai toujours d'instinct.

— Et je t'en félicite, dit Senmout, troublé. Je ne suis qu'un pauvre conseiller que la grâce d'Amon a frôlé à jamais pour te servir.

***

Au palais, les clans demeuraient, se multipliaient. Chacun de s'observer, d'écouter à l'affût de la moindre information. Depuis le décès de son troisième fils, Moutnéfret hantait les jardins sans joie ni agressivité. Elle laissait seulement s'écouler l'eau de la clepsydre sans réaction comme si seul le trépas l'eût guérie de la dépression qui la guettait.

Hatchepsout n'observait pas sans méfiance l'ancienne épouse de son père rôder dans les allées du parc. Elle refusait de relâcher sa surveillance et de diminuer le nombre de gardes qui accompagnaient Néférou-Rê dans chacun de ses déplacements.

La petite Meryrêt se montrait moins attachante que son aînée. Il lui arrivait de piquer des crises de jalousie malgré son jeune âge et elle ne supportait pas que Néférou-Rê lui fût préférée. Bien qu'Hatchepsout refusât de l'admettre, sa jeune fille ne ressemblait en rien à Senmout. En grandissant, elle présentait, au contraire, un caractère semblable à celui du fils de Thoutmosis II. Têtue, rancunière et capricieuse, elle avait le menton volontaire de son beau-fils et neveu, ses pommettes saillantes et son regard déterminé.

Elle-même devait reconnaître que ses propres traits avaient bien des points communs avec ce garçon pressé de régner dont le visage devenait plutôt rond en approchant de l'adolescence. Son doux contour et ses hautes pommettes, ses lèvres épaisses et bien dessinées faisaient chuchoter les Égyptiens qui prétendaient que Thoutmosis, troisième du nom, aurait pu être le fils d'Hatchepsout Maâtkarê. « Quand ce robuste garçon portera la coiffe et la fausse barbe, quand les serviteurs l'auront soigneusement maquillé, il sera difficile de nous différencier ! » se disait Hatchepsout avec angoisse.

Iset gardait toujours ses distances. Elle évitait Moutnéfret qu'elle trouvait trop mélancolique. « Un mauvais exemple pour mon fils ! » prétendait-elle avec ingratitude. Seule Néférou-Rê allait parfois rejoindre la première épouse de son père pour lui tenir compagnie. Elle pria même sa mère d'oublier leurs anciennes querelles, mais Hatchepsout lui enseigna combien la cour comportait de dangers.

— Méfie-toi de tout, Néférou, lui dit-elle un jour en lui faisant la leçon. Je veux que tu m'écoutes attentivement. J'ai libéré mon après-midi pour te parler car ce que je vais te dire est grave. Mon père, le grand pharaon Thoutmosis Ier, ton grand-père adoré, et ta grand-mère Ahmose m'ont autrefois sérieusement mise en garde contre les complots royaux. Comme toi, j'étais jeune alors et je ne décelais pas le mal dans mon entourage. Ahmose m'a raconté quelques tentatives de femmes secondaires habitant dans le harem. Toutes cherchent à imposer leurs enfants, ceux qu'elles ont eus avec Pharaon. Elles ont le loisir de comploter à longueur de journée et ne s'en privent jamais. Toutes espèrent un jour devenir « mère du roi ». Qu'elles soient vieilles ou jeunes, qu'elles paraissent redoutables ou inoffensives, ces femmes jalousent la Grande Épouse royale. Un jour, tu deviendras Pharaon et tu régneras. Au pire, tu épouseras le roi et tu porteras le titre tant envié de Grande Épouse. Dès aujourd'hui, ton destin est scellé. Les pires dangers menacent ta vie. Voilà pourquoi j'ai ordonné à tes gardes de rester vigilants. Si jamais il t'arrivait un malheur, à toi, la fleur de ma vie, tous seraient condamnés à mort !

La sage et tendre Néférou-Rê écouta attentivement les conseils de sa mère.

— Senmout ne m'a jamais parlé ainsi, dit-elle.

— Parce qu'il estimait, à juste titre, qu'il s'agissait là de la tâche d'une mère.

— Ne peut-on faire une entrave à cette règle et entourer Moutnéfret de plus d'affection ? Que peut donc cette femme âgée contre toi qui es si puissante et si bien entourée !

Hatchepsout lui prit les mains et l'attira contre elle avec tendresse. Qu'elle aimait son léger parfum d'enfant !

— Ma lumière de vie, tu n'as pas compris. Viens contre moi et écoute-moi encore. Moutnéfret a été l'une de mes redoutables rivales. Si Senmout, Kallisthès et tous mes fidèles courtisans n'avaient pas été vigilants, nous ne vivrions plus sur cette terre. Rien n'aurait arrêté ses funestes projets. Elle t'aurait éliminée toi aussi pour mettre sur le trône ses fils chéris.

— Mais ils sont morts tous les trois...

— Laisse-moi finir. Quand un serpent réveille l'âme mauvaise d'un être humain et s'installe en son sein, tant qu'on ne lui a pas tordu le cou ou ôté le venin, il faut redouter sa piqûre. Je n'ai jamais connu Moutnéfret généreuse et bonne. Rê ne lui a pas donné la bonté ni la douceur qui t'habitent. Les êtres vils devinent les faiblesses des personnes qui les entourent. Prends garde qu'elle n'utilise ta droiture et ta gentillesse.

Comme Néférou-Rê baissait les yeux avec contrariété, sa mère lui prit le menton et lui releva le visage.

— Regarde-moi, ma belle enfant. Me fais-tu confiance ?

Néférou-Rê hocha la tête.

— Ne sois pas triste, dit Hatchepsout en embrassant son front. Tu es trop jeune pour penser aux problèmes des adultes. Moutnéfret a connu des malheurs terribles. Il est si douloureux de perdre ses enfants ! Mais crois bien qu'elle pleure moins ses fils qu'elle ne regrette le pouvoir.

— J'ai compris, répondit Néférou-Rê.

— Je voulais aussi te parler de ta sœur. Il est normal que nous nous occupions de ton éducation avec beaucoup d'intérêt et que tu suives les cours des meilleurs professeurs mais il ne faut pas le lui montrer. Meryrêt est vite jalouse. Je te prépare à régner. Sans doute va-t-elle bientôt le comprendre et je doute qu'elle l'accepte. Une rivalité entre vous deux me contrarierait terriblement.

— J'aime trop Meryrêt pour lui faire de la peine ! s'exclama Néférou-Rê.

— Je le sais, mon enfant, dit Hatchepsout. Tu es, cependant, celle que je destine au trône d'Égypte. Elle l'apprendra et le comprendra car elle possède bien des qualités. Sur ce plan, tu devras affronter l'ambition de Thoutmosis et de sa mère, cette effrontée d'Iset. Senmout prétend que ton âme trop tendre et trop naïve n'y parviendra pas. Je ne voudrais pas que ta sœur devienne un obstacle supplémentaire à mes objectifs.

Néférou-Rê la regarda de ses grands yeux innocents.

— Mais non, dit-elle. J'aime Meryrêt et Thoutmosis. Aucun d'entre eux ne me fera de mal. Ils m'aideront à assurer ta succession si tu le souhaites.

Hatchepsout soupira. Elle avait oublié qu'on ne changeait pas le caractère d'un être humain de bout en bout. Elle douta à cet instant que Néférou-Rê fût née pour régner. « Comme j'aurais voulu qu'elle ait le caractère de Thoutmosis ! se dit-elle. Ce gamin m'étonne ! Il me ressemble tant ! Il me rappelle tant mon cher père ! Nous sommes de la race de ceux qui gouvernent et dirigent, de ceux qui donnent les ordres, de ceux qui sont obéis ! Mais Néférou-Rê grandit telle une fleur épanouie et magnifique dans un parterre rempli de chardons ! Senmout a sans doute raison de douter de ses capacités. À quoi servent l'intelligence, le raisonnement, la sagesse et la bonté quand il manque la poigne pour s'imposer ? »

— Puis-je me retirer ? demanda la princesse avec une extrême politesse tout en faisant une révérence élégante de ses deux bras minces qui évoluaient dans l'air comme deux branches fragiles et souples.

— Bien sûr, répondit Hatchepsout en l'embrassant une nouvelle fois.

— Es-tu satisfaite de moi ? Je t'ai bien écoutée.

— Je le suis, répondit Hatchepsout pour l'encourager tout en songeant que ces bonnes manières ne suffiraient pas à transformer Néférou-Rê. Tu es encore très jeune. Tu évolueras et comprendras ce qui aujourd'hui t'échappe.

Mais elle n'en croyait rien.

XXI

Toumis avait rejoint le clergé de Memphis. Comme chaque année, les grands prêtres se réunissaient là pour traiter des affaires religieuses, des constructions d'Hatchepsout et des cultes. L'ancien protégé de Thoutmosis II vit l'occasion de sonder les esprits. Il s'était rendu compte, avec sa duplicité habituelle, que si les prêtres de

Thèbes restaient entièrement dévoués à la reine pharaon, les autres membres des différents clergés commençaient à considérer Thoutmosis III d'un regard neuf.

Alors que les grands prêtres avaient longuement loué les rénovations ordonnées par Hatchepsout, Toumis prit la parole dans la petite salle qui leur servait pour les délibérations importantes et qui se trouvait non loin du temple de Ptah. Au-dehors, le sable se soulevait, indiquant qu'une tempête se préparait. Un prêtre rasé se leva discrètement et ferma la petite fenêtre à l'aide d'une étoffe puis il alluma une lampe. Quelques grains de sable parvenaient à passer sous le pas de porte placé trop haut.

— Ah ! Cette maudite tempête ! dit Horeheb, prêtre responsable du temple de Ptah. Elle vous obligera à demeurer à Memphis pendant quelques jours encore alors que vous aviez prévu de rentrer dans vos nomes respectifs.

Toumis sourit. Il n'était pas mécontent de ce contretemps qui lui permettrait de répandre ses idées parmi ses confrères.

— Il arrive parfois que la tempête souffle pendant cinq jours, interdisant à quiconque de s'engager dans de longues courses, poursuivit le prêtre. Traverser la voie principale de Memphis devient alors une véritable aventure ! Je sais que dans le Sud les tempêtes sont moins violentes...

— Ne crois pas cela, Vénérable prêtre de Ptah, dit Toumis. Les tempêtes peuvent se montrer tout aussi violentes ! Mais il ne s'agit pas des mêmes !

Comme l'ensemble des prêtres le regardait avec étonnement sans comprendre ses sous-entendus, Toumis se redressa sans complexes et attendit les questions qu'on ne manquerait pas de lui poser.

— De quelles tempêtes parles-tu donc, Toumis ? lui demanda sévèrement le Grand Prêtre de Thèbes, frère de Senmout.

— Tu fais mine de ne pas comprendre mes propos et je devine pourquoi, répondit Toumis avec beaucoup d'audace.

— Que de mystère ! s'exclama le Grand Prêtre. Exprime-toi clairement.

— N'es-tu pas le frère du vénérable Senmout, conseiller de la reine, Administrateur suprême, précepteur de la princesse Néférou-Rê et responsable de la gestion des biens de la famille royale ?

— Entre autres, répondit froidement le Grand Prêtre. J'en suis fier et te rappelle que tu évoques Hatchepsout comme la reine de ce pays alors qu'elle en est la pharaonne toute-puissante par la volonté d'Amon !

Toumis grinça des dents. Son sourire grimaçant lui donna un air simiesque.

— Mais Senmout est bien plus qu'un conseiller, ce que tout le monde ignore excepté au palais...

— Que prétends-tu donc ? s'exclama le Grand Prêtre en se levant et en appuyant fortement ses deux poings fermés sur la table en bois. Tu outrages Pharaon !

Toumis éclata de rire.

— Je n'ai encore rien dit, Grand Prêtre, répliqua-t-il. Pourquoi prendre ainsi la défense de la divine Hatchepsout ?

Le frère de Senmout se rassit en lançant à Toumis un regard de haine et en pointant un index accusateur vers lui.

— La Divine avait raison de se méfier de toi et de te chasser du palais, dit-il. Quand tu complotais avec Thoutmosis II, elle t'a ordonné de disparaître de sa vue devant les courtisans réunis ! Ta langue de vipère outrage notre profession. Nous pourrions bien nous mettre d'accord pour te chasser du clergé et...

— Allons, allons ! dit le Grand Prêtre de Memphis en prenant la défense de Toumis. Cette discussion devient peu digne de nous ! Parlons calmement. Chacun a droit de s'exprimer franchement du moment qu'il n'outrage ni les dieux ni Pharaon. Qu'as-tu à dire, Toumis ?

— J'ai remarqué lors de la dernière fête, quand l'expédition du Pount est rentrée à Thèbes, que Thoutmosis III avait grandi et forci. Son regard vif me fait penser à son père. Il ne craint pas de fendre la foule sur son char, le fouet en main et les épaules en arrière, se tenant droit comme un dieu. On raconte qu'il chasse à merveille et que son adresse égale celle d'un fauve sautant sur sa proie. Jamais il ne cède ni ne pleure. La moindre contrariété disparaît sous son masque impassible. Comme les plus grands du royaume, il a appris à ne jamais montrer ses sentiments en public, qu'il se réjouisse ou qu'il souffre.

Le Grand Prêtre de Thèbes s'agita sur son tabouret. Il comprenait maintenant où le traître Toumis voulait en venir et se leva pour quitter la pièce.

— Non, reste ! lui demanda son collègue de Memphis. Toumis fait des remarques intéressantes qui réclament réflexion.

— Allons donc ! protesta le frère de Senmout. Tout ce qu'il avance est faux ! Comment aurait-il vu le jeune Thoutmosis ? Comment aurait-il pu juger de sa force et de son sang-froid puisqu'il lui est interdit par la divine Hatchepsout de fouler le sol de Thèbes ?

— Que réponds-tu à cette évidence ? dit le Grand Prêtre de Memphis en fronçant les sourcils.

Tous les autres prêtres se penchèrent vers Toumis, attentifs à son discours. Certains mâchouillaient des fruits secs. D'autres épongeaient leur front avec un morceau d'étoffe blanche et grossière. Ils se ressemblaient tous.

— J'écoute les notables des nomes. Je vois Thoutmosis III lorsqu'il visite l'Égypte, les clergés et les temples avec la reine pharaon. Cela me suffit pour me donner une idée précise de ce robuste enfant qui sera bientôt en mesure de régner !

— La divine Hatchepsout a été désignée par Amon pour gérer le pays ! clama le frère de Senmout.

— Pas tout à fait, rectifia Toumis. Elle est devenue régente à la mort de Thoutmosis II et elle s'est fait acclamer pharaon quelque temps après.

Des murmures parcoururent l'assemblée silencieuse.

— Prétendrais-tu qu'Hatchepsout a usurpé le pouvoir alors que son père divin l'a désignée comme pharaon ?

— Je ne suis pas assez fou pour provoquer la colère des dieux ni des hommes, répondit Toumis. Cependant, ta version diffère effectivement de la mienne. La situation n'avait guère d'importance tant que Thoutmosis III était bébé et que seule Hatchepsout dirigeait le royaume. Mais ce garçon va devenir très vite un homme avec ses ambitions et ses exigences.

— Toumis, tu t'es expliqué avec franchise. Certains d'entre nous pensent peut-être comme toi ce soir car le rôle d'une femme n'est pas de monter sur le trône ni de prendre les rênes du pouvoir, dit Horeheb. Le peuple semble l'avoir acceptée. Je doute que ce soit le cas de tous les membres des clergés égyptiens, loin s'en faut... Que chacun médite tes paroles et réfléchisse à une solution. Thoutmosis III n'a pas encore l'âge de régner et Hatchepsout accomplit des exploits dignes d'un homme. L'Égypte n'avait pas connu une période de paix aussi longue depuis bien longtemps ! Elle utilise avec sagesse les trésors de l'État.

Le Grand Prêtre de Thèbes se leva une nouvelle fois, rouge de colère.

— Comment ? cria-t-il indigné. Vous ne dites rien ? On insulte l'Horus d'or après avoir passé en revue ses exploits et ses bienfaits et vous ne vous levez pas de concert pour protester ? Mais quelle sorte de gens êtes-vous donc ? Allez-vous vous laisser entraîner dans la turpitude par ce prêtre qui a été autrefois accusé d'escroquerie et qui est entré dans un clergé comme il aurait vendu des coupes de bière pendant les fêtes de la Vallée ?

Malgré l'emportement de leur collègue, les prêtres demeuraient imperturbables. Ils semblaient méditer et ne cillaient pas.

— Puisque vous restez de marbre, je me retire ! dit le frère de Senmout. Je connais trop les prouesses et le travail de la Divine pour accepter de me rendre complice de telles paroles ! Elle abat le travail d'un homme et remplaçait déjà Thoutmosis II quand il se prélassait avec les femmes du harem. Jamais elle ne se couchait avant que la multitude d'étoiles ne brillât au firmament et avant que le palais ne fût plongé dans le silence le plus total. Seuls les appartements du harem résonnaient des rires et des plaisanteries des épouses secondaires et des danseuses. Pendant ce temps, Hatchepsout était penchée sur sa table à préparer les discours du lendemain ou les réponses dictées aux scribes royaux. Tu as parlé de mon frère Senmout, malheureux Toumis ! Eh bien oui ! Lui aussi a passé des nuits blanches à travailler sur les plans des tombeaux royaux pour que nos pharaons ne mourussent pas avant de voir leurs temples de millions d'années achevés ! Il fait ses comptes la nuit et réfléchit à l'éducation de la princesse. L'Égypte repose sur leurs épaules et vous êtes les sujets de Pharaon !

⁂

Thoutmosis grandissait en effet. Quand il rentra d'un long entraînement qui l'avait conduit jusqu'en Nubie, Pennethbet demanda à être reçu par la reine pharaon.

Hatchepsout éprouva, comme à l'accoutumée, beaucoup de joie à revoir son meilleur général. Celui-ci lui fit un rapport détaillé des garnisons postées au nord et au sud du pays. Il la rassura sur l'obéissance des Nubiens et la crainte des peuples du désert.

— Thoutmosis Ier a donné aux Libyens une leçon dont ils se souviennent encore ! dit-il à Hatchepsout. Toutes les fois qu'un pharaon l'a emporté contre eux, les Égyptiens se pensaient à jamais débarrassés de leurs assauts. On les sait pourtant têtus et teigneux ! Jamais aucune défaite ne leur a servi de leçon ! Aujourd'hui, pourtant, ils respectent enfin Pharaon, Horus d'or !

Hatchepsout éclata de rire de bon cœur. Elle recevait volontiers ses fidèles serviteurs dans ses appartements privés. Aussi n'était-elle pas rentrée au palais pour se changer à l'annonce du retour de Pennethbet. Elle passait quelques instants avec sa fille Meryrêt au bord de la mare en robe simple sans coiffe ni uræus. Une servante tenait une ombrelle au-dessus de sa tête.

— Mets-toi à l'aise, lui dit-elle. Tu viens de faire une longue route et ton casque à lui seul a dû te tenir chaud. Ton torse ruisselle de sueur. Chaque fois que tu reviens à Thèbes, j'apprécie que tu rendes visite en priorité à ta pharaonne. Mais je ne t'en voudrais pas si tu allais te rafraîchir avant de courir jusqu'ici ! Mets-toi à l'ombre.

Hatchepsout claqua des doigts pour appeler une suivante occupée avec Meryrêt et lui ordonna doucement d'éventer le général.

— Apporte aussi des rafraîchissements. Cette eau et cette bière sont maintenant tièdes et imbuvables !

— Bien, Majesté, répondit timidement la jeune et frêle servante.

Malgré son âge ou peut-être parce qu'il était le vétéran de l'armée égyptienne, Pennethbet restait très sensible au charme féminin. Il observa avec discrétion, par égard pour Hatchepsout, mais d'un œil pétillant de connaisseur, les formes juvéniles et la peau lisse de la servante nue qui évoluait avec beaucoup de grâce et de discrétion. Il imaginait ses douces caresses et sa docilité avec les hommes. Peut-être même cette jeune Égyptienne aux traits fins n'avait-elle jamais connu l'amour, ce qui n'était pas pour lui déplaire. Car en homme habitué à être obéi, il refusait de s'encombrer d'une épouse autoritaire au verbe haut.

Comme si elle devinait ses pensées, Hatchepsout le ramena à la réalité en haussant la voix.

— Ainsi donc les Libyens respectent enfin le pharaon d'Égypte ! dit-elle avec satisfaction. Et pourtant, comme l'aurait remarqué perfidement Thoutmosis II, je ne suis qu'une femme et ne peux donc prétendre à régner comme un vrai pharaon ! Voilà qui doit soulever dans l'Au-Delà sa rage et sa jalousie ! Mais laissons mon frère ! Qu'il repose en paix dans son sanctuaire et qu'il prenne plaisir à parcourir le ciel avec Rê ! Parle-moi des habitants de l'entre deux fleuves et des peuples du Nord. Que préparent-ils ? Je n'ai plus de nouvelles de ce maudit Sauztata. Je doute que ce soit de bon augure !

— Aucun danger ne semble venir de l'est, répondit Pennethbet. Mes espions ne parviennent toutefois pas à approcher de certaines villes. Ils ont été repérés. Je dois en désigner de nouveaux, plus habiles, qui sachent parler toutes les langues de ces régions car au-delà du Sinaï tout est à craindre !

Hatchepsout retrouva son sérieux.

— Agis rapidement. Je ne voudrais pas qu'une armée ennemie nous surprenne à nouveau !

— Je préférerais me livrer moi-même aux crocodiles ! répondit Pennethbet. Je jure par tous les dieux égyptiens qu'un tel incident ne mettra plus ton trône en danger tant que je vivrai !

— Tu sais prononcer les paroles que j'attends, répondit Hatchepsout. Voilà Tynet ! Bois et laisse-toi masser les épaules et les pieds avec une eau fraîche et citronnée.

Hatchepsout s'assit sur un tabouret que la servante déplia d'un geste habile. Pennethbet préféra s'installer sur l'herbe et livrer son corps bronzé aux trois servantes qui s'activèrent autour de lui.

— Depuis la mort de Shatra, Menis m'aide beaucoup pour l'éducation de Meryrêt, dit Hatchepsout en attirant sa fille contre elle. J'éprouve parfois des scrupules à lui donner tant de travail car elle est âgée et Meryrêt devient de plus en plus exigeante. Son caractère est si différent de celui de sa sœur ! On dirait qu'elles n'ont pas été conçues par les mêmes parents !

L'incongruité de sa remarque ne lui échappa pas.

— Serait-ce là l'explication ? demanda Pennethbet.

— À moins qu'un dieu n'ait pris l'apparence de mon époux pendant la nuit, répondit habilement Hatchepsout, cette hypothèse est inconcevable.

Pennethbet sourit. Hatchepsout demeurait très discrète sur ses relations avec Senmout même si tous les courtisans connaissaient l'attachement qu'elle éprouvait pour lui et l'amour fou de l'Administrateur pour le pharaon.

Des branches souples et feuillues bruissèrent au-dessus d'eux. Hatchepsout ferma les yeux et étendit les jambes tandis que Meryrêt courait après un cerceau emporté par le vent léger. Le singe Sneni l'encouragea en la poursuivant avec malice.

— Que j'aime cette période de l'année ! dit Hatchepsout. Il fait moins chaud. On approche de la saison tiède. J'aime mon pays et mon peuple !

— Je le sais, Majesté, dit Pennethbet avec admiration. Sans doute est-ce pour cette raison que les peuples te vénèrent et te respectent. Néférou-Rê ne se trouve pas avec toi ?

Hatchepsout poussa un profond soupir.

— Si je lui accorde plus d'attention qu'à Meryrêt, cette dernière me fait des scènes de jalousie et crie jusqu'à ce que Menis pleure de fatigue.

Pennethbet paraissait plus détendu. Sa peau embaumait la myrrhe. Ses cheveux très courts, frictionnés d'onguent odorant, brillaient.

Deux servantes tendirent, en guise de paravent, un drap entre Hatchepsout et lui et l'invitèrent à se lever. Elles lui ôtèrent son pagne, le lavèrent et le massèrent avant de l'enduire d'une pâte douce et onctueuse aux doux parfums d'amande. Puis elles entourèrent ses hanches d'un pagne éclatant de blancheur.

Hatchepsout n'observait pas sans amusement le visage ridé et rude de Pennethbet qui s'apaisait peu à peu.

— Si tu le souhaites, lui dit Hatchepsout, pour te récompenser de ta fidélité, j'ordonnerai à ces trois suivantes d'aller te rejoindre dans ta chambre après le banquet.

Pennethbet acquiesça aussitôt. Les trois jeunes femmes lui sourirent malicieusement, prêtes à obéir avec joie à leur pharaon.

— Maintenant que tu me parais reposé, dit Hatchepsout à Pennethbet, parle-moi de Thoutmosis...

— Voilà un garçon courageux et habile ! S'il était ton fils, je t'avouerais que je suis fier de lui sans crainte de soulever ta colère. Dois-je te parler franchement, Horus d'or ?

— Comme toujours, répondit Hatchepsout en guettant ses réactions pour être sûre que Pennethbet lui fît un rapport exact et complet sur le fils d'Iset.

— Je n'évoquerai pas son physique agréable qui attire déjà bon nombre d'Égyptiennes ! dit Pennethbet en riant.

— Il ressemble à son grand-père Thoutmosis, répondit sèchement Hatchepsout. Comme Néférou-Rê d'ailleurs...

— Sans aucun doute, préféra répondre Pennethbet en évitant manifestement d'évoquer Iset, le jeune Thoutmosis n'ayant rien hérité de son père.

— Mais encore ?

— Thoutmosis sait maintenant tirer de l'arc, viser juste, lancer un cheval au galop et distancer tous ses amis d'apprentissage. Il ira au-devant du danger et n'attendra pas que le péril vienne à lui. Son adresse soulève l'admiration dans les garnisons. Il aime se mesurer aux autres et diriger un char en saisissant les rênes des mains de son cocher ou en les enroulant autour de sa taille.

— Ce sera donc comme Thoutmosis Ier un militaire hors pair.

— Un meneur d'hommes et un grand conquérant !

— Ton jugement m'étonne, Pennethbet. Toi qui es si brillant sur les champs de bataille, toi qui as toujours entraîné tes hommes sans concession, je ne t'ai pas entendu parler ainsi depuis bien longtemps. Aurais-tu vieilli et serais-tu maintenant plus indulgent ?

— La vieillesse m'a rendu, au contraire, plus sévère, Reine des Deux Pays, répondit Pennethbet. Tous mes soldats pourront en témoigner !

— Je n'en doute pas, dit aussitôt Hatchepsout en le voyant offensé. Thoutmosis est donc réellement un être exceptionnellement doué pour faire la guerre.

— Je l'affirme. Quand il aura acquis plus de force et de maturité car il ressemble à un jeune fou avide de conquêtes, il deviendra une menace pour les peuples voisins de l'Égypte.

Hatchepsout se leva.

— Je ne sais si les dieux favorisent l'Égypte en faisant naître un conquérant, dit-elle. Notre pays prospère en pleine paix. Les Égyptiens sont heureux ainsi. Dans quelques années, Thoutmosis piaffera, prêt à partir combattre les peuples de l'Est.

— Il te faudra lui résister pour régner.

— Si Thoutmosis s'occupe loin du palais, je n'aurai aucun mal à gouverner à Thèbes, sinon...

— Tu ne souhaites pourtant pas que l'Égypte entre en guerre.

— Non, répondit Hatchepsout. Bien sûr que non !

Néférou-Rê les rejoignit. Elle omit de saluer sa mère qui lui en fit le reproche et interrogea immédiatement Pennethbet.

— Thoutmosis est-il rentré ? lui demanda-t-elle avec empressement.

— Oui, princesse, répondit Pennethbet en se levant précipitamment.

— Mets-toi à l'aise, Pennethbet, lui dit Néférou-Rê. Fais ainsi que le veut Pharaon. Je désirais juste savoir si Thoutmosis se trouvait au palais.

Pennethbet regarda la reine avec étonnement. Que signifiait ce soudain intérêt pour le fils d'Iset ?

— On raconte tellement de bien sur lui ! dit Néférou-Rê.

— Qui parle au palais de Thoutmosis ? demanda Hatchepsout.

— Les gardes... Les serviteurs...

— Et depuis quand prêtes-tu attention aux propos des gardes ?

Néférou-Rê esquiva la question.

— Mon professeur m'attend pour un cours d'histoire, dit-elle, la voix chantante. Meryrêt ! Viens m'embrasser pour m'encourager !

Meryrêt s'exécuta à contrecœur. Néférou-Rê retourna au palais, le pas léger en sautillant presque sur le chemin ombragé de sycomores.

XXII

Néférou-Rê se leva tôt. Elle passa un temps infini à sa toilette et appela sa nourrice.

— Comment me trouves-tu ? demanda-t-elle en tournant sur elle-même. Suis-je belle ?

— Pharaon n'aimerait sans doute pas te voir autant maquillée.

— Mère m'a conseillé de me parfumer abondamment et de commencer à rougir mes lèvres...

— Néférou-Rê, répliqua la nourrice, tu ne m'avais pas habituée aux mensonges !

Néférou-Rê rougit.

— Tu ne m'as pas répondu. Suis-je à ton goût ?

— Tu plairais beaucoup à la cour, répondit la nourrice.

Elle remarqua le bijou en forme de vautour que Néférou-Rê avait suspendu à son cou et étouffa un cri.

— Néférou-Rê ! Comment oses-tu porter l'emblème du pouvoir ? Pharaon Horus d'or ne t'a donc pas expliqué que tu ne serais autorisée à orner ton cou de ces bijoux que lorsque tu régnerais ?

— Mais je suis l'héritière, la princesse de ce pays !

— À l'instar de Meryrêt, précisa la nourrice. Si elle voit ces symboles pharaoniques sur ta robe, ta sœur les réclamera elle aussi. Elle pleurera jusqu'à ce que Menis les lui donne ! Je redoute la colère de Pharaon ! Elle hésitait à t'offrir ce scarabée et ce vautour. Tu les as pris dans sa boîte à bijoux en promettant de ne pas les porter tant qu'elle ne t'y avait pas autorisée. Tu peux être sévèrement punie pour ne pas avoir écouté ta mère !

Néférou-Rê hésita en mettant la main à son cou et en passant les doigts sur le vautour resplendissant de pierres bleues. Elle saisit un miroir et s'admira longuement.

— Comme il ressort bien sur ma peau bronzée ! L'or et le bleu turquoise illuminent le haut de ma gorge trop maigre.

— Allons ! Voilà bien une drôle d'idée ! Ta gorge est encore menue mais lorsqu'elle se remplira, tes épaules s'épaissiront et ton tour de cou se renforcera. Ta jeunesse te permet de le montrer sans ornement. Tu auras tôt fait de le cacher quand il sera ridé ou empâté !

La ruse d'Ahmès resta sans effet.

— Je le garde ! dit Néférou-Rê.

La nourrice soupira en imaginant la colère d'Hatchepsout. Néférou-Rê partit d'un bon pas vers les appartements de Moutnéfret. Elle était sûre d'y retrouver Thoutmosis qui éprouvait beaucoup de peine à voir ainsi sa grand-mère errer dans les jardins et les pièces, l'esprit perdu dans ses pensées. Moutnéfret semblait ne plus penser qu'à son dernier fils et demeurait inconsolable. « Et s'il se trouve avec sa mère ? se dit soudain Néférou-Rê en s'arrêtant en plein milieu du corridor. Je hais cette femme et ne voudrais pas lui adresser la parole. En outre, elle ne manquera pas de remarquer mon bijou royal et protestera violemment. »

— Par Isis, j'y vais quand même ! dit Néférou-Rê.

Lorsqu'elle parvint devant la porte de Moutnéfret, un domestique lui apprit que Thoutmosis ne se trouvait pas avec sa grand-mère.

— La vénérable Moutnéfret raconte des histoires de fantômes à la princesse Meryrêt, lui dit Menis. La petite n'écoute plus que sa grand-mère.

— Que dis-tu, Menis ? s'indigna Néférou-Rê. Sa grand-mère était Ahmose !

— Mais Moutnéfret reste la mère de Thoutmosis II et par conséquent sa grand-mère même si cette vérité te blesse.

— Non, finit par répondre Néférou-Rê. En réalité, Moutnéfret me fait pitié et je n'éprouve pas à son égard la haine que ressent ma mère pour elle.

— Quant à Thoutmosis, dit Pennethbet en passant, il vient juste de se réveiller. Comme moi d'ailleurs ! Que fait donc notre princesse déjà debout ?

Le général bâilla. Il avait manifestement passé une nuit agitée.

— Pardon, princesse, ajouta-t-il aussitôt en se prosternant. J'en oublie tous mes devoirs. Excuseras-tu ma maladresse ?

Néférou-Rê éclata de rire.

— À condition que tu me révèles où se trouve Thoutmosis !

— Dans sa chambre, assurément !

— Seul ? ajouta Néférou-Rê en rougissant.

— Je l'ignore, répondit Pennethbet. Mais quand tu te feras annoncer, il se débarrassera de toute compagnie quelle qu'elle soit !

— Merci, Pennethbet, dit Néférou-Rê. Je te

conseille de te recoucher. Tes yeux sont si rouges et tes paupières si gonflées que tu vas t'endormir debout !

Iset avait fait multiplier les gardes devant les appartements de son fils. Néférou-Rê leur ordonna de décroiser leurs lances et de l'annoncer.

— Voilà une heureuse surprise ! dit Thoutmosis en se retournant vers elle dès qu'on lui eut ouvert les portes.

Il se faisait masser sur une table étroite et présentait le dos de son corps nu à deux jeunes femmes habiles, également nues. Gênée, Néférou-Rê n'osait entrer dans la pièce. Cependant, elle regarda Thoutmosis à la dérobée. « Quel corps puissant et musclé ! se dit-elle. Comme il est beau ! Mais comme il a changé ! » Cette dernière remarque lui fit peur.

— Je voulais juste te féliciter, balbutia-t-elle. On raconte que tu accomplis des exploits !

— Allons donc ! Nous vivons en paix. Où pourrais-je briller ?

— Pennethbet assure qu'il n'a jamais entraîné meilleur soldat !

Thoutmosis remarqua sa robe transparente qui permettait de deviner son corps mince aux formes menues.

— Je doute que tu sois venue me parler de Pennethbet, dit Thoutmosis en se retournant.

Néférou-Rê recula d'un pas.

— Tu as changé, Thoutmosis. Tu es encore si jeune et tu parles déjà comme un adulte.

— L'entraînement militaire forge un caractère, répondit Thoutmosis. Et toi, l'as-tu commencé ?

— Non. Pennethbet a déconseillé au Pharaon de m'imposer des exercices violents. Ma constitution ne le permet pas.

— Hatchepsout souhaite te voir régner un jour.

Tout Pharaon doit montrer son habileté au combat et à la chasse.

— Eh bien, je m'en passerai! répliqua Néférou-Rê.

— Tu portes pourtant déjà les insignes pharaoniques, dit malicieusement Thoutmosis à qui rien n'échappait.

Néférou-Rê mit la main à son cou comme pour dissimuler le bijou de sa mère.

— Ne suis-je pas l'héritière et la prochaine pharaonne?

— Peut-être, répondit Thoutmosis. Les dieux décideront.

— Mais ils l'ont décidé! Et je te prendrai comme époux!

Thoutmosis se releva sur un coude.

— Que dis-tu? Nous sommes trop jeunes pour songer au mariage. Penses-tu que j'accepterais de rester dans l'ombre d'une femme pharaon?

Néférou-Rê se tordit les doigts.

— Oui, répondit-elle simplement.

— Sais-tu ce que ta décision implique pour ta mère? Hatchepsout Maâtkarê devra quitter le trône d'Horus! Jamais elle n'acceptera notre union!

— Qu'importe ma mère! dit Néférou-Rê en s'emportant. Songe-t-elle seulement à mon bonheur?

— Te mettre en colère ne te ressemble pas et tu prononces des paroles que tu vas regretter.

Néférou-Rê baissa la tête.

— Tu as raison. Je ne souhaite pas être pharaon. Si ma mère en ressent de la peine, si je la fais souffrir, je préfère rester princesse. Ou bien tu accepteras un poste de vizir et nous partirons vivre loin de Thèbes.

— Mais tu rêves, Néférou-Rê! Pourquoi irais-je diriger une région alors que je peux gouverner seul l'Égypte?

— C'est donc ma mère qui partira diriger une région et nous qui régnerons.

— Hatchepsout a consacré sa vie à l'Égypte ! Elle n'abandonnera pas si vite la partie !

— Je crois bien que tu me détestes, Thoutmosis, dit Néférou-Rê avec dépit. Sinon tu n'écarterais pas toutes mes propositions !

— Je ne t'ai jamais haïe, loin de là, répondit Thoutmosis avec hypocrisie, conscient qu'il était de son intérêt de se rapprocher de la princesse. As-tu parlé de tout cela avec la reine ?

— Non, pas encore.

— Eh bien, je te suggère de commencer par là et d'attendre sa réaction car elle ne me porte pas dans son cœur. Elle ne me ferait pas de mal mais je reste persuadé qu'elle agira toujours pour m'éloigner du trône.

— Les querelles sont finies. Moutnéfret pleure chaque jour ton père. Iset accepte de demeurer à l'écart de crainte d'être chassée du palais. Le peuple et les prêtres vénèrent Pharaon tout-puissant. Ne serait-il pas merveilleux que j'épouse mon demi-frère puisque le sang de Thoutmosis II coule dans nos veines à tous deux ?

Thoutmosis s'assit et entoura sa taille d'une serviette parfumée.

— Que tu es naïve, Néférou-Rê ! dit-il en s'étonnant de sa candeur.

— Oublierais-tu à qui tu t'adresses ? répondit aussitôt Néférou-Rê, vexée d'une telle remarque d'un interlocuteur plus jeune qu'elle.

Thoutmosis vit un instant briller dans ses yeux les mêmes éclats que ceux d'Hatchepsout.

— Ne te fâche pas. J'aime trop cette faculté que tu as à croire tout le monde bon et honnête. Je ne connais personne d'autre au palais capable de tenir de tels propos ! Mais rassure-toi, il s'agit là d'un compliment.

Néférou-Rê rougit.

— Je vais te laisser t'habiller, lui dit-elle. Penethbet m'a dit que tu allais t'entraîner avec tes amis aujourd'hui même...

— Oh ! Tu devrais plutôt parler de jeu. Nous avons décidé de nous mesurer au tir à l'arc.

— Je veux à tout prix assister à un tel concours !

— Tu y seras la bienvenue, dit Thoutmosis en observant sa sœur quitter la pièce sans faire de bruit.

« Les dieux m'envoient une étrange visite, murmura-t-il pour lui-même. Je croyais que Néférou-Rê me détestait et je me suis visiblement trompé. Pharaon Hatchepsout, ma chère tante, serait-ce le maillon faible de ta politique ? »

Onzième partie

XXIII

Devant le succès populaire croissant de son neveu Thoutmosis, Hatchepsout décida de célébrer son jubilé. Cette fête qui couronnait d'ordinaire les trente ans d'un règne était l'occasion de réjouissances exceptionnelles.

Comme le jour qu'elle avait choisi approchait, Hatchepsout convoqua Senmout.

— Rassure-moi, lui dit-elle. Où en sont mes obélisques, ceux que je destine au temple d'Amon ?

— Ma reine, les ouvriers travaillent jour et nuit mais les délais me paraissent trop courts !

— Tu apprendras que rien n'est impossible à Pharaon ! Va voir sur place ! Remonte le Nil ! Promets-leur de grandes récompenses s'ils achèvent leur travail plus tôt que prévu !

— S'ils ne prennent garde aux monolithes et s'ils accélèrent leur travail, je crains qu'ils n'en abîment un ! Il faudra alors tout recommencer ! Je te propose de repousser la date de ton jubilé afin que tout soit prêt !

— Il n'en est pas question, Senmout ! Le dieu me l'a suggérée et tu sais que j'écoute toujours ses avis !

— Bien ! répondit Senmout vaincu. Je pars demain pour l'endroit où le Nil bouillonne. J'ai encore été contrôler, ce matin, l'avancée des travaux entre le quatrième et le cinquième pylône de Thoutmosis Ier, ton illustre père. Les colonnes et le toit de la salle jubilaire ont été supprimés selon tes vœux. Il ne reste plus qu'une cour.

Le ton de Senmout était emprunt d'un léger reproche.

— Voilà ce que je souhaitais, dit Hatchepsout. Le toit menaçait de s'effondrer ! Et maintenant, mon fidèle Senmout, je te confie cela !

Elle s'approcha d'un coffre placé dans un coin de son bureau et en souleva le lourd couvercle en bois. Puis elle saisit plusieurs rouleaux de papyrus entourés d'un ruban.

— Personne ne les a lus. Je les ai rédigés moi-même à l'abri des regards et des oreilles indiscrètes. Dis-moi ce que tu en penses.

Senmout déroula les rouleaux les uns après les autres.

— Que représentent ces textes ? demanda-t-il. Sans doute des discours que tu prononceras lors de ton jubilé ?

— Pas du tout ! Ce sont des textes que je veux voir gravés sur les parois des obélisques !

— Mais comment pourrons-nous inscrire ces longs textes en quelques mois !

Sans juger bon de répondre, Hatchepsout donna des explications à l'Administrateur suprême du royaume.

— Le rouleau que tu viens de déplier concerne le socle de l'obélisque qui sera situé au nord. Le texte apparaîtra sur le socle.

Senmout le tint avec précaution entre le pouce et l'index et lut à mi-voix.

— Chut ! dit la reine en plaçant son doigt sur sa bouche. Attends que je donne l'ordre de ne pas être dérangée. Après, tu pourras le parcourir des yeux.

— Pour donner un avis, je préfère lire à haute voix, répondit Senmout.

— Bon! Fais comme tu voudras mais si quelqu'un demande audience, tais-toi immédiatement!

Senmout lui fit signe qu'il avait compris.

— « Hatchepsout Maâtkarê a réalisé ce monument pour son père Amon, chuchota Senmout. Elle a créé pour lui deux magnifiques obélisques en dur granit provenant du Sud dont le faîte brille d'électrum, le plus beau qu'il soit de voir tout le long du fleuve et des deux côtés du Nil. Ils rutilent de mille rais qui rayonnent sur le Double Pays quand Rê s'élève entre eux progressivement. »

— Voilà mon offrande à Amon-Rê, expliqua Hatchepsout, selon les règles qui existent entre le dieu et Pharaon tout-puissant. Ces obélisques demeureront les symboles du ciel en liaison avec la terre, du monde divin en rapport avec les humains. L'or, chair des hommes et l'argent, os des dieux, se mêleront dans cet électrum rutilant pour unir les divinités et les habitants d'ici.

Senmout ne disait mot.

— Désapprouves-tu mon geste? demanda Hatchepsout.

— Oh non, Reine, tu agis là selon nos coutumes! Mais rien ne précise dans ce texte merveilleusement écrit et émouvant à quelle occasion tu as rédigé ces mots.

— Tu as raison! s'exclama Hatchepsout. Je vais tout de suite ajouter. Voyons...

Elle réfléchit quelques instants.

— Voilà! « J'ai agi avec amour pour mon père Amon après avoir vu son image secrète pendant mon premier jubilé. »

La reine pharaon se précipita sur son nécessaire d'écriture et n'hésita pas à se saisir d'un pain d'encre.

— Allons ! Laisse-moi faire ! Que dirait le scribe royal s'il te voyait écrire toi-même tes messages ?

— Quelle importance ! Je tiens à former moi-même les signes. Si Amon n'apprécie pas ce que je suis en train d'écrire, il se manifestera et je comprendrai. Pendant ce temps, lis la suite !

Senmout déroula un deuxième rouleau dont les caractères épais et larges couvraient toute la feuille de papyrus.

— « La cité du Seigneur du monde a été choyée par mes soins, poursuivit Senmout. En échange, elle m'a ouvert ses portes. Les temples d'Amon représentent l'élévation suprême à l'horizon, au-dessus de la terre, les yeux sacrés du Seigneur du monde. » Voilà, j'imagine, comment tu rends hommage au pyramidion, symbole de la naissance de toutes choses, de l'origine du monde sorti de terre ?

— Tu as compris, cher Senmout. Et j'écris ensuite : « Assise dans un fauteuil du palais, je songeais à celui qui m'avait créée. Je fus ainsi poussée à réaliser deux obélisques d'électrum dont les pyramidions se confondent avec les cieux dans la salle du jubilé. »

— Ce que tu précises ensuite m'effraie un peu, je dois le reconnaître, avança Senmout. Tu affirmes que tu as fait réaliser ces obélisques à partir d'une grande pierre de granit sans faille ni joint et qu'ils ont commencé à être fabriqués le deuxième mois de l'hiver jusqu'au quatrième mois de l'été, très exactement le trentième jour...

— Ai-je menti ? C'est bien ainsi que les travaux se sont déroulés !

— Bien entendu et il serait impossible de transporter un obélisque fendu ou endommagé.

— Alors ? En tout et pour tout, il aura fallu sept mois pour les extraire de la montagne. N'oublie pas que j'agis pour un dieu d'une âme volontaire.

Quel roi ne sert pas ainsi les divinités ? Surveille, cependant, l'utilisation que les ouvriers feront de l'électrum. Le peuple ne supporterait pas de gaspillage inutile. Mesure-le comme du grain avec précision. Et prends avec toi Amenhotep. J'ai remarqué son travail. Kallisthès me l'a recommandé.

— Je vais préparer mes affaires, répondit Senmout. Peux-tu faire envoyer un message à Amenhotep pour qu'il vienne me rejoindre le plus vite possible ? Je lui expliquerai ce que je souhaite lui confier. Ah ! Encore un détail...

— Je t'écoute, Senmout.

— Tu n'as pas précisé en quelle année de ton règne tu faisais élever ces magnifiques obélisques.

— Tu as raison, dit Hatchepsout en restant un peu mystérieuse sur ce point.

— Ce n'était donc pas un oubli de ta part, Reine divine ?

— Non. Mais je crois que je vais l'ajouter. « Ce jubilé a eu lieu en l'an 15 du règne. »

Senmout rentra dans son propre bureau et examina sur un plan l'emplacement des deux obélisques déjà en place.

— Ceux-ci se trouvent sur le parvis, à l'entrée du temple, murmura-t-il. À quelle distance sont-ils de la façade ? Les pylônes quatre et cinq sont très proches l'un de l'autre. Il sera difficile de placer au centre les nouveaux obélisques sans les endommager. Mais je pense qu'Hatchepsout sait ce qu'elle fait. J'ordonnerai de graver sur les parois de son temple ce nouvel exploit de notre pharaon.

***

Le lendemain, Amenhotep et Senmout embarquèrent par beau temps et promirent à la reine pharaon de ne revenir qu'avec les obélisques achevés. Dès qu'il fit nuit, les deux hommes descendirent à terre pour dormir. Ils parvinrent rapidement à l'endroit où bouillonne le Nil et ne s'accordèrent aucun repos avant d'avoir constaté l'avancée des travaux.

— La tâche est loin d'être finie ! s'exclama Amenhotep.

— Je t'avais prévenu ! La reine ne veut rien entendre. Elle refuse de repousser la date de son jubilé.

Chaque jour, les deux hommes encouragèrent les ouvriers sur le terrain en leur rappelant les paroles sacrées du pharaon. Ils leur faisaient miroiter les fabuleuses récompenses qui étaient à leur portée. Certains calculèrent qu'avec de telles richesses, il leur serait possible de cesser définitivement de travailler. Aussi décidèrent-ils d'un commun accord d'œuvrer de nuit et de jour et de ne pas ménager leur peine.

Ils taillaient, dès le lever du soleil pour avoir suffisamment de lumière, les contours des obélisques qui se dessinaient au fur et à mesure dans leur lit de pierre. Pris dans la masse, ils paraissaient impossibles à extraire tant ils semblaient grands et lourds. Ils se préoccupaient surtout de ne pas endommager ce qui devenait des monuments.

Senmout avait remis les textes qui devaient être gravés au chef de chantier en lui ordonnant de respecter les secrets de Pharaon.

— Ne les révèle qu'aux sculpteurs ! Qu'aucun d'entre eux ne les divulgue à autrui et dis-leur bien que si l'un de ces hommes a le malheur de parler, le châtiment de la reine sera exemplaire ! Pharaon souhaite, en effet, que les textes soient révélés le jour même du jubilé !

Le chef de chantier affirma que ce ne serait guère facile mais qu'il promettait de haranguer ses ouvriers à ce sujet. Il ajouta que les gravures se faisaient toujours lorsque les obélisques étaient érigés.

— Nous n'aurons pas le temps de tout graver à Thèbes. Commençons ici !

— Les ouvriers sont isolés de tout, même leurs familles les attendent dans leurs nomes. Ils ont été choisis parmi les meilleurs tailleurs de pierre et sont venus ici spécialement pour ce travail. À qui pourraient-ils bien parler ?

— Tu connais Pharaon et tu sais que je veille à ce que ses volontés soient respectées ! dit Senmout. Tu me donnes des informations intéressantes. Néanmoins, si ces lignes sont connues autour de nous et jusqu'à Thèbes, j'ordonnerai aussitôt une enquête et les bavards seront punis !

Jour après jour, les travaux progressaient manifestement. Bientôt les obélisques furent dégagés de leur emplacement puis montés sur le pont d'une grande embarcation adaptée aux transports. Le convoi partit en direction de Thèbes.

— Je n'y croyais pas ! dit Amenhotep soulagé. La reine va être ravie !

— Ne crions pas encore victoire, répondit Senmout soucieux en observant l'eau grise sur laquelle les bateaux glissaient sans secousses. Il va falloir les débarquer, les transporter à terre et les hisser au bon emplacement. Le moindre faux pas, la plus petite erreur de calcul seront fatals à ces géants de pierre et nous pourrions alors fuir le palais pour éviter les colères d'Hatchepsout !

Dès que les bateaux approchèrent de la rive de Thèbes, la population, qui n'avait pas été informée, se massa près du rivage avec curiosité. Les habitants se doutaient bien que ces masses transportées sous des étoffes soigneusement ficelées devaient être des monuments prévus pour le jubilé. Mais personne ne connaissait les volontés d'Hatchepsout qui toujours étonnait en majesté et toujours plaisait au peuple par ses réalisations. Quelques prêtres se réunirent à Memphis pour délibérer. Le Grand Prêtre de la ville tenta d'obtenir une audience d'Hatchepsout sans y parvenir. « Si tu comptes, Grand Prêtre, m'entretenir de ces mystérieuses réalisations prêtes pour mon jubilé, je t'épargnerai le voyage de Memphis à Thèbes car je ne te dirai rien. En revanche, si tu as besoin de me rencontrer pour un tout autre sujet, je t'accueillerai avec plaisir », lui écrivit la reine.

Hatchepsout en personne se fit porter jusqu'à la rive du fleuve. Elle assista avec beaucoup de contentement au débarquement des lourds obélisques. Elle cherchait des yeux Senmout quand son regard rencontra le sien. Comme à l'accoutumée, son cœur se remplit de joie. Elle appréciait toujours les retrouvailles avec son fidèle Administrateur après quelques jours de séparation.

Amenhotep s'avança vers elle et se prosterna, les traits impassibles. Au fond de lui, il était pourtant fier et heureux mais il aurait été prétentieux de trop le montrer.

— Je vous remercie tous deux d'avoir satisfait mes désirs, lui dit Hatchepsout. Je vais pouvoir célébrer mon jubilé comme je le souhaitais.

Le peuple tendait le cou à l'affût de ses paroles. Il attendait le moment où les étoffes entourant les obélisques seraient enlevées mais ceux-ci demeurèrent invisibles. On les débarqua et on les emporta soigneusement jusqu'au temple d'Amon. Là, les gardes ordonnèrent au peuple de se tenir à l'écart conformément aux volontés de Pharaon. Les monuments furent montés le long d'une rampe et déposés sur un mur en brique crue d'une hauteur légèrement inférieure à celle des obélisques.

La reine qui suivait chaque opération se leva

dans toute sa majesté. Elle portait sa coiffe de haute et basse Égypte et un gorgerin rutilant de turquoise et d'or, l'uræus d'or sur son front.

— Nous procéderons demain à l'élévation, dit-elle. Pennethbet !

Le général sortit des rangs et la salua.

— Qu'un important détachement surveille ces œuvres d'art ! Si jamais l'une d'entre elles était retrouvée abîmée, je t'en tiendrais pour responsable !

— Bien, Pharaon, se contenta de répondre Pennethbet en se retirant et en distribuant aussitôt ses ordres.

— Toi, toi, vous et toi aussi ! dit-il en désignant quelques-uns de ses hommes parmi les meilleurs. Vous avez entendu notre pharaon bien-aimé ! Vous voilà responsables de ces monuments ! Restez en faction toute la nuit et n'hésitez pas à constituer prisonnier quiconque s'approchera de ces créations ! Vous l'amènerez alors auprès de Pharaon Horus d'or afin qu'il s'explique !

Vêtus d'un pagne et coiffés d'un casque, les soldats prirent la lance qu'on leur tendait tandis qu'un scribe, assis en tailleur, sur un tas de sable, notait minutieusement le nombre d'armes distribuées en précisant à qui elles étaient remises.

— Et maintenant, conduisez-moi au palais ! dit Hatchepsout en s'asseyant dans son trône d'or placé sur une large litière.

La reine avait hâte de se retrouver en tête à tête avec Senmout. Ils s'abstinrent de dîner et préférèrent tous deux profiter d'un long moment d'intimité avant de se coucher. Bien qu'elle oubliât son rang quand elle se retrouvait dans les bras de Senmout, Hatchepsout gardait conscience qu'elle était la fille d'Amon. Cette légère distance ne lui ôtait pas, cependant, cette sensualité naturelle qui l'habitait dès que Senmout la serrait tendrement contre lui. Lui-même se laissa griser par les parfums qui embaumaient son corps et ses cheveux. Pour son plus grand plaisir, la reine pharaon avait accepté de laisser repousser ses cheveux et de ne les raser qu'exceptionnellement.

Comme Senmout caressait précisément les mèches brunes du bout des doigts et qu'ils se trouvaient enlacés, Hatchepsout lui dit :

— J'ai tenu compte de tes conseils. Mais j'ai bien l'intention de raser de nouveau ma chevelure pour mon jubilé !

Senmout la supplia de n'en rien faire.

— Allons, ma reine, Amon n'en sera pas moins satisfait si tu conserves cette merveilleuse chevelure qui tombait autrefois jusqu'au bas de ton dos. Il suffit de la relever et de la dissimuler sous une coiffe. Quelle différence cela fait-il ?

— As-tu oublié mes paroles ? Je veux en tout point ressembler à un pharaon !

— Je peux te jurer que tel est bien le cas ! répondit Senmout. Même si, à cet instant, il m'est difficile de te considérer comme un homme !

Ils en rirent tous deux et se laissèrent aller à leur désir loin de la cour et de son décorum. Chacun de leurs gestes entourait la reine d'un halo de senteurs enivrantes. Leurs baisers se mêlèrent aux caresses et l'amour les grisa bientôt plus que les multiples fragrances provenant des différents coins de la pièce, des cônes parfumés qui continuaient de fondre mais aussi des subtiles et délicates odeurs émanant des fleurs et des conifères se répandant subrepticement par la fenêtre.

Les branches des arbres se balançaient sous le poids des oiseaux projetant une ombre à forme humaine sur le sol de la pièce éclairée par la lune.

— J'ai peur, Senmout, dit Hatchepsout. Thoutmosis grandit. Les prêtres l'apprécient. Les soldats le vénèrent. Néférou-Rê me paraît trop fragile pour s'imposer face à lui. Aurai-je même la possibilité de l'évincer et de garder mon trône ? Et pourtant, je suis heureuse. Je sens qu'Amon me protégera toujours. Dans quelques jours, je fêterai mon jubilé et le peuple m'acclamera sans réserve !

Senmout savait qu'elle avait raison. Comme s'il voulait la protéger encore davantage, il la serra contre lui avec beaucoup de déférence et d'amour tout en respectant sa majesté et en retenant ses élans passionnés.

XXIV

Depuis la veille, de nombreux Égyptiens tentaient de pénétrer sur le site sacré et interdit au public afin de poser mille questions aux soldats. Mais leur curiosité ne fut pas satisfaite. Une équipe d'ouvriers vint à l'aube vider le réservoir de sable placé sous les obélisques. Peu à peu les monuments s'abaissèrent. Les ouvriers tirèrent sur les cordes enroulant les obélisques pour les mettre en place. Face à eux, les socles présentaient une encoche de repérage. Ils firent pivoter ces socles pour les placer du bon côté, mettant en place l'obélisque sud avant l'obélisque nord.

— Ces monstres mesurent bien quinze fois la hauteur d'un homme ! dit Pennethbet qui assistait aux opérations. Quand la reine va les encenser, quelle émotion gagnera les habitants de ce pays ! Ils répondent en tout point à ces majestueux monolithes que Senmout a fait dresser à l'est du temple.

— Non, Pennethbet, répondit Senmout qui arrivait avec une escorte. Les obélisques de l'est sont plus grands. Thoutmosis III les apprécie particulièrement. Il raconte que s'il était un jour pharaon, l'une de ses premières tâches consisterait à faire bâtir à cet endroit.

Le général fronça les sourcils.

— Cette remarque m'étonne dans ta bouche, Senmout, répondit-il. Ne crains-tu pas de blesser Hatchepsout la divine en avançant de telles hypothèses ? Ces obélisques délimitent l'ensemble jubilaire du Pharaon ! Chaque pierre porte la marque du cartouche de Maâtkarê !

— Les dangers soulèvent la peur, répondit Senmout. Crois-tu pour autant que Pharaon ne les connaît pas ? Qui n'a jamais entendu le jeune Thoutmosis se vanter qu'il ordonnera l'érection d'un septième pylône précédé d'obélisques ? Hatchepsout a commandé cette magnifique allée processionnelle qui traverse le temple du sud au nord.

Son bras balayait l'espace pour désigner la voie sacrée.

— Elle aura rendu ce temple immense et incomparable. Mais un jour un successeur convoitera ses constructions. Peut-être même fera-t-il marteler ses cartouches ou ses images pour mettre les siennes à sa place et s'approprier ses idées et ses monuments. Il tentera à coup sûr de rivaliser avec de telles réalisations de peur que son règne ne soit plus fade que celui d'Hatchepsout, « la première de toutes ». Comment l'éviter ? Crois-tu sincèrement que notre Pharaon tout-puissant ne l'ait pas envisagé ?

— Je pense tout simplement qu'il n'est guère bon de le rappeler.

— Si Thoutmosis III régnait un jour, nous savons tous qu'il affirmerait sa légitimité et qu'il ne supporterait pas de bâtir des pylônes ou des monolithes plus petits que ceux de notre Pharaon !

Pennethbet baissa la tête. Cette perspective ne lui plaisait guère.

— J'ai toujours servi Thoutmosis Ier et sa fille, dit-il. Je ne pourrai jamais trahir Maâtkarê en obéissant à Thoutmosis III.

— Tu l'entraînes bien au combat ! répliqua Senmout.

— Parce que Hatchepsout me l'a ordonné afin de l'éloigner de la cour !

— Alors, ose dire qu'il n'a jamais affirmé à la face des soldats qu'une femme ne pouvait pas être Pharaon, qu'il projetait la construction d'une chapelle-reposoir pour la barque sacrée d'Amon en plein milieu du temple, que la chapelle d'Hatchepsout trop modeste représentait un affront au dieu. Combien de fois a-t-il maugréé que le toit enlevé par Hatchepsout lui plaisait ?

Pennethbet grimaça.

— Cet impertinent cherche par tous les moyens à dissimuler aux yeux de tous les réalisations magnifiques de notre Pharaon. Mais une fois que ces obélisques seront en place, je doute qu'il trouve un moyen de les enlever sans endommager le temple ! S'il éraflait seulement une partie du sanctuaire, les prêtres se révolteraient contre lui. Le peuple égyptien le huerait à juste titre !

— Je le crois assez fou pour prendre ce risque ! Je l'ai déjà entendu parler à sa mère de ses projets. Il rêve, dit-il, d'obélisques dressés entre ceux de Thoutmosis Ier, son grand-père, et Thoutmosis II, son père, dans la cour des fêtes jubilaires. N'est-ce pas là revendiquer son appartenance à la dynastie des Thoutmosis et en écarter manifestement Hatchepsout ?

— Nul doute qu'il supprimerait aussi le complexe jubilaire d'Hatchepsout pour y placer le sien.

Les ouvriers peinaient, soufflant en rythme pendant l'effort. Certains avaient déjà participé à l'élaboration des obélisques travaillant sous un soleil insupportable ou à la lumière des lampes pendant de trop nombreuses journées sans repos. Senmout était pourtant resté à l'écoute, interdisant l'usage du fouet, embauchant des serviteurs chargés de chasser les insectes qui se multipliaient au moment de la crue du Nil.

D'autres avaient fabriqué les radeaux en bois d'une rare solidité qui avaient permis le transport des obélisques pendant deux jours de navigation.

Senmout demeurait pensif.

— En entendant tes paroles, je ne peux que regretter d'avoir abandonné ce chantier où l'on a tenté de réaliser le plus grand obélisque qui soit, dit-il à mi-voix. Nous avions étudié la roche. J'avais embauché un éminent géologue pour choisir les veines les plus pures. Quand les masses s'abattaient sur la roche, nous étions entourés de nuages de poussière blanche. Nos foulards protégeaient notre bouche et notre nez mais, le soir venu, les yeux des ouvriers piquaient terriblement, nous contraignant à arrêter le travail dès le crépuscule. Je n'hésitais pas à les aider et j'observais leurs muscles saillants et leurs fronts couverts de sueur en priant Amon. Avant que cet obélisque ne soit dégagé de la masse de granit, sachant que le travail qui suivrait serait délicat, j'ai ordonné aux ouvriers de se reposer. Je me suis rendu seul sur le chantier pour admirer ce monolithe gigantesque. Cet obélisque était beaucoup plus imposant que ceux commandés par la reine. Nous voulions lui faire une surprise pour son jubilé et lui révéler ainsi tout notre attachement. Malheureusement, il aurait fallu que la reine nous accordât un délai supplémentaire. J'ai tenté en vain de l'en persuader sans lui en révéler la véritable raison.

— Que s'est-il passé ?

— Le troisième obélisque dont j'avais ordonné la création avec un texte personnel à la gloire de la divine Hatchepsout a dû être abandonné sur le chantier. Jamais aucun monument n'avait réclamé tant d'efforts ! Il aurait été si majestueux que même Thoutmosis III régnant n'aurait pas réussi à l'égaler ! Les étrangers se seraient déplacés pour l'admirer. Y toucher aurait été un acte impie et le détruire une offense à Amon !

— Mais pourquoi l'avoir abandonné ? insista Pennethbet. N'était-il pas terminé ?

Senmout parut accablé.

— Hélas, mon ami ! Au moment où le travail le plus délicat était en cours de finition, le monolithe s'est fissuré. Les ouvriers qui travaillaient avec amour et passion se sont effondrés devant le résultat, laissant tomber leur burin avec découragement.

— En as-tu parlé à la reine ?

— Non, reconnut Senmout. À quoi bon ? Je retenterai peut-être l'expérience.

Les Égyptiens continuaient de crier à l'extérieur de l'enceinte sacrée. Des soldats les poussaient en leur réclamant plus de discipline.

— Je n'ai pas osé regarder la mise en place de ces obélisques, dit Senmout. Quand on les a débarqués hier et quand les rondins en bois disposés entre le temple et le fleuve ont commencé à rouler doucement sous chaque monolithe, j'avais envie de fermer les paupières. Au moment de leur transport fluvial, les barques et les radeaux tirés par nos navires craquaient. J'avais l'impression qu'ils allaient se disloquer et que les obélisques allaient sombrer dans le Nil pour l'Éternité.

Pennethbet l'écoutait avec attention, les lèvres légèrement ouvertes. Ses yeux ne quittaient pas les mouvements de sa bouche.

— Ce matin, poursuivit Senmout, quand les cordes ont été passées autour de la base et du pyramidion de ces géants, mon cœur s'est mis à battre. J'avais l'impression d'étouffer. À chacun de leurs gestes, ma respiration s'accélérait puis semblait s'arrêter. Nous avons tout de même perdu trois hommes le mois dernier! Rê ne les a pas épargnés. Je suis soulagé que ces monuments soient enfin en place! Il ne reste plus qu'à ôter ces caches et leur pyramidion en électrum pourra resplendir sous le soleil. Il faut encore achever la gravure des textes qu'Hatchepsout a écrits pour commémorer son jubilé. Mais ils prendront réellement vie le jour où Pharaon se régénérera pour accomplir une nouvelle période de règne. Telle la coiffe de Pharaon miroitant sous les rayons, le sommet de ces obélisques resplendira, jetant ses feux dans toutes les directions.

— J'ai hâte de voir cela! dit Pennethbet en tapant amicalement dans le dos du plus important personnage de l'État. Je crois que nous nous comprenons. Nous avons tous deux montré notre dévouement à la reine depuis son accession au trône.

— Tu l'as fait bien avant moi! dit Senmout en riant.

— Pourtant, crois-tu sincèrement que des clans ne vont pas se former au palais ou dans le pays maintenant que Thoutmosis grandit? Même de fidèles serviteurs de la reine risquent de passer de l'autre côté!

— Quoi qu'il en soit, je lutterai jusqu'au bout auprès d'elle mais je suis persuadé que les dieux la protégeront toujours. J'ai la conviction que Thoutmosis ne réussira pas à s'imposer s'il ose un jour tenter sa chance.

Pennethbet l'observa par en dessous. Se pouvait-il que Senmout crût ce qu'il dit?

XXV

Le jour de son jubilé, Hatchepsout fut réveillée par le Grand Prêtre de Thèbes comme elle l'avait été le jour de son couronnement. Elle fit rédiger un message à l'intention de tous les membres de la famille royale pour leur ordonner d'assister à cette nouvelle naissance de son règne divin. « Moutnéfret, dicta-t-elle à l'un de ses scribes un sourire aux lèvres, j'ai appris par ton petit-fils que tu étais souffrante. Dussé-je t'envoyer Kallisthès pour te guérir, je te somme d'être présente pour les fêtes de ce jubilé. » « Thoutmosis, tu as eu l'audace de traiter mes architectes de vieillards parce qu'ils mettaient mes monuments en place avec beaucoup de précaution et tu as prétendu que tu embaucherais des hommes plus jeunes et plus habiles lorsque tu serais pharaon. Je n'ai pas jugé bon de répondre à tes sarcasmes de jeune fanfaron. Mais je t'ordonne d'assister au jubilé de Pharaon. »

Néférou-Rê et Meryrêt vinrent saluer leur mère avant qu'elle ne prononçât son discours officiel. Meryrêt tentait de se placer devant sa sœur et la regardait d'un air pincé. Néférou-Rê paraissait contrariée.

— Mère, demanda-t-elle à Hatchepsout en se tordant les doigts, pourquoi as-tu dicté un tel message à l'intention de Thoutmosis ? Tu ne l'aimes donc pas !

— Quelle importance ? rétorqua Hatchepsout.

Néférou-Rê baissa la tête.

— Qu'est-ce qui te déplaît ? interrogea la reine pharaon.

— J'apprécie beaucoup la compagnie de Thoutmosis, murmura-t-elle. En fait, je crois bien...

— Oui ?

— Je lui suis très attachée.

— Nous en reparlerons, dit Hatchepsout avec fermeté.

La reine rejoignit son trône et prononça un discours devant les notables et les courtisans. Elle leur lut également les textes qu'elle avait elle-même écrits et qui figuraient sur les obélisques. Tout en parlant, elle observait les réactions de ceux qui l'écoutaient attentivement, fixant Thoutmosis bien campé sur ses pieds qui ne détachait pas son regard du sien tout en gardant les mains placées sur les hanches dans une attitude provocante. Iset avait revêtu ses plus beaux atours.

En les voyant si fiers et si sûrs d'eux, Senmout ressentit pour la première fois une réelle menace pour Hatchepsout.

Pendant toute la matinée, sujets de l'Égypte et ambassadeurs vinrent déposer des présents aux pieds d'Hatchepsout. L'après-midi, la reine tint à se plier à la tradition et à montrer sa valeur, son courage et son adresse. Elle envoya un héraut haranguer les Égyptiens pour qu'ils vinssent en foule assister à ses exploits. Tous les Thébains avaient encore en mémoire la course qu'elle avait effectuée devant un taureau puissant lors de son avènement. La reine était-elle aussi véloce et aussi téméraire que pendant son adolescence ?

Hatchepsout fit appeler Senmout et lui glissa à l'oreille :

— Je viens d'avoir une idée en voyant ce petit effronté de Thoutmosis soutenir mon regard pendant mon discours, dit-elle. J'avais l'intention de faire mes preuves sur le terrain d'entraînement. Eh bien ! Que Thoutmosis se mette en tenue et m'y rejoigne !

— Reine des Deux Pays, s'exclama Senmout, ai-je bien compris ?

— Oh oui, Senmout ! Les textes que j'ai fait graver sur mes obélisques n'ont guère plu à Thoutmosis. Rappeler que je suis fille d'Amon, que le dieu m'a désignée pour régner, que je lui offre ces monuments a soulevé sa révolte. Eh bien ! Qu'il se mesure à moi sur un terrain ; nous verrons bien qui l'emporte de nous deux !

— Mais tu prends là un risque énorme. Majesté, répliqua Senmout en tentant de l'en dissuader. Te rends-tu compte ? Si tu es battue, le peuple risque de réclamer Thoutmosis à la tête de l'Égypte !

— Oui, mais si je le bats, je serai tranquille pour plusieurs années !

— Majesté, il est très jeune. Il revient d'un entraînement intensif où il a fait ses preuves. Or, tu n'as pas eu l'occasion de chasser depuis bien longtemps !

L'expédition des affaires courantes ne t'en laisse guère le temps !

— Senmout, qu'on prépare une cible et qu'on trace une ligne sur le sol à bonne distance. Qu'on sorte les lances et les chars !

Senmout s'inclina et se précipita pour donner ses ordres.

— Que se passe-t-il ? demanda Pennethbet. Hatchepsout Maâtkarê ne va-t-elle pas se rendre maintenant sur la piste de course ?

L'Administrateur soupira.

— Je le voudrais bien. Mais notre Pharaon a d'autres projets plus ambitieux. Suis-moi sur le terrain d'entraînement. Je t'expliquerai en cours de route...

Les deux hommes montèrent dans un char aux garnitures en bronze et en or et lancèrent leurs chevaux au galop.

— Pourquoi n'as-tu pas pris de cocher ?

— Sa Majesté veut, comme d'habitude, réserver une surprise de taille aux Égyptiens ! Quand elle aura prouvé son adresse et sa force, elle les éblouira en leur montrant ces magnifiques aiguilles de granit qui élèvent déjà leurs faîtes vers les cieux.

Pennethbet comprit vite les intentions d'Hatchepsout. Ils arrivèrent les premiers sur le terrain d'entraînement. Bientôt, de jeunes soldats en pagne blanc, le torse brillant au soleil, se placèrent derrière deux chars, des lances à la main. Thoutmosis arriva sur son propre véhicule dans un nuage de poussière. Il avançait à une telle allure que Pennethbet s'écarta d'instinct mais les bêtes savamment contrôlées s'arrêtèrent net devant le général et l'Administrateur. Les Égyptiens accouraient en criant de joie et en lançant des paris.

— Ainsi donc Pharaon compte se mesurer à moi pour son jubilé ? demanda Thoutmosis en sautant de son char et en lançant les brides à un soldat qui se trouvait à proximité.

Senmout jugea préférable de se taire.

— Pharaon t'expliquera ce qu'elle a décidé, dit-il seulement. Ta jeunesse n'excuse pas ton arrogance. Tu parles de notre souverain tout-puissant avec beaucoup de légèreté...

— Je n'ai pas de leçon à recevoir de toi, Senmout, même si tu es le premier personnage de l'État !

— En es-tu bien sûr, Thoutmosis ? répondit sévèrement Senmout, le front plissé.

— Un jour viendra où tu me supplieras de t'épargner et de te garder à la cour.

— Ce jour-là n'est pas arrivé ! s'exclama Senmout.

Une foule joyeuse parvenait au terrain d'entraînement peu éloigné de la ville. Le char doré d'Hatchepsout apparut sous les acclamations. Tandis que Thoutmosis replaçait son casque sur sa tête, Hatchepsout arborait une nouvelle tenue. Elle avait gardé son pectoral artistiquement orné de turquoise et de jaspe mais sa robe courte et blanche ne laissait plus rien voir de ses formes féminines. Elle avait comprimé sa poitrine dans des bandelettes de lin et dissimulé ses cheveux sous un casque austère. Elle avait échangé ses fines sandales d'or contre des chaussures en cuir plus résistantes. Seul le vautour dessiné sur son casque rappelait qu'elle était Pharaon. Son fidèle cocher conduisait son char.

— Autrefois, dit-elle à son neveu, mon père Thoutmosis Ier, qui est également ton grand-père, m'entraînait à lancer des traits le plus loin possible. Deux sortes d'exercices m'attendaient. Soit je devais effectivement envoyer le trait le plus loin possible, soit il me fallait viser une cible comme celle-ci.

Son bras se tendit vers la cible dont on ne distinguait même pas le centre tant la distance était grande.

— Pennethbet lui aussi m'a entraîné à lancer les traits.

— Bien ! répondit Hatchepsout.

Jugeant qu'il lui serait plus facile de vaincre Hatchepsout dans l'épreuve qui consistait à lancer le javelot le plus loin possible, Thoutmosis ajouta malicieusement :

— Il avoue d'ailleurs que je suis le plus puissant dans cet art.

Hatchepsout sourit.

— La coutume veut que Pharaon démontre sa puissance et son adresse lors de son jubilé, dit-elle. Mais tu viens de choisir entre les deux. Plutôt que de faire mes preuves seule devant le peuple rassemblé, j'ai décidé de lui proposer un concours. Ce sera plus distrayant et chacun pourra parier sur l'issue du jeu. Comme Amon attend que l'on sorte sa barque de sa chapelle et qu'on la conduise à mon temple de millions d'années, je ne puis me mesurer à toi sur le plan de l'adresse et de la puissance. Qu'on ôte cette cible ! Le vainqueur sera donc celui qui lancera ses traits le plus loin possible. Qu'un arbitre se place au bout de ce terrain ! Tu vois la ligne qui a été tracée sur le sol ? Elle nous servira de base de lancement. Si l'un d'entre nous mord, l'arbitre l'éliminera aussitôt. Allons-y ! Nous avons droit à trois lancers !

Hatchepsout descendit de son char et s'empara de la lance qu'on lui tendait.

— Je commencerai après toi, dit-elle. À toi l'honneur !

Thoutmosis refusa.

— Pharaon doit commencer, dit-il. Mais quel cadeau gagnera le vainqueur ?

— Que désires-tu ? demanda Hatchepsout trop rapidement.

— Nous sommes riches et puissants. Seul le pouvoir nous intéresse.

Hatchepsout sentit son cœur battre plus vite. Elle regretta de ne pas avoir elle-même fixé les enjeux.

— Je t'écoute...

— Concourons pour obtenir la tête de l'Égypte ! lança-t-il.

Hatchepsout éclata de rire.

— Tu es trop jeune, mon neveu, dit-elle en se moquant de lui.

— Soit ! répondit Thoutmosis en sentant les rires fuser de toutes parts et en voyant Néférou-Rê au premier rang, tout près de Senmout. Eh bien, j'ai une autre idée. Si Pharaon perd, j'épouserai Néférou-Rê sans son accord.

Hatchepsout se retourna vers sa fille qui ouvrait de grands yeux en se demandant ce que sa mère et celui qu'elle aimait pouvaient bien négocier.

— Il n'en est pas question ! répondit Hatchepsout. Tu épouseras peut-être Néférou-Rê quand elle aura pris le pouvoir et qu'elle me succédera !

— Si je l'épouse avant, je deviendrai pharaon et elle m'accompagnera en tant que Grande Epouse royale. Que redoutes-tu ? Les dieux aident Pharaon. Ils guideront ton bras tout-puissant.

— Soit ! dit-elle.

Pennethbet qui faisait mine de ne rien écouter mais qui restait sur ses gardes se précipita auprès d'Hatchepsout.

— Ne parie pas si facilement avec cet enfant, Reine bien-aimée !

— C'est décidé ! dit Hatchepsout en saisissant une première lance et en s'avançant d'un bon pas vers la ligne blanche.

Tous les regards étaient rivés sur elle. Elle s'arrêta devant la ligne, réclama un morceau de chiffon et nettoya la lance afin qu'elle ne glissât pas entre ses doigts humides de sueur. Puis elle plongea les doigts dans le bol de poussière qu'on lui tendait et s'en enduisit largement les paumes. Elle évalua la hauteur du soleil, aveuglée par les rayons puissants. Elle soupesa la lance plusieurs fois, estima sa souplesse et observa le terrain de sable, le visage concentré et stoïque.

Tous les Égyptiens tendaient le cou et clignaient des yeux en tentant de capter l'expression de son visage. Pennethbet fit signe aux soldats de l'encourager en tapant dans leurs mains. Le peuple reprit la cadence. Hatchepsout réclama bientôt le silence en levant le bras. Puis elle agrippa la lance en son milieu, se pencha en arrière et projeta le trait avec une force insoupçonnée. Le javelot s'élança dans les airs comme s'il cherchait à atteindre Rê puis il tournoya sur lui-même, effectua une courbe et se planta dans le sol en vibrant avant de glisser et de retomber à plat.

Tous les Égyptiens applaudirent et se précipitèrent vers l'endroit où était retombé le trait. On mesura la distance du jet et on s'extasia sur la puissance de Pharaon. Thoutmosis se montra quelque peu dépité mais il se savait capable de faire mieux. Aussi dit-il en riant à la reine pharaon :

— Thoutmosis Ier était assurément un grand entraîneur !

— Mais je sais que Pennethbet brille également en ce domaine, répondit Hatchepsout. Je te laisse la place !

— Tu n'as pas encore gagné, Pharaon ! dit-il.

— Je n'ai pas cette prétention, répondit Hatchepsout en souriant.

Ce concours lui plaisait. Elle trempa ses doigts dans un bol d'eau citronnée préparé par un serviteur. Thoutmosis choisit lui-même une lance sans attendre qu'un soldat la lui tendît puis il marcha vers la ligne que l'on venait de balayer à l'aide d'une touffe de branchages. Il ne prit pas la peine de s'enduire les mains de poussière ni de soupeser le trait. Prenant son élan, il lança le javelot de toutes ses forces avec un cri. Le trait monta haut vers le ciel puis retomba juste devant celui d'Hatchepsout. Des cris d'enthousiasme et de déception accueillirent ce lancer dans le public. Hatchepsout blêmit. Elle saisit à son tour la deuxième lance et se présenta sur la ligne, pressée d'effacer la prestation de Thoutmosis. Son trait dépassa les deux précédents javelots. Le public applaudit à tout rompre.

— À ton tour ! dit-elle à Thoutmosis avec fierté.

Le jeune homme, déconcentré par son premier jet et par les encouragements de la foule, sans doute trop confiant, ne réussit qu'à égaler celui d'Hatchepsout.

— Voilà qui est étonnant, par Isis ! dit la reine pharaon. Les dieux ont dû guider nos bras pour que nous lancions à la même distance !

Tous deux se rendirent sur place pour constater les faits.

— Mon trait est tombé légèrement plus loin, dit Hatchepsout en montrant la marque à son neveu.

— Je ne suis pas d'accord ! Tu désignes là mon propre jet !

Mais l'arbitre les mit d'accord. Hatchepsout l'avait effectivement emporté dans cette deuxième manche.

— Notre dernière prestation sera donc déterminante, dit Hatchepsout, le visage encore plus souriant. À toi de commencer puisque je l'ai emporté dans cette épreuve.

Thoutmosis prit davantage de temps. Pennethbet tenait son poing gauche dans sa main droite, signe d'inquiétude. Néférou-Rê glissa sa main dans celle de Senmout. Meryrêt trépignait. Kallisthès ne disait mot. Le Grand Prêtre priait Amon d'aider Hatchepsout. Moutnéfret demeurait impassible comme insensible aux événements. Iset suppliait intérieurement les dieux d'aider son fils.

Après s'être longuement concentré, le visage considérablement tendu et les yeux fixés sur la piste, Thoutmosis courut à toute vitesse, le javelot dans la main puis il se renversa en arrière à tel point que l'extrémité de sa lance toucha le sol. Il lança alors l'arme dans un effort suprême qui le projeta lui-même en avant. Jamais aucun Égyptien n'avait vu un pareil lancer. Hatchepsout accusa le coup. Elle se dirigea vers son char et réclama à son cocher une petite lanière de cuir qu'elle fixa solidement à son index droit. Puis elle enroula cette lanière autour de sa lance et entama sa course d'élan. Le javelot fut propulsé en l'air avec une incroyable puissance grâce à la lanière et tournoya plusieurs fois avant de se ficher à terre bien au-delà de toutes les autres lances.

Le peuple sauta de joie et applaudit les bras levés au-dessus de la tête. Thoutmosis enleva son casque de rage et le jeta au sol.

— Tu as triché ! hurla-t-il. Tu n'avais pas le droit d'utiliser cette lanière de cuir !

— Qui me l'a interdit ? demanda-t-elle. L'astuce et la ruse permettent parfois de l'emporter au combat. Seul le résultat compte car il ne peut y avoir deux vainqueurs sur un champ de bataille. On ne va pas alors voir si tel adversaire a usé d'astuce. On lui prépare un triomphe !

Comme Thoutmosis tentait de discuter, Pharaon lui dit, la tête haute :

— Amon m'attend.

Néférou-Rê serra fortement la main de Senmout et le regarda d'un air désespéré. Il lui caressa les cheveux avec affection et embrassa son front.

— Fais confiance à ta mère, lui dit-il.

XXVI

Tout le monde se rendit au temple d'Amon. La barque divine et la statue du dieu furent sorties de la chapelle. Pharaon les encensa puis des prêtres portèrent la barque de chapelle-reposoir en chapelle-reposoir jusqu'au petit temple d'Amon. Après de nouvelles prières, Amon fut embarqué sur le Nil. De nombreux navires l'accompagnèrent jusqu'à la Vallée des Morts. Les Égyptiens chantaient et dansaient. Ils arrivèrent au temple de millions d'années de leur souveraine, qui était presque achevé. Puis ils assistèrent à la fête en l'honneur d'Anubis et d'Amon, laissèrent Hatchepsout remplir ses devoirs sur la troisième terrasse du temple et se réjouirent jusqu'à l'aube.

Des torches illuminaient sur la partie supérieure les « lacs d'or », bassins de calcaire entièrement remplis de lait, reflétant leurs feux sur la surface blanchâtre. Assis en tailleur dans la salle hypostyle, Senmout veillait à ce que les flammes ne s'éteignissent pas. Il les regardait danser devant ses yeux en luttant contre le sommeil.

— Que les mauvais esprits s'éloignent du dieu Amon... murmura-t-il avant de laisser sa tête tomber en avant et de se raisonner. Je dois lutter contre cette fatigue qui m'envahit. L'effet du vin et de la bière est difficile à supporter.

Il s'obligea à se lever, fit quelques pas et s'avança sur le bord de la terrasse ornée de piliers osiriaques d'Hatchepsout qui tenait les crosses croisées sur sa poitrine. En bas, sur la partie inférieure dormaient sous des tentes les notables et les membres de la famille royale. On entendait des craquements de foyers crépitant non loin du temple, les chants des Thébains et plus près le souffle régulier des personnages les plus importants du royaume qui se reposaient, confiants, dans le temple d'Hatchepsout.

Senmout alla réveiller son frère Amen qui s'était endormi dans un angle de la terrasse.

— Je suis épuisé, lui dit-il. À toi de veiller aux torches sacrées. Je vais dormir un peu.

Le Grand Prêtre se frotta les yeux et prit la place de Senmout devant la barque d'Amon qui flottait sur l'un des lacs d'or. Soudain les visages de Tournis et du Grand Prêtre de Memphis lui apparurent. Il poussa un cri.

— Que se passe-t-il? demanda Senmout en accourant auprès de lui.

— Rien, lui répondit Amen. Amon m'a envoyé une bien étrange image.

— Laquelle ? insista Senmout. Si tu ne m'en parles pas, je ne trouverai pas le sommeil.

— Celle de Toumis.

— Ce traître !

— Tu choisis là le mot juste, dit Amen pensif en passant sa main sur son crâne lisse.

— Que me caches-tu ?

Amen le regarda intensément. Ses yeux très expressifs semblaient lire dans l'Au-Delà et dans les secrets des dieux. Senmout était, chaque fois, troublé par leur couleur noire et leur expression.

— Es-tu capable de garder pour toi ce que je vais te dire sans en souffler mot à notre pharaon ?

— Bien entendu, sauf si sa vie et celle de ses enfants se trouvent en danger.

— Lorsque je me suis rendu à Memphis, Toumis a tenté de démontrer la vaillance et la grandeur de Thoutmosis. J'ai senti des prêtres disposés à l'écouter et mon sang n'a fait qu'un tour. Mais, ensuite, je me suis calmé et l'effroi s'est emparé de moi. Car j'ai pris conscience que Thoutmosis grandissait et qu'il deviendrait bientôt le rival de notre Pharaon tout-puissant. Or, Amon vient de m'envoyer l'image de ce traître de Toumis afin que je n'oublie pas le danger. Sans doute me signifiait-il de mettre la reine Hatchepsout en garde contre ses futurs ennemis.

— Pourquoi ne m'en as-tu pas parlé avant ?

— Je te l'ai dit ! Je n'avais pas évalué le danger. Je suis rentré à Thèbes très remonté contre mon collègue de Memphis parce qu'il avait laissé Toumis s'exprimer librement mais le fait qu'Hatchepsout si honorée, si adulée et si admirée pût être en danger ne m'a pas effleuré. J'en ai seulement parlé avec Hapousneb qui se trouvait aussi à Memphis et qu'Hatchepsout apprécie. Ce prophète d'Amon est un bon sujet de notre pharaonne. Aucun prêtre ne se montre plus attentif à la personne d'Hatchepsout.

— Crois bien que notre pharaon se révèle plus lucide que toi et qu'elle appréhende tous les risques liés à sa politique et à sa condition de femme. Nous allons prier Amon tous les deux pour qu'elle conserve son trône toute sa vie !

— Le sommeil a quitté tes paupières ?

— Seule la vie de ma pharaonne et son bonheur m'importent, dussé-je rester des mois sans dormir !

Ils se dirigèrent dans le couloir sombre qui avait été creusé dans la montagne et pénétrèrent ainsi dans la première pièce du sanctuaire d'Amon. Ils se prosternèrent l'un à côté de l'autre et Amen commença à prier la divinité à mi-voix, suppliant le dieu de soutenir sa fille pendant son règne terrestre et dans l'éternité.

— Avons-nous seulement le droit de prier ainsi dans le lieu de culte de la reine qui le restera après sa mort ?

Senmout se leva et laissa son frère reprendre sa place. Il était préoccupé. Il arpenta le bord de la troisième terrasse et observa les ombres imposantes d'Hatchepsout en sphinx dont cinquante paires de statues en grès formaient une allée majestueuse devant la première rampe d'accès. Les pattes en avant, prêts à bondir, les animaux à tête de pharaonne gardaient le temple sacré.

La première station-reposoir décorée de piliers osiriaques n'était qu'une masse grise dans la nuit. Senmout finit par s'asseoir, le dos appuyé contre un bassin plein d'eau tiède servant à arroser le perséa d'Amon. La journée, quelques oiseaux venaient s'y ébrouer. Les colosses osiriaques de la terrasse inférieure se détachaient au clair de lune. Senmout descendit à pas feutrés jusqu'aux vingt-deux piliers et passa devant chaque scène qu'il avait imaginée et que Djehouty avait ordonné de réaliser à son équipe de peintres et de sculpteurs.

Les parties de chasse et de pêche évoquaient les quelques moments de détente que la reine s'accordait parfois. On la voyait tuer des bêtes féroces, symboles des ennemis de l'Égypte. Un peu plus loin, elle exterminait, en effet, des rebelles et offrait à Amon des statues, à la tête des « quatre veaux ». Là, Pharaon devenait le principal paysan de son pays dont elle exploitait les champs pour nourrir son peuple. Pendant ce rite qu'elle avait accompli plusieurs fois pendant son règne, Hatchepsout dissimulait la tombe d'Osiris et s'affirmait comme son fils Horus.

Sur la paroi méridionale, Senmout avait ordonné la représentation de l'érection des deux premiers obélisques élevés en l'an 2 du règne d'Hatchepsout. Il avait bien l'intention de commémorer d'une façon identique le transport des deux derniers dès que les fêtes du jubilé auraient pris fin.

— Pourquoi Amen ne s'est-il pas confié à moi avant ? murmura Senmout en se tournant vers la tente de la reine.

Il hésita à la réveiller et à la mettre dans la confidence.

— J'ai toujours répugné à l'inquiéter pour rien. Mais je ne veux pas me faire le complice de ce Toumis.

Soudain, germa dans son esprit l'idée qu'il fallait éliminer le ver qui pourrissait le fruit. Il s'étonna d'avoir une telle pensée. « Le pouvoir rend intraitable, se dit-il. Je ne me reconnais plus. Hatchepsout avait-elle raison quand elle prétendait que je la délaisserais si je détenais le pouvoir suprême ? » Il se promit de conserver plus de mesure et d'équité dans ses intentions et se dirigea vers la rampe d'accès à l'étage intermédiaire flanquée de deux lions sculptés. Il longea, là encore, les scènes représentant le couronnement d'Hatchepsout par Thoutmosis Ier, son entrée dans le temple, sa visite aux dieux Nekhbet et Rê-Horakhty et son offrande au dieu Amon.

Senmout s'arrêta devant la chapelle d'Anubis et partit de l'autre côté où Djehouty avait ordonné la reconstitution de l'expédition du Pount. Il saisit la torche qu'il avait laissée quand il était descendu et promena la flamme devant les arbres, les fleurs, les animaux sauvages, les indigènes et le roi à peine esquissés.

— Près de la chapelle d'Hathor, ces scènes seront parfaites. Djehouty a eu raison d'utiliser cet emplacement autrefois consacré à la déesse pour élaborer cette salle à colonnes sistres.

La représentation de la vache divine sur les piliers se détachait à la lueur de la torche que Senmout éleva jusqu'à la tête bovine, presque effrayante.

— On dirait qu'elle va revivre, murmura Senmout en pénétrant dans le petit sanctuaire de l'animal. Inspiratrice de vie, mère des morts, je t'implore de soutenir Hatchepsout à l'instar d'Anubis qui règne de l'autre côté de cette esplanade. Toi au sud, lui au nord et tous les deux derrière Pharaon !

Senmout se sentit étrangement apaisé comme si les dieux avaient envahi son corps d'une force intérieure. Il sourit à la lune.

— Je suis confiant, dit-il. Je vais faire écarter Toumis et tout rentrera dans l'ordre.

Puis il s'allongea sur le sol et éteignit sa torche.

Le lendemain, le peuple manifesta très tôt son impatience. À présent, il souhaitait voir ces monuments mystérieux que la reine avait fait ériger pour son jubilé. Un joyeux cortège accompagnant les notables et la famille royale se mit en marche, courant presque vers les barques, distançant celle d'Amon portée par des Égyptiens aux épaules musclées.

Les embarcations fendirent bientôt les milliers de pétales de fleurs qui jonchaient la surface du fleuve. Puis les barques furent tirées à terre et une foule d'Égyptiens se précipita en direction du temple de Karnak. De station-reposoir en station-reposoir, les porteurs peinaient. Hatchepsout ne se montrait jamais lasse d'encenser la barque divine. Quand elle pénétra dans le temple sacré, des exclamations montèrent vers les cieux.

— Hatchepsout Maâtkarê, Reine des Deux Égyptes, Pharaon pour l'Éternité !

Alors, après avoir purifié Amon et avoir assisté à son retour dans sa chapelle, la reine leva le bras avec majesté. On posa sur sa tête la double couronne et l'on sectionna les cordes qui tenaient les bâches dissimulant les obélisques aux yeux du public. Celles-ci tombèrent, libérant les deux géants intacts, symboles de la terre touchant le ciel. Leurs pyramidions éclatants miroitèrent sous les rayons de Rê et les prêtres se mirent à psalmodier. La tête rasée et baissée, ils défilèrent devant les obélisques.

— Vive Hatchepsout ! cria un Thébain dans la foule.

— Vive Hatchepsout, notre Pharaon tout-puissant ! reprirent les Égyptiens en chœur.

Iset observait les deux monstres, le regard ébahi. Thoutmosis paraissait écrasé par leur beauté. Kallisthès souriait de contentement. Djehouty applaudissait. Senmout avait les larmes aux yeux. Hatchepsout leva les deux bras vers le ciel.

— Merci, mon dieu, dit-elle. Je te bénis.

XXVII

Les jours qui suivirent le jubilé entraînèrent un enthousiasme exceptionnel dans toute l'Égypte. Seul Thoutmosis rongeait son frein. Il se sentait humilié. Non seulement sa tante l'avait battu devant le peuple rassemblé dans une discipline où il excellait mais elle avait été acclamée de telle sorte qu'il lui paraissait difficile de s'imposer face à une si grande popularité. Sa mère lui avait pourtant laissé entendre que les prêtres devenaient de plus en plus mécontents qu'une femme régnât sur le trône d'Égypte.

En y réfléchissant attentivement, Néférou-Rê lui parut le seul moyen pour arriver à ses fins. « J'ai eu tort de l'avoir délaissée alors qu'elle recherchait ma compagnie, se dit-il. J'ai cru qu'il était trop tôt pour envisager une union. En réalité, les enfants de roi ne sont jamais trop jeunes pour un mariage de raison. »

Thoutmosis commençait à être très attiré par les femmes. Il lui arrivait de se rendre au harem et de regarder les jeunes filles, princesses captives ou nobles d'une grande beauté, évoluer avec grâce autour de lui. Toutes tentaient de le charmer. Elles le considéraient comme l'héritier de Thoutmosis II à qui certaines avaient donné des enfants et elles cachaient mal leur désir d'unir leur fille avec le futur pharaon. Mais, curieusement, alors qu'il affichait une morosité constante depuis le jubilé d'Hatchepsout, Thoutmosis se prenait à rêver de la pharaonne. Il la revoyait dans sa robe courte et presque transparente lancer les traits avec force et détermination comme un homme. Son entêtement et son intelligence ne le laissaient pas indifférent. Son caractère viril qui se dessinait chaque jour davantage lui donnait envie de soumettre cette femme qui s'habillait en pharaon et l'emportait sur les soldats. « Quelle pâle figure que celle de Néférou-Rê à côté de celle d'Hatchepsout ! » soupirait Thoutmosis. Puis, peu à peu germa dans son esprit ambitieux l'idée qu'Hatchepsout ne serait peut-être pas indifférente à ses avances. Il songea à l'aborder, à la surprendre dans ses appartements, à lui demander audience en privé. Mais il y renonça de peur de se ridiculiser de nouveau.

L'occasion lui fut donnée de connaître ses premiers émois amoureux avec l'amie de Néférou-Rê, la belle Sobek Sat-Ia, la fille de sa nourrice Ypou. Ils se retrouvaient souvent à l'insu de Néférou-Rê sur le champ d'entraînement ou à l'ombre des arbres du parc royal. Quand elle apprit que Thoutmosis cherchait à entretenir une relation suivie avec Néférou-Rê, Sobek Sat-Ia pleura longuement. Ils s'étaient alors réfugiés tous deux loin des regards, près de la mare, et se confiaient leurs sentiments.

— Qu'aurais-je pu espérer d'autre ? se lamenta Sobek. Je ne suis qu'une enfant de nourrice alors que Néférou-Rê est la fille de Pharaon !

Ses grands yeux sombres n'en devenaient que plus expressifs. Elle remuait sa chevelure noire comme une pluie de feuilles agitées par le vent. Sa peau mate et douce lui donnait des allures sauvages. Ses sourcils très foncés soulignaient sa mélancolie.

— Tu sais bien que j'aime ton corps plus que tout, lui confia Thoutmosis. Néférou-Rê est encore trop menue. Tu as mûri plus vite. On devine quelle femme se dessine sous tes attraits naissants tandis que la princesse me paraît bien chétive.

— Tu évoques le désir en parlant de moi, Thoutmosis, mais j'attends d'autres mots, tu le sais bien. Ressens-tu pour moi ce feu qui brûle et consume les âmes amoureuses ?

Thoutmosis baissa les yeux. Tous deux, habituellement enlacés, se tenaient assis sur un banc, l'air gêné.

— Je ne t'ai jamais fait de promesses, belle Sobek, dit le fils d'Iset. Je ne t'ai jamais menti. Tu me plais et nous semblons attirés l'un par l'autre. Pourquoi ne pas continuer à se voir ?

— Tu le souhaiterais vraiment ?

— Bien entendu !

— Néférou-Rê n'apprécierait guère ma présence à tes côtés ! Ma condition me contraint à lui céder la première place et à me montrer discrète. Mais elle sera furieuse d'apprendre que sa meilleure amie, celle à qui elle confie ses sentiments les plus intimes l'a trompée.

— N'est-ce pas le privilège de Pharaon d'avoir plusieurs femmes et de se constituer un harem ? dit Thoutmosis en la prenant par les épaules pour la consoler.

— Bien sûr, par tous les dieux ! Mais tu n'es pas Pharaon !

— Ce n'est qu'une question de temps...

— Alors je m'inclinerai devant la Grande Épouse.

— Nous n'en sommes pas là, répondit Thoutmosis en riant.

Il l'enlaça avec passion et l'invita à le suivre dans sa chambre.

— Pas aujourd'hui, répondit Sobek Sat-Ia. Je ne parviendrai pas à chasser l'image de Néférou-Rê.

— Mais si... insista Thoutmosis en la prenant par la main et en l'invitant à se lever.

Il l'embrassa de nouveau et lui caressa les cheveux avec fougue. Puis il l'entraîna dans un buisson, passa une petite clairière et s'engouffra dans le sous-bois qui longeait la mare à bonne distance de l'activité des domestiques et des jardiniers. Le soleil couchant rosissait la surface de l'eau. Les canards nageaient sans bruit, laissant derrière eux plusieurs sillons. Ils avançaient en groupes. Leur plumage vert et gris luisait sous les rais rougeoyants. La fraîcheur se levait.

Thoutmosis attira Sobek contre lui et se coucha sur le sol après avoir écarté quelques branches.

— Que fais-tu ? Es-tu devenu fou ? dit Sobek en se débattant. Un domestique pourrait nous surprendre !

— Mais non ! Tout le monde s'active au palais avant le banquet. Pharaon reçoit des ambassadeurs libyens ! Nous sommes seuls et tranquilles. Tais-toi...

Le silence suivit ses paroles.

— Entends-tu quelque chose ?

— Non, répondit Sobek en dépoussiérant sa robe, mais tes pensées ne sont guère convenables !

Thoutmosis défit son pagne et l'étendit à terre.

— Thoutmosis ! s'exclama Sobek en le voyant nu. Tu es tout de même le fils de notre ancien roi !

— Et alors ? Les pharaons ne sont-ils pas des hommes comme les autres ? Étends-toi sur mon pagne. Le sol sera moins dur. Il ne remplacera pas une couverture mais c'est mieux que rien ! Si tu ne veux pas tacher ta robe, je te conseille de l'enlever tout de suite !

Sobek éclata de rire.

— Tu ne pleures plus ? J'ai donc réussi à te redonner ta joie de vivre !

Sobek s'assit à côté de lui et se laissa embrasser. Thoutmosis enfouit son visage dans ses longs cheveux et huma son parfum fleuri et citronné. Ils oublièrent bientôt l'endroit où ils se trouvaient et se laissèrent gagner par la fougue de la jeunesse. Leurs caresses se multiplièrent et Isis fit naître entre eux un amour impossible.

*
**

Jusqu'à l'hiver, Thoutmosis fréquenta assidûment Néférou-Rê qui se décida à parler à sa mère. Elle avait attendu quelques mois, voulant s'assurer des sentiments du fils d'Iset.

Un jour où le palais était plongé dans la tristesse et le froid, elle osa frapper à la porte de la chambre royale et entra timidement, le rouge aux joues.

— Néférou-Rê ! s'exclama Hatchepsout en lui tendant les bras. Ne m'as-tu pas délaissée ces derniers temps ? Nous ne nous voyons qu'en public et tu évites nos conversations privées.

— Tu m'as conseillé toi-même de ne pas m'imposer au détriment de Meryrêt.

— Meryrêt grandit. Elle deviendra moins égoïste. Tes maîtres me font des rapports et prétendent que tu progresses. Ils affirment que tu es perspicace et fine, que tu apprends vite et que tu as la faculté de te concentrer longtemps sur un sujet.

Néférou-Rê sourit. Ses traits gardaient toujours leur parfaite sérénité sans rien révéler de ses sentiments comme si elle demeurait lisse à toutes les réflexions et à tous les obstacles de la vie.

— En réalité, je le sais bien, je n'ai pas le caractère que tu aurais voulu. Tu aurais souhaité un autre tempérament plus conforme à un futur roi d'Égypte !

— Ne parle pas ainsi, ma Néférou, répliqua Hatchepsout en s'asseyant sur le lit et en l'attirant près d'elle. Je t'aime comme tu es. Amon a fait de toi une déesse de la gentillesse et de la pureté.

Néférou-Rê rougit à ce dernier mot.

— Mère bien-aimée, je voudrais te parler seule à seule.

— Quel ton sérieux ! Que se passe-t-il ?

— Renvoie tes domestiques et je te parlerai franchement.

Hatchepsout s'exécuta aussitôt. Puis elle attendit patiemment que sa fille consentît à se confier à elle, sans la brusquer.

— J'aime un garçon et souhaite l'épouser, lui dit Néférou-Rê après avoir respiré profondément.

— Mais nous ne sommes pas des Égyptiennes ordinaires, répondit Hatchepsout, inquiète. Une princesse de sang royal se voit souvent imposer un époux pour son propre bien-être et pour celui de son peuple.

— Rassure-toi, mère chérie, lui répondit Néférou-Rê d'une voix douce aux intonations légèrement chantantes. Le garçon que j'apprécie ne peut être mieux né. Enfin il pourrait l'être mais il n'a pas de concurrent sur ce point...

— Il s'agit sans doute d'un noble dont le père exerce une haute fonction au palais ou dans un nome mais ce n'est pas là...

— Mère divine, écoute-moi, je te parle de Thoutmosis, troisième du nom, ton neveu!

Hatchepsout parut contrariée. Elle avait bien remarqué combien sa fille s'intéressait à Thoutmosis mais elle pensait cet intérêt éteint depuis plusieurs mois.

— Thoutmosis n'est qu'un bâtard!

— Thoutmosis, un bâtard? s'exclama Néférou-Rê. Comment peux-tu le traiter de la sorte? N'est-il pas le fils de Thoutmosis II, pharaon d'Égypte?

— Si peu pharaon, Néférou-Rê! J'ai toujours régné sur l'Égypte. Thoutmosis II n'était qu'un fantoche qui ne pensait qu'à fréquenter les femmes du harem pendant que je m'échinais au travail. J'ai accepté de lui céder le titre de pharaon avant qu'il ne meure par pur calcul politique.

— Mais Thoutmosis II était le fils de Thoutmosis Ier, ton propre père, mon valeureux grand-père !

— Il lui ressemblait si peu ! Sans doute avait-il tout hérité de Moutnéfret ! Ni l'un ni l'autre n'ont de sang royal dans les veines. Seule ma mère Ahmose en avait.

— Mais à part toi, mère bien-aimée, personne n'a de sang royal !

— Si ! Toi et ta sœur ! Si tu épouses Thoutmosis, le fils de cette dévergondée d'Iset et de ce poltron de Thoutmosis II, tu ne régneras jamais ! Tu ne seras qu'une Grande Épouse royale !

— Je m'en contenterai, répondit Néférou-Rê. Ne vois-tu pas combien le pouvoir écraserait mes trop frêles épaules et combien il siérait à Thoutmosis III ?

— Je reconnais que ce jeune homme ressemble à son grand-père et qu'il m'a séduite..., dit Hatchepsout. Cependant, je reste persuadée qu'il ne t'aurait pas regardée si...

Prenant soudain conscience qu'elle allait faire de la peine à sa fille, Hatchepsout s'interrompit.

— Si je n'avais pas été princesse, fille de la toute-puissante Hatchepsout ! acheva Néférou-Rê la voix tremblante.

— Néférou ! s'exclama Hatchepsout en la serrant contre elle. Les lois du pouvoir déchirent les cœurs les mieux préparés !

— Mère, j'ai attendu avant de te parler. Thoutmosis se montre bon et déférent avec moi. Accepte notre mariage.

Hatchepsout faillit se lever et crier : « Jamais ! », mais elle se sentit anéantie.

— Laisse-moi réfléchir, Néférou-Rê, lui dit-elle en lui caressant les cheveux. Promets-moi de ne pas t'engager sans avoir mon avis. Je dois réfléchir, en parler à Senmout et à Amen. Je te supplie seulement de me faire confiance.

— Promets-moi à ton tour de ne pas nous faire attendre.

— Bien sûr, répondit Hatchepsout. Tu es bien consciente des conséquences d'une telle décision ?

Néférou-Rê rougit encore davantage.

— Thoutmosis m'en a parlé. Il m'a affirmé que tu refuserais notre union et que tu ferais passer le pouvoir avant mon bonheur.

— Thoutmosis est habile. Ton bonheur passe avant tout pour moi ta mère. En tant que pharaon, je dois aussi penser au bonheur de mon peuple et à mon pays.

XXVIII

Hatchepsout passa la nuit à réfléchir aux amours de sa fille. Senmout lui conseilla de ne pas céder.

— Si tu acceptes de marier Néférou-Rê à Thoutmosis non seulement elle ne sera pas heureuse car cet opportuniste profite de la situation mais tu seras obligée de quitter le palais et de t'enfuir.

— N'exagères-tu pas, Senmout ? Pourquoi devrais-je fuir comme un voleur ?

— Parce que Thoutmosis manigancera ta perte et que vous ne pourrez régner à deux. Si tu acceptais de rester en retrait et de laisser Thoutmosis coiffer la double couronne tandis que Néférou-Rê apparaîtrait à ses côtés, tu n'aurais rien à craindre. Mais tu refuseras. Quand bien même tu donnerais des signes de ta bonne volonté, Thoutmosis ne prendrait pas le risque d'avoir comme rivale une femme de sang royal qui connaît tous les rouages de la politique alors que lui débute dans le métier. Il doit briller seul, sans partage et avec éclat !

— Je vais alors dire à Néférou-Rê, à qui j'ai promis une réponse, de patienter. Peut-être qu'en fréquentant Thoutmosis elle décèlera ses manœuvres et comprendra qu'il ne l'aime que parce qu'elle est princesse !

— Par Amon, elle est si jeune et a un cœur si tendre !

Hatchepsout fit la moue.

— Je déteste ce Thoutmosis ! En réalité, bien que je le haïsse de convoiter ainsi le pouvoir, il ressemble tant à son grand-père qu'il me fascine.

— J'ai remarqué que cette fascination était réciproque, avança Senmout. Quand tu l'as emporté le jour de ton jubilé, ses yeux lançaient des éclairs de fureur mais il te regardait comme un adolescent ébloui par la femme qu'il aime !

Hatchepsout rougit.

— Que prétends-tu donc ? Serais-tu jaloux d'un enfant ?

— Thoutmosis n'est plus vraiment un enfant !

Mais leur conversation s'arrêta là car Néférou-Rê pénétra dans la chambre, le visage blême et les traits tirés par la douleur. Elle avait demandé à sa suivante de la soutenir.

— Que se passe-t-il ? demanda Hatchepsout, inquiète, en se précipitant vers sa fille. Pourquoi te tiens-tu le ventre de la sorte ? Où as-tu mal ?

Néférou-Rê fit une grimace en posant à nouveau le pied à terre.

— Aide-moi à m'allonger, dit-elle à la suivante.

Tous se précipitèrent pour porter Néférou-Rê.

— Vite ! De l'eau fraîche ! ordonna Hatchepsout en s'asseyant à son chevet. Senmout, va chercher Kallisthès ! Depuis quand souffres-tu ainsi ?

— Ce matin, répondit avec difficulté Néférou-Rê. Les douleurs ont commencé pendant la nuit mais elles étaient supportables...

Hatchepsout passa elle-même sur le front de sa fille une serviette d'eau.

— Tu transpires tant et tu trembles...

Néférou-Rê saisit la couverture et la remonta sous son cou.

— J'ai terriblement froid, dit-elle.

Kallisthès arriva en courant. Il prit les mains de Néférou-Rê dans les siennes puis observa ses pupilles en soulevant ses paupières avec beaucoup de délicatesse.

— Sans doute a-t-elle attrapé le mal de l'hiver, dit-il.

— J'ai soif, gémit Néférou-Rê.

— Sa gorge est desséchée comme par l'air du désert alors qu'elle frissonne, précisa Kallisthès.

— Mais le mal semble avoir envahi son corps tout entier, dit Hatchepsout horrifiée.

Senmout se plaça de l'autre côté du lit. Lui aussi était inquiet. Il aimait Néférou-Rê comme un père et son bonheur lui importait autant que celui d'Hatchepsout.

— Se peut-il, Kallisthès, que la passion rende les jeunes filles dans un tel état ? demanda-t-il. Je n'ai pas souvenir d'avoir connu pareil symptôme !

— Non, répondit Kallisthès. La passion fait battre le cœur et dissimule les défauts de l'être aimé mais il ne donne pas des suées de ce genre. Néférou-Rê me paraît très malade. Hier soir, elle a mangé pendant le banquet les mêmes mets que nous. La nourriture n'était donc pas avariée. Il n'y a pas de temps à perdre ! Je vais préparer les potions nécessaires à sa guérison.

— Fais vite, le supplia Hatchepsout. J'ai un mauvais pressentiment !

Pendant que Kallisthès travaillait de son côté, Néférou-Rê s'apaisa. Elle s'assoupit. Son souffle, irrégulier, restait, cependant, entrecoupé de râles et de grognements. Elle continuait à transpirer abondamment tandis qu'Hatchepsout, qui ne la quittait pas des yeux, épongeait ses joues et ses tempes. Une douleur au ventre lui fit pousser un cri. Puis elle se rendormit de fatigue.

— Elle n'a pas dû se reposer de la nuit, soupira Hatchepsout. Mais pourquoi donc ses suivantes ne m'ont-elles pas prévenue ? Je vais sanctionner les coupables.

— N'agis pas sans en connaître la raison, dit tristement Senmout. L'état de Néférou-Rê a dû empirer au matin comme elle te l'a dit.

— Que fait Kallisthès ? Il tarde à revenir !

Senmout se leva en poussant un profond soupir.

— Que se passe-t-il ? Qu'est-ce qui te préoccupe ?

— Tout, dit-il. Les goûteurs ont-ils accompli leur travail hier soir ?

— Bien sûr ! s'exclama Hatchepsout. Songerais-tu à une tentative d'empoisonnement ?

— Je ne suis pas médecin. Mais Kallisthès se montre peu loquace. Sa discrétion m'inquiète.

— D'habitude, il nous réconforte, donne un verdict immédiat.

— Allons, dit Senmout en plaçant sa main sur l'épaule de la reine. Néférou-Rê n'a jamais été malade. Elle se remettra vite. N'es-tu pas le pharaon qui transmet le souffle de vie ? Tu donnes chaque jour la santé à tes sujets.

— Tant d'enfants et d'adolescents meurent en Égypte..., dit Hatchepsout, la voix cassée par la peine. J'ai plus confiance dans notre Kallisthès « Grand des grands des médecins du palais » qu'en mes propres pouvoirs pharaoniques !

— Mais Amon protège la princesse comme il veille sur Pharaon ! Tu es Horus et protèges ta famille et ton peuple !

Hatchepsout leva le regard vers lui et saisit la main qu'il avait placée sur son épaule.

— Tu te trouves heureusement à mes côtés. Kallisthès, tel Thot né des deux seigneurs Horus et Seth, représente le chef des médecins de ce pays et notre docteur privé. S'il juge nécessaire de consulter le médecin du ventre, il le fera à coup sûr car aucun orgueil ne l'habite.

Ils se turent, écoutant Néférou-Rê qui remplissait la pièce de ses gémissements lugubres et rauques. Kallisthès réapparut enfin en tenant dans sa main un bol plein d'une mixture rose à peine liquide. Il s'en dégageait une légère odeur de fleur.

— Je n'ose la réveiller, murmura Hatchepsout en prenant le bol des mains de Kallisthès.

— Il le faut, Reine des Deux Égyptes, dit-il. Elle doit boire le plus possible sans assurance de succès. Que Rê me guide dans mon diagnostic que j'ai établi selon les écrits des plus anciens médecins. Autrefois, Rê m'a permis de les comprendre et de les assimiler. Aujourd'hui, je dois les mettre en pratique sous ses yeux bienveillants !

Hatchepsout s'approcha de sa fille et déposa un baiser sur sa joue.

— Ma Néférou, Kallisthès a préparé de quoi te soulager...

Néférou-Rê gémit et ouvrit les yeux, l'air hagard. Lorsqu'elle eut pris vaguement conscience de ce qu'on attendait d'elle, elle s'assit sur le lit avec beaucoup de difficulté et entrouvrit les lèvres. Hatchepsout approcha la potion de sa bouche en prenant soin de ne pas la tacher. Quand elle eut tout bu, Néférou-Rê la supplia de l'aider à se recoucher et elle laissa sa tête rouler sur le côté.

— Osiris m'appelle, souffla-t-elle.

— Par Isis, n'évoque pas le dieu des morts ! Demain, le mal aura quitté ton pauvre corps !

— Le crois-tu vraiment, mère? demanda Néférou-Rê.

— Mais bien sûr! Kallisthès, je ne veux pas t'humilier. Mais je préfère mettre toutes les chances de notre côté. Je vais faire venir des magiciens!

— Je te le déconseille, répondit Kallisthès. La magie ne servira à rien. Néférou-Rê n'a pas été ensorcelée. Seul un vrai remède peut la guérir!

Hatchepsout hocha la tête.

— Elle est si fatiguée!

— Puisque tu y tiens, je propose qu'elle prononce après moi les formules magiques pour que les remèdes agissent sur son corps.

— Bien, Kallisthès, dit Hatchepsout en l'approuvant.

— Néférou-Rê, tu vas prononcer après moi les paroles suivantes, dit doucement Kallisthès en articulant chaque mot pour que la jeune fille comprenne bien. Es-tu prête?

— Oui.

— Je viens d'Héliopolis avec des Grands du Temple, les Seigneurs qui protègent les hommes.

Néférou-Rê répéta la phrase en semblant faire un effort surhumain.

— Je suis venu en compagnie de la Mère des dieux, poursuivit Kallisthès. Tous m'ont aidé. Je connais ainsi les paroles qui chassent les actes divins, les agissements d'un mort, tout ce qui se manifeste dans mon cou, dans ma tête, dans ma chair. Je connais les paroles qui punissent. Celui qui sème le mal dans mon corps en entrant dans ma chair et dans tous les endroits de mon corps.

Néférou-Rê répétait au fur et à mesure avec beaucoup d'application.

— Bien, l'encouragea Kallisthès. J'appartiens au dieu Rê car il a dit : « Thot me guide; il a permis l'écriture des potions médicales et a donné la connaissance aux savants qui ont pour tâche de soigner les malades. Qui aime le dieu est protégé toute sa vie. J'aime le dieu. Il me protégera. »

Hatchepsout le regarda avec stupeur.

— Où as-tu appris les formules des sorciers ? lui demanda-t-elle.

— Je connais toutes les incantations, répondit Kallisthès gravement. Ce texte, dit-on, a guéri un million de fois. Continuons ! Répète après moi, Néférou. « Ô Isis qui connais la magie, délivre-moi du mal qui me ronge comme tu délivras autrefois ton fils Horus car je suis feu et flammes comme lui ; j'ai fui l'eau et ne tomberai dans aucun piège ! »

Dès que Néférou-Rê eut terminé, Kallisthès lui tendit un autre bol.

— Tout en buvant, tu vas invoquer ce remède. « Viens et chasse le mal qui se trouve à l'intérieur de moi dans mon *ib.* Que le remède soit efficace et la formule aussi ! Horus l'emporta de même au tribunal d'Héliopolis ! Horus sauve car il a été sauvé ! »

Néférou-Rê, s'exécuta puis elle ferma les yeux.

— Cela suffit, dit Kallisthès.

Contre toute attente, Thoutmosis se fit annoncer. Hatchepsout consentit à le laisser entrer sans grand enthousiasme. Il regarda impassible Néférou-Rê qui venait de se rendormir.

— Puis-je rester ? demanda-t-il à la reine.

— Agis comme le dicte ton cœur, répondit Hatchepsout qui espérait réjouir l'âme de Néférou-Rê en gardant Thoutmosis auprès d'elle.

Une suivante lui apporta un siège.

Ils veillèrent ainsi la princesse dans l'espoir d'une rapide guérison.

— Je vais préparer d'autres potions, proposa Kallisthès en se retirant. Afin d'être agréable à notre reine, je compte utiliser des instruments magiques. Mes bols de dosage le sont sans aucun doute. Quant au miel, à la bière et à l'huile que je choisis rarement, ils possèdent, prétendent les magiciens, un pouvoir magique. Je les mélangerai donc à mes compositions. Je dois combattre contre les *oukedou* perfides qui ont envahi le corps de notre malheureuse Néférou-Rê. Crois-moi, princesse bien-aimée, nous luttons ensemble et je parviendrai à fouler au pied Bousiris et Mendès ! Je monterai jusqu'aux deux ! On ne fêtera plus Amon au temple d'Hatchepsout tant que je n'aurai pas chassé tous les maux de ton corps !

Kallisthès cracha à terre selon la coutume des médecins.

— Ma salive va te guérir. Elle fera fuir tous les démons ! J'appliquerai aussi de la conyze sur les souillures du mal. Tu mangeras de la résine de térébinthe pour lutter contre le liquide impur. Nous dégusterons ensemble du poisson *abdjou* propre à éloigner les maux, des roseaux cuits dans du miel, du pyrèthre utilisé par les embaumeurs pour éloigner les vers qui rongent le corps.

— J'ai si mal à la tête ! dit Néférou-Rê en portant la main à son front. Amon frappe dans mes tempes à les casser !

— N'est-ce pas parce qu'elle a trop de sang ? demanda Hatchepsout à Kallisthès.

— Princesse, as-tu observé un phénomène particulier lorsque tu te trouves seule dans ton lieu d'aisances ? Seth t'envoie-t-il un liquide rouge comme le sang ?

— Non, répondit Néférou-Rê, légèrement gênée. Je ne crois pas.

— Je préfère cela, dit Kallisthès car on pourrait alors penser que Seth a choisi la princesse pour se manifester par son corps en créant un excès de sang dans sa chair. Auquel cas, je lui aurais immédiatement administré une décoction de plante

Nebeh, la plante d'Osiris frappé par son frère Seth à Nedit. Je sais couper les racines au bon endroit, les piler et préparer des potions efficaces. Cette plante remet de l'ordre dans un corps malade mais le mal récidive sans cesse et s'amplifie. Permets-tu, Pharaon tout-puissant, que j'achève les incantations par le geste traditionnel ?

— Que veux-tu dire par là ? demanda Hatchepsout.

— Je dois cracher quatre fois de suite sur le corps de la belle princesse pour laver son corps de toute souillure et de toute douleur.

— Fais, dit Hatchepsout de plus en plus surprise que le Crétois connût de pareilles pratiques.

Kallisthès découvrit le haut du corps de Néférou-Rê. Celle-ci lâcha la couverture à laquelle sa petite main était agrippée puis il fit nettoyer par une suivante la naissance de sa gorge menue et cracha à plusieurs reprises en invoquant Horus et Isis. D'un geste de la main il invita la suivante à essuyer la salive avec une serviette fraîche.

— Que les dieux agissent ! conclut Kallisthès en replaçant la couverture sur Néférou-Rê. Je dois comme toi me protéger du mal qui t'habite pour mieux te guérir. Repose-toi.

Après avoir donné à Hatchepsout quelques conseils, le Crétois reprit ses bols d'albâtre et s'en alla, pensif, réfléchir à l'état de la princesse. Il voulait lire tous les passages des anciens ouvrages médicaux en rapport avec les maux de tête, le mal de ventre et les fièvres.

Senmout remarqua une légère amélioration dans l'état de Néférou-Rê.

— Elle ne tremble plus. Son sommeil est moins agité.

— Bénis soient les dieux ! dit Hatchepsout.

Au moment où ils s'y attendaient le moins, Néférou-Rê ouvrit les yeux et parla :

— Thoutmosis, tu ne m'as pas abandonnée, dit-elle en souriant presque. Je me sens mieux maintenant. Mère chérie, consentiras-tu à nous marier avant que je ne meure ?

Hatchepsout fut surprise de ce raisonnement alors que quelques instants auparavant sa fille semblait délirer. Elle attira Senmout à l'écart.

— Les crois-tu capables de ruser tous les deux et d'avoir monté cette comédie pour m'arracher un consentement ?

— Je ne sais, dit Senmout en proposant d'interroger Kallisthès.

— Tu ne veux vraiment pas que j'épouse Thoutmosis ? demanda encore Néférou-Rê en plongeant ses yeux sombres dans ceux de sa mère.

— Néférou, ne me regarde pas ainsi. Tu me fais peur ! On dirait que... On dirait... Néférou !

La jeune fille venait de laisser retomber sa tête une nouvelle fois sur le lit.

— Qu'a-t-elle ? s'inquiéta Hatchepsout. Un malaise ? Kallisthès !

Hatchepsout rappela le Crétois qui accourut. Il s'avança vers Néférou-Rê et lui prit les poignets.

— Que ton âme voyage avec les dieux, Néférou-Rê bien-aimée, dit-il en baissant la tête.

— Elle nous a quittés ? demanda Thoutmosis atterré.

— Oui.

Hatchepsout se précipita sur le corps de sa fille. Elle toucha ses joues, ses cheveux, baisa ses lèvres.

— C'est impossible ! répéta-t-elle à plusieurs reprises en suppliant Kallisthès du regard.

Senmout prit les mains glacées de la jeune fille dans les siennes, les yeux remplis de larmes.

— Mon enfant, ma fille, dit-il, toi que j'ai aimée comme un père ! Par tous les dieux, qu'as-tu fait pour nous quitter déjà ?

Hatchepsout sanglotait sur le corps de son enfant, l'enlaçant avec amour. Thoutmosis se retira discrètement, le cœur gros. Senmout envoya chercher Amen.

— Senmout, finit par dire Hatchepsout la voix brisée, j'ai gardé un empire en paix pour le donner à ma fille. Amon nous a abandonnés. J'ai tout perdu ! Je n'ai plus envie de gouverner ! Que Thoutmosis prenne le pouvoir s'il le souhaite ! Je n'ai plus de force. Je suis épuisée ! À quoi bon vivre sans but ?

— Reine, laisse ta douleur s'exprimer, dit Senmout en ravalant sa peine. Pleure, gémis, enferme-toi dans ta chambre. Après les funérailles, nous reparlerons de tout cela...

— Senmout, te souviens-tu de ses doux gestes et de sa voix gaie ? Te rappelles-tu ces instants que nous avons passés ensemble tous les trois ? Tu la tenais sur tes genoux avec affection. Parfois, un sculpteur brossait la scène. Elle t'aimait tant, Senmout !

Le conseiller laissa couler ses larmes sans honte.

— C'est un grand malheur ! dit-il en tenant serrées contre lui Hatchepsout et Néférou-Rê. Je n'oublierai jamais ces jours heureux où elle courait devant Sneni pour qu'il la rattrape, quand elle naviguait sur la mare en sifflant les oiseaux, quand elle venait chercher un baiser en se blottissant dans mes bras.

Un gémissement se fit entendre. Sneni entrait dans la pièce, inquiet d'y sentir une atmosphère attristée. Il marcha sur ses quatre pattes en silence et vint se frotter contre le lit. Puis il regarda Néférou-Rê et poussa des petits cris de douleur en se frappant la poitrine.

— Senmout, j'ai tout perdu ! gémit Hatchepsout en caressant le visage de son enfant. Quel grand malheur !

Tous deux demeurèrent silencieux enlaçant pour la dernière fois le corps tiède de la douce Néférou-Rê enfin apaisée.

XXIX

Le lendemain, Kallisthès prononça, à la demande d'Hatchepsout, un discours officiel devant l'assemblée des médecins pour annoncer la mort de Néférou-Rê et évoquer de quel mal elle était partie rejoindre Osiris. Hatchepsout lui ordonna d'indiquer tous les ingrédients qu'il avait utilisés pour tenter de la guérir afin qu'aucun doute ne s'installât dans les esprits des Égyptiens toujours prêts à imaginer mille complots.

Kallisthès fut le plus précis possible. Il souleva la controverse parmi les médecins qui l'écoutaient et qui auraient, prétendaient-ils, tenté d'autres remèdes mais ces discussions n'en vinrent pas à la polémique. Connaissant les médecins du ventre et des maux de tête, Kallisthès ne s'étonna pas d'une telle attitude à laquelle il s'attendait. Il parla donc d'un ton docte et ferme, peu enclin à s'émouvoir d'une remarque ironique ou d'une réflexion savante.

— Le souffle de gauche a contrecarré celui de droite, précisa-t-il. Certains d'entre vous affirment qu'il est entré par les oreilles, d'autres par les épaules ou le nez. Quoi qu'il en soit, ce souffle mortel a circulé dans l'intérieur du corps de notre princesse bien-aimée. Pour ma part, je suis la théorie des Anciens pour qui il existait deux sortes de souffle : le souffle de vie et le souffle mortel. Le premier se promène dans tous les conduits corporels. Il entre par le nez et va jusqu'au cœur, lieu *haty* de vie. Ce souffle bénéfique, indispensable à la vie, n'a rien à voir avec un air malsain d'une tout autre nature qui lui ressemble mais qui pénètre dans le corps par d'autres orifices et décide de la mort d'un homme. Le premier guide nos paroles, nos actes, notre volonté, nos désirs, nos sentiments. Il attiédit le corps.

— Mais la princesse vivait grâce au souffle divin, tout simplement ! lança le médecin de la respiration.

— Bien entendu, rétorqua Kallisthès. Toutefois, cet air ne suffisait pas à la maintenir en vie sinon aucun de nos pharaons ne rejoindrait Osiris !

— Kallisthès a raison ! affirma un autre médecin.

L'ensemble des médecins approuva.

— Comment sais-tu que ce souffle néfaste est entré par les épaules ! interrogea de nouveau le médecin de la respiration. Pourquoi n'évoques-tu pas *deheret,* l'air dangereux qui pénètre par l'œil gauche ? Qui aurait pu agir pour emplir le corps de la princesse d'un air démoniaque ?

Kallisthès se montra embarrassé. Il se doutait que l'un de ses confrères poserait la question et il savait sa réponse insatisfaisante.

— La divinité, répondit-il cependant. Quant au *deheret,* nous connaissons quelles sont les conséquences de son intrusion dans les chairs. Les symptômes que j'ai pu observer pendant le court temps de la maladie de Néférou-Rê n'ont rien à voir avec elles !

— Ainsi donc, tu prétends, digne Kallisthès, qu'un dieu serait responsable de la disparition de la princesse alors qu'elle était petite fille d'Amon et que les divinités la protégeaient ! Ne vois-tu pas là une contradiction ?

— Hélas, par Isis et Pakhet ! Mais Rê éclaire-t-il

notre esprit comme il illumine notre pays ? Des zones d'ombre obscurcissent notre science comme l'arbre centenaire qui étend ses branches sur l'herbe et les fleurs. La terre se tasse et demeure humide, empêchant l'herbe de pousser et les pétales d'éclore. De même, sans lumière, notre pensée reste stérile.

— Ce ne sont là que de belles théories, avança le médecin des fièvres. Mais je pourrais te répondre, noble Crétois, que l'herbe se dessèche au soleil comme les raisonnements lorsqu'ils pèchent par excès d'intelligence. Tu nous as dit que l'intérieur du corps de Néférou-Rê était humide. Son cœur ne répondait plus. L'air n'y parvenait plus. Ses chairs ont cuit. Le cœur a chauffé et les conduits permettant d'acheminer le bon air jusqu'à lui ont frissonné. Si tes potions avaient tué les souffles malins, la fièvre aurait cessé. Au contraire, les frissons se sont multipliés. Tu as parlé d'un mal de ventre. Or, le souffle *deheret* ressort par là !

Piqué au vif, Kallisthès rougit.

— Mes remèdes ont permis, au contraire, un apaisement des fièvres. Pharaon tout-puissant en témoignera si nécessaire ! Mais, au moment où elle paraissait enfin retrouver son calme et ses sens, la princesse a rejoint l'Au-Delà et s'est présentée devant la balance d'Osiris pour entendre son jugement.

Les médecins discutèrent entre eux. Ils se montraient manifestement insatisfaits de la conclusion de Kallisthès.

— Sa bouche brûlait-elle ? demandèrent-ils, insatiables. Piquait-elle, ce qui expliquerait la chaleur qui circulait dans son cœur ? Ressentait-elle la même impression que lorsque les moustiques accaparent le corps humain ?

Kallisthès finit par se montrer très agacé.

— La princesse nous a quittés, dit-il simplement, le cœur gros. Pharaon m'a demandé de vous en informer et de décrire au mieux comment la maladie s'était déclarée et comment Néférou-Rê était partie. Qu'une grande chaleur ait envahi son cœur, qu'une fatigue se soit abattue sur elle, que son cœur se soit rempli de sang sous l'effet du feu parce qu'elle avait bu trop d'eau, qu'elle ait mangé des mets pourris ou trop chauds, importent peu. Je ne pense pas qu'un liquide était présent dans son corps. Certains facteurs provoquent des douleurs qui se transforment en vermine. Je ne les ai pas exclus. Ils frottent le long des conduits et les entament avant de les boucher et de provoquer des vomissements. Mais la princesse avait mangé les mêmes plats que nous. Je n'ai pas exclu non plus les *hekaou,* ces substances magiques que l'on combat par des formules de sorcier. J'avoue y avoir eu recours à la prière de Pharaon.

— Que vais-je inscrire sur le document que nous classerons dans les archives ? demanda le scribe royal assis à côté de Kallisthès.

— Que la princesse souffrait du ventre, qu'elle avait soif, que son cœur semblait couvert de nuées comme un Égyptien qui aurait goûté les fruits non préparés d'un sycomore. Sa peau était lasse comme un homme après une longue marche à travers le désert. J'ai prescrit contre les récidives des remèdes à base de coriandre, de miel, de graines de pyrèthre, de bryone [1] et des plantes-sâam. Pour combattre ses maux de tête, j'ai utilisé du natron, des arêtes de poissons, un crâne de synodonte, de l'aneth, de la graisse d'âne, du lotus, du genévrier que j'ai appliqués sur ses tempes. J'ai imploré Sekhmet la capricieuse qui maintient l'ordre car elle peut décider de détruire le monde et

1. Plante non identifiée.

la vie. Les dieux même la redoutent. Seules la ruse et les offrandes l'apaisent parfois. Elle nous envoie les chaleurs insupportables, les fièvres, les épidémies, les intoxications et la pollution.

Tout le monde écoutait maintenant avec beaucoup d'attention le texte officiel de Kallisthès.

— Pour chasser les maux de l'intérieur, j'ai mélangé de la bière et de la poix ; pour ses douleurs, du cumin, de la graisse d'oie et du lait, le tout cuit et filtré. J'ai essayé le vin de datte, le sel marin avec de la poudre de fève, de la malachite broyée et placée dans un morceau de pain que la princesse a mangés avec un peu de bière. J'avais préparé un traitement de quatre jours à base de lait de vache, de fruit de sycomore et de miel. J'avais mélangé de l'huile de ricin, des tiges de bryone, de la coriandre et de la bière que je voulais laisser reposer à la rosée avant de les filtrer. Le rhizome de souchet, les baies de genévrier et la résine de térébinthe cuits avec différentes plantes sont aussi efficaces.

Devant tant de science, les médecins décidèrent de se taire. Ils restaient admiratifs face à de telles connaissances. Quand Kallisthès eut achevé la lecture du texte officiel, un grand silence accueillit ses conclusions. Les médecins paraissaient tristes pour leur pharaonne et leur princesse emportée en pleine jeunesse. Le peuple égyptien réclamait des nouvelles. Les discours de spécialistes le déroutaient. Il voulait entendre sa reine mais Hatchepsout avait décidé de ne pas se montrer.

L'état de la reine inquiétait Senmout. Même la présence de celui-là ne parvenait pas à chasser sa morosité. Elle refusait de sortir de ses appartements et n'ouvrait sa porte qu'à lui en refusant, toutefois, d'écouter ses conseils. Elle dormait peu sinon d'un sommeil agité peuplé de cauchemars qui la réveillaient plusieurs fois par nuit. Dès qu'elle était seule, l'image de sa fille s'imposait à elle et la tourmentait. Elle pleurait longuement puis restait prostrée, insouciante de l'avenir.

— J'ai tué Néférou-Rê, dit-elle un jour à Senmout après une nuit blanche. J'ai refusé de l'écouter sérieusement, de consentir à la marier avec Thoutmosis... Sans doute en a-t-elle été contrariée...

— On ne disparaît pas pour si peu, répondit Senmout. Cesse de te torturer. Je voudrais tant t'aider !

— Tu m'apportes un concours précieux en contrôlant la préparation des funérailles. Je m'en sens incapable. Les Thébains observent-ils les soixante-dix jours de deuil comme je le leur ai demandé ?

— Oui. Ils sont tristes et peinés pour toi, Reine des Deux Égyptes. Je crois qu'ils éprouvaient beaucoup d'affection pour notre chère Néférou-Rê. Si tu savais comme elle me manque à moi aussi !

— Et Meryrêt ? Comment réagit-elle ? J'ai été étonnée de sa froideur chez une si petite fille...

Senmout préféra mentir.

— Je la crois très éprouvée par la disparition de sa sœur et je ne suis pas certain qu'elle comprenne que Néférou-Rê ne reviendra plus parmi nous.

— A-t-elle seulement versé une larme ?

— Ne lui as-tu pas appris que les princesses ne pleuraient pas et qu'elles ne montraient jamais leur chagrin en public ?

— J'ai du mal à la comprendre, insista Hatchepsout. Cette enfant s'est toujours montrée possessive et distante, souvent jalouse de son aînée. Néférou-Rê l'a pourtant gâtée. Aujourd'hui, je me demande si cette disparition ne la réjouit pas !

Senmout se révolta. Comment une enfant de cet âge pouvait-elle faire preuve d'un tel calcul ?

— Et Thoutmosis ? demanda Hatchepsout. Que penses-tu de lui ? Joue-t-il la comédie ou ressentait-il pour Néférou-Rê une véritable passion ?

Senmout fronça les sourcils.

— Thoutmosis me semble très attiré par les femmes. Il ressemblera à ses ancêtres. Il se rend tous les soirs au harem.

— Même en ces jours de deuil ? demanda Hatchepsout affligée.

— Je ne le sais pas. Mais il fréquente une jeune fille, sa sœur de lait, la belle Sobek. On raconte qu'une folle passion les unit.

— Sobek, dis-tu ? Quel âge a-t-elle ? De qui est-elle l'enfant ?

— Je ne connais pas le nom de son père mais elle est à coup sûr la fille de la nourrice de Thoutmosis.

— Il s'agit donc bien de l'amie intime de Néférou-Rê, répondit Hatchepsout avec colère. Je la punirai pour ne pas respecter la mémoire de la princesse et pour profiter de sa disparition !

— Les dieux t'égarent, répondit Senmout. Thoutmosis fréquente Sobek depuis longtemps. Leur relation paraît devenir plus sérieuse...

— Ainsi donc quand Néférou-Rê prétendait qu'il n'avait d'yeux que pour elle, Thoutmosis courtisait Sobek ! J'avais raison de me méfier de lui !

— Bien sûr, reine toute-puissante, dit Senmout. Mais comment convaincre une adolescente amoureuse qu'elle n'est pas payée de retour ? Peut-être Thoutmosis éprouvait-il aussi des sentiments pour notre princesse. Toute belle qu'elle soit, comment Sobek aurait-elle rivalisé avec une princesse de sang royal ?

— Les hommes se révèlent parfois stupides et faibles, Senmout, surtout lorsque la jeunesse éveille leurs sens. Toutes les filles les séduisent et plus précisément les danseuses, les filles mûres du harem dont l'expérience amoureuse les séduit et les forme.

— Ainsi se fait leur apprentissage amoureux.

— Pauvre Néférou-Rê ! s'exclama Hatchepsout. Quand elle voit d'en haut Thoutmosis folâtrer avec Sobek, elle doit supplier Amon d'envoyer sur eux le malheur et la peine.

— Dans vingt jours, le deuil s'achèvera et nous emmènerons Néférou-Rê vers sa dernière demeure, ajouta Senmout. Il faudra te montrer et reprendre tes activités.

— Je m'en sens incapable ! soupira Hatchepsout.

La reine cacha son chagrin dans ses deux mains jointes. Senmout préféra la laisser seule mais il ordonna à ses suivantes de veiller sur elle et de le prévenir si l'état de la reine empirait. Il sortit dans le jardin d'où jaillirent maints piaillements d'oiseaux dépourvus d'entrain ressemblant à des cris d'après la pluie ou à des chants d'hiver. Au milieu de cette tristesse ambiante, tandis qu'il avançait dans les allées en songeant à Néférou-Rê, lui parvint un gloussement joyeux. Il s'en étonna et arrêta ses pas pour mieux entendre, surpris que des domestiques n'observassent pas le deuil général. Il était prêt à les sermonner et à les punir quand il reconnut la voix de Thoutmosis. Les petits cris étouffés et les soupirs ne laissaient aucun doute sur les occupations du fils d'Iset. « Pauvre Néférou-Rê ! se dit Senmout. Est-ce parce que tu étais si différente que les dieux ne t'ont pas permis de rester parmi nous plus longtemps ? »

XXX

Après les funérailles, la vie reprit peu à peu à Thèbes. Hatchepsout administra de nouveau son pays mais avec moins d'ardeur. Des émeutes se formèrent dans le Sinaï sans qu'elle jugeât nécessaire d'intervenir. Mais Thoutmosis ne partageait pas ses convictions.

— Reine toute-puissante, lui dit-il dès qu'il fut informé des soulèvements en apparence bénins qui déplaisaient également à Pennethbet, je pars demain mettre ces hommes au pas et rien ne m'en empêchera. La disparition de Néférou-Rê trouble encore ton esprit. Si tu avais retrouvé tes sens et ton jugement, tu partirais toi-même sur ton char la lance à la main ! Tous tes conseillers sont d'accord avec moi. Imeni en tête !

— Imeni m'a beaucoup servie, rétorqua Hatchepsout, mais on raconte qu'il t'honore maintenant plus que moi.

— Je l'aime bien, répondit Thoutmosis. Il est très précieux. Il me paraît naturel de récompenser ses nombreux services.

— J'ai vu sa nouvelle maison remplie d'or et d'argent, les magnifiques étoffes travaillées dans nos ateliers que tu lui as offertes. Sa fortune va bientôt dépasser celle du Trésor royal !

— Dans l'autobiographie qu'il est en train de rédiger, Imeni mentionne ta générosité. Jugerais-tu indécent de le récompenser alors qu'il t'admire tant et qu'il en oublie que tu es une femme ?

— Tu es malin, répondit Hatchepsout. Mais tu cites là une exception car je reste persuadée que le Grand Prêtre Amen et son associé le vénérable Hapousneb qui travaille actuellement à mon sanctuaire sous mon temple de millions d'années seront de mon avis, tout comme l'aurait été le grand-père d'Hapousneb, vizir de mon père. J'ai l'intention de réunir Nésy, qui s'est montré très efficace pendant l'expédition de Pount, mon trésorier Thoutmès, le vizir Ouseremon, Ibéni, le vice-roi de Koush, et l'intendant Aménès. Je ne prendrai aucune décision à la légère !

— À toi dont les *kas* sont forts, les ans prospères et les couronnes divines, Maâtkarê, Khenemet-Amon, Hatchepsout, dit courtoisement Thoutmosis en rappelant tous les noms de la reine, moi qui porterai peut-être un jour le nom de Menkheperrê parce que je jouerai un rôle dans le devenir de Rê, moi qui serai alors le taureau puissant de Thèbes, celui qui régnera durablement sur terre à l'égal de Rê dans le ciel, qui montrerai ma force rendant puissantes mes couronnes sacrées, que l'on acclamera comme fils de Rê et Roi des Deux Égyptes, je te le redis : même si tu m'empêches de partir, j'irai combattre dans le Sinaï pour le bien-être de ton peuple !

— Si jamais tu ajoutes un seul mot sur ton hypothétique couronnement que le dieu Amon ne tolérera jamais, je te fais condamner à mort !

Puis elle poursuivit avec ironie :

— Je vois que la mort de ma fille ne trouble pas toutes les âmes ! Tu as su conserver ta dignité et ton calme dans cette épreuve. Car il s'agissait bien pour toi d'une épreuve, n'est-ce pas ?

Thoutmosis rougit devant les yeux accusateurs d'Hatchepsout. Connaissait-elle sa liaison avec Sobek ? Si tel était le cas, la reine possédait suffisamment de lucidité pour ne pas imaginer une liaison sérieuse entre un fils de pharaon et la fille d'une nourrice !

— Le décès de Néférou-Rê m'a considérablement troublé, dit-il. Mais il faut songer aux intérêts de l'État et à la défense du pays ! Pennethbet m'approuve. Il n'osait t'en parler mais il a trouvé ton attitude trop molle alors que tu avais été la première à partir mater les Nubiens quand tu n'avais que treize ans !

— On te l'a donc raconté ! soupira Hatchepsout comme si ce passé était pour elle définitivement révolu. Tout cela me paraît si loin !

— Tu as entraîné mon père au combat !

— Au combat, c'est beaucoup dire ! Ton père préférait rester tapi dans son char plutôt que de combattre au premier rang.

— Je sais tout cela même si les peintures magnifiquement réalisées sur les murs de ton temple de millions d'années ne reproduisent pas tous les détails de cette campagne. Mais je suis avant tout fils de Thoutmosis Ier le Grand !

Hatchepsout fronça les sourcils.

— Cherches-tu à m'insulter ? dit-elle. Tu es et resteras son petit-fils même si tu oses un jour faire inscrire sur des monuments qu'il en est autrement. Prends garde à ne pas outrepasser tes droits ! Je suis née de Thoutmosis Ier. Pour l'honorer pleinement, je viens de faire modifier sa tombe dans la Grande Prairie. J'ai fait, sur son modèle, ériger des obélisques. J'ai ordonné de graver son nom à maints endroits en mettant le mien en retrait. Sa nouvelle chapelle funéraire se trouve près de la mienne. Hapousneb a fait creuser une nouvelle pièce dans la chambre funéraire de mon père. Il a remplacé, comme je le lui avais demandé, son sarcophage en bois par un magnifique sarcophage en quartzite d'abord créé à mon intention. Hapousneb a ordonné de dissimuler mes noms sous une couche de plâtre et d'y inscrire ceux de mon père. Si le sarcophage a perdu en longueur et en largeur, il reste magnifique !

— Quel message m'envoies-tu ?

— Que Thoutmosis Ier restera mon père pour

l'éternité ! Crois bien que si la pierre ne s'était effritée en creusant les descenderies, nos chambres funéraires respectives seraient aujourd'hui situées juste sous mon Djeser Djeserou, temple de millions d'années. Afin de remplir sa tâche, Hapousneb a dû accomplir des exploits en imaginant des couloirs en courbe pour éviter les passages difficiles. Tu connais les descenderies qui relient les trois chambres les unes aux autres. Eh bien, maintenant, ma propre chambre funéraire s'ajoute à celles-ci. Les piliers qui soutiennent le plafond, les petites pièces annexes, mon sarcophage en quartzite jaune en forme de cartouche et mon vase canope assorti sont mis en place. Hapousneb travaille à la décoration. Il ornera les murs de ma chapelle d'extraits du texte funéraire de l'*Amdouat* écrits à l'encre rouge et noire sur des plaques de calcaire. J'ai respecté le mobilier funéraire que ton père avait offert au mien : le vase au nom de la divine Ahmès-Néfertari et ceux qu'il a lui-même fait graver à son nom. Souviens-toi toute ta vie qu'Horus féminin vivra pour toujours auprès de son père qu'elle aimait, Fils de Rê, juste de voix !

— Mais Hapousneb raconte que le corps de Thoutmosis a dû quitter ses cercueils emboîtés les uns dans les autres afin de pouvoir entrer dans ton sarcophage en quartzite !

— Me le reprocherais-tu ? clama la reine outrée.

— Jamais je n'oserais, répondit le jeune homme en s'inclinant.

Mais il se sentait seul capable de donner à celui qu'il appelait « son père » sa tombe d'éternité, un cercueil en cèdre digne de son ancêtre et une chapelle funéraire dans son propre temple. Hatchepsout avait beau s'échiner à faire aménager une chapelle à l'intérieur de son Djeser Djeserou, Thoutmosis ne s'arrêterait pas à ces détails. S'il en avait un jour la possibilité, il le transformerait, le conservant comme temple à la mémoire de son grand-père, ornant les murs des offrandes qu'il lui donnerait sa vie durant.

— Je m'étonne que Pennethbet soit de ton avis, dit Hatchepsout. Je veux lui parler ! Après le conseil, je te ferai connaître ma décision.

Thoutmosis se mordit les lèvres. Il eut envie de lui répéter que quel que fût son jugement, jamais il ne reviendrait sur sa décision quitte à dédaigner les ordres de Pharaon, mais il s'inclina et se retira.

***

Pennethbet se montra moins affirmatif que le fils de Thoutmosis II.

— Épouse du dieu Amon qui renouvelle sans cesse tes bienfaits à mon égard, Grande Épouse royale Maâtkarê digne de voix, ne laissons pas les émeutes grossir et créer des troubles en Égypte, dit-il. Si Thoutmosis souhaite partir, qu'il m'accompagne ! Tout rentrera dans l'ordre en peu de temps !

— Je m'étonne, répondit Hatchepsout, que la situation te trouble au point d'associer mon titre de roi à celui de Grande Épouse royale. Aurais-tu oublié que je suis Pharaon ? Thoutmosis est encore jeune...

— Que crains-tu, reine Maâtkarê ? demanda Pennethbet. Si Thoutmosis arrêtait la course de sa vie dans un combat, tu n'en serais pas mécontente...

— Je redoute bien davantage qu'il ne se conduise en héros et que le peuple le traite comme un dieu avant même qu'il ne soit devenu un homme. Dans combien de temps comptes-tu partir ?

— D'ici quelques jours, répondit Pennethbet en

comprenant que la reine acceptait finalement le départ de Thoutmosis.

Les préparatifs auraient été réglés en deux jours si un nouveau malheur n'avait frappé le palais. La veille du départ, Pennethbet fut retrouvé inanimé dans sa chambre alors qu'il y attendait de jeunes danseuses. Après l'avoir examiné, les médecins de la cour en arrivèrent tous à la même conclusion : Pennethbet n'était probablement pas mort naturellement.

— Que veut dire tout ceci ? demanda Hatchepsout, très affligée, à Kallisthès. Que se passe-t-il ici ?

— Reine, Pennethbet a sans doute été empoisonné, lui apprit le Crétois.

— Qu'on enquête et qu'on trouve les coupables ! Je veux que les dieux les punissent ! Qui s'est rendu hier dans la chambre de mon pauvre Pennethbet ? Que les gardes témoignent avec franchise !

Puis elle devint blême et se sentit soudain très triste en songeant au courage et à la bonne humeur constante de Pennethbet. « C'était une force de la nature ! se dit-elle. A-t-on voulu me toucher dans mon cœur, dans ma vie ou dans mon pouvoir en supprimant l'un de mes plus fidèles soutiens ? » Elle prit aussi conscience que la mort de Pennethbet serait une grande perte pour l'armée. Les soldats pliaient souvent sous ses paroles et ses encouragements. Il savait mener les troupes les plus affaiblies à la victoire. Les hommes le croyaient intouchable. Il l'avait emporté dans tant de batailles ! Il avait tué tant d'adversaires sans jamais être blessé !

« Quel traître lâche et pitoyable a pu agir contre lui au moment où il s'y attendait le moins ? se demanda Hatchepsout. Sans doute un poltron qui l'a attaqué par surprise ! Pennethbet ne se méfiait peut-être pas de lui. Était-ce un proche, un courtisan, un ennemi privé ? Les soldats ne doivent pas se démobiliser. Il leur faut un nouveau général. Bien entendu, il ne manque pas de chefs courageux et capables dans les garnisons mais Pennethbet faisait peur aux ennemis. Il avait combattu aux côtés de Thoutmosis Ier le divinisé ! Son expérience soulevait la crainte et l'effroi ! »

Hatchepsout songea que son neveu n'était peut-être pas étranger à cet assassinat puis elle chassa vite cette hypothèse de son esprit tourmenté. « Je perds tout raisonnement, se dit-elle. Thoutmosis admirait Pennethbet. Il l'a formé. Une grande complicité les liait. Je me demande comment il réagit à l'annonce de sa mort. »

Curieusement, s'il montra beaucoup d'affliction à la disparition du général, Thoutmosis refusa d'accepter l'idée qu'il avait été victime d'un assassinat.

— Qui en aurait voulu au palais à cet excellent soldat qui a sauvé plusieurs fois l'Égypte et lui a épargné de longs conflits ? affirma-t-il avec superbe. Tout le monde le respectait !

Lorsque Thoutmosis s'adressa ainsi à la reine, Kallisthès écoutait attentivement la conversation. Très étrangement, le Crétois, qui avait pourtant donné un diagnostic précis, devint moins sûr de son fait.

— Thoutmosis a peut-être raison, intervint-il, alors qu'Hatchepsout rapportait au fils d'Iset les conclusions des médecins.

— Ton discours m'étonne, Kallisthès ! s'exclama la reine.

— Si je puis me permettre, Majesté... J'ai longuement examiné Pennethbet depuis son décès. L'apparence de son visage, ses traits sereins, ses lèvres détendues, ses mains ouvertes laissent supposer qu'il n'a peut-être pas été empoisonné comme on l'a pensé un peu vite.

Hatchepsout regarda Kallisthès étrangement. Jamais il n'avait révisé son jugement. Que cherchait-il à lui faire comprendre. Elle croisa ses yeux et saisit l'inquiétude du Crétois.

— Je préfère cela ! dit-elle enfin. Cet assassinat me contrariait. Il n'empêche que notre valeureux Pennethbet ne foule plus le sol terrestre et que nous allons préparer pour l'honorer des funérailles dignes d'un membre de la famille royale !

— Reine des Deux Pays, ajouta Thoutmosis en paraissant plus détendu, je n'oublie pas que des soldats se sont soulevés dans le Sinaï et que l'armée égyptienne doit les combattre.

— Sans doute, répondit la reine. Avant de nous quitter, Pennethbet m'a en effet affirmé que l'armée devait absolument partir pour le Sinaï.

— A-t-il parlé de moi ? demanda Thoutmosis avec empressement.

— Oui, répondit la reine, et je consens à ce que tu partes. Je désignerai moi-même le chef qui remplacera Pennethbet.

— Est-ce bien utile ? rétorqua Thoutmosis avec présomption. Ce chef se trouve devant toi !

Le fils d'Iset se tenait droit sur ses jambes, les poings sur les hanches.

— Un jour viendra peut-être où tu dirigeras l'armée, dit Hatchepsout calmement. Amon ne m'en a pas encore informée. J'attends son signe.

— Mais je me sens tout à fait capable !

— Là se termine notre entretien ! conclut Hatchepsout. Tu peux te retirer. Prépare-toi à partir ! Plus vite tu quitteras Thèbes, plus vite tu rentreras. Tu assisteras ainsi aux funérailles de Pennethbet.

— Je tiens à rendre hommage à mon maître, répondit Thoutmosis en s'inclinant et en laissant Hatchepsout en tête à tête avec Kallisthès.

— Je t'écoute, Kallisthès, dit la reine dès que la porte se fut refermée.

— Amon t'a inspirée, Reine toute-puissante! Pennethbet a bien été assassiné. Son empoisonnement ne fait aucun doute! Mais nous ne connaissons pas son meurtrier. Thoutmosis ne m'inspire aucune confiance. Je le crois capable du pire! Mieux vaut qu'il nous croie dans l'erreur! Les coupables n'aiment pas se savoir pris au piège!

— Ainsi donc toi aussi tu n'exclus pas la culpabilité de Thoutmosis!

— Tu y avais pensé, Reine Maâtkarê.

— Je le reconnais mais je pense que nous faisons fausse route. Thoutmosis appréciait Pennethbet...

— Tant qu'il avait besoin de lui. Maintenant qu'il a dépassé le maître, l'élève veut commander! Et s'il avait fait disparaître Pennethbet pour prendre la direction de l'armée égyptienne?

— Je ne le laisserai pas agir de la sorte!

— Pas à Thèbes. Mais quel poids auras-tu, Pharaon divin, lorsque Thoutmosis se retrouvera face aux soldats en plein Sinaï? Tout chef militaire si brillant soit-il n'osera pas contrer le fils d'Iset s'il s'affirme et prend la tête des soldats.

— C'est ce que nous verrons! dit Hatchepsout avec colère. Je lui donnerai des recommandations et des ordres précis. Si jamais cet adolescent insolent ose outrepasser ses droits, je le ferai passer en jugement comme n'importe quel autre Égyptien!

— Sur un terrain de bataille, ce ne sont pas les paroles ni les recommandations qui l'emportent mais le courage et les exploits. Si Thoutmosis sauve des vies, s'il part à l'assaut des ennemis en lançant son char à toute vitesse et en luttant au premier rang, tous les soldats le suivront et l'admireront!

— Je me sens impuissante, Kallisthès. Si je lui interdis de partir, il outrepassera mes ordres. S'il part, il empiétera certainement sur les prérogatives du chef d'armée.

— Laisse-le partir, Reine Pharaon, et montre-lui un visage agréable. Quand tout sera rentré dans l'ordre, nous aviserons.

XXXI

Juste avant que Thoutmosis ne partît en campagne, Sobek vint partager une nuit entière avec lui. Elle se montra attentionnée et tendre, plus câline qu'à l'ordinaire. Le fils d'Iset sentit vite qu'elle lui cachait une nouvelle d'importance mais il ne la brusqua pas. Quand il ouvrit les yeux à l'aube, Sobek se trouvait déjà dans son bain. Elle chantonnait sous l'eau fraîche et répandait sur sa peau de l'huile d'anis.

— Voilà bien longtemps que tu t'abandonnes à ces ablutions, lui dit Thoutmosis. Je suis étonné que mon départ te rende si gaie !

Sobek éclata de rire en renversant ses cheveux en arrière et en laissant l'eau couler le long de son corps.

— Je te trouve bien énigmatique depuis hier soir, lui dit Thoutmosis. Tu m'obliges à renvoyer mes serviteurs...

— Pour qu'ils n'aillent pas rapporter à tout le palais que nous avons passé une nuit ensemble ! Voudrais-tu que l'on sache que le fils de Pharaon dort avec la fille de sa nourrice ? Qu'il l'embrasse ou lui consacre un moment de plaisir, soit ! Mais qu'il accepte de l'accueillir dans son lit princier, la différence est grande !

— Et voilà qui te rend de si bonne humeur ! Tu

as l'impression d'avoir remporté une victoire! N'oublie pas ce que je t'ai dit. Je ne t'ai rien promis...

Sobek se remit à chanter en renversant des pots de senteurs sur sa peau et en la caressant du bout des doigts.

— Thoutmosis, tu ne vas pas toucher de peau aussi douce pendant plusieurs mois. Pourquoi n'en profites-tu pas avant de partir?

Le fils d'Iset éclata de rire et approcha son corps nu du sien.

— Je n'ai guère le cœur à la bagatelle! dit-il. Je dois mettre mon pagne et ma ceinture. Mon casque de combat m'attend sur ce coffre en bois et il me faut nettoyer ma lance.

Mais Sobek savait se montrer convaincante. Elle le serra contre elle et le décida facilement à céder à ses avances. Ils se retrouvèrent enlacés. Sachant qu'il ne sentirait pas ce corps désiré contre lui pendant de longs mois, voire des saisons entières, Thoutmosis l'embrassa avec plus d'ardeur que jamais. Faisant fi du messager d'Hatchepsout qui demandait à lui parler et qu'il renvoya sans explication, Thoutmosis se laissa envahir par le désir, ne contrôlant plus ses gestes ni ses baisers. Sobek le regardait du coin de l'œil tout en s'abandonnant à ses caresses, se demandant à quel moment elle allait lui confier son secret.

Sans prendre le temps de se reposer, Thoutmosis se leva d'un bond et appela l'un de ses serviteurs.

— Maintenant, je pars! dit-il. Ne cherche pas à me retenir davantage. Pharaon serait furieux et pourrait bien m'empêcher de faire cette campagne à laquelle je tiens!

— Pour t'y distinguer et revenir prendre le pouvoir à Thèbes? demanda Sobek.

— Quelle drôle d'idée! Je compte en effet briller au combat mais Hatchepsout reste notre Pharaon.

— Avant que tu ne partes, dit encore Sobek en se rapprochant de lui et en l'aidant à ajuster son pagne, je voudrais te confier mon secret.

— Eh bien, parle ! C'est le moment !

— Hathor a favorisé notre union. Un enfant va naître grâce à Isis.

— Que dis-tu ? s'exclama Thoutmosis. Ne m'avais-tu pas juré par tous les dieux que tu prenais des potions propres à chasser la semence et que tu enfouissais dans ton corps des linges imbibés d'onguent ?

— C'est exact, répondit Sobek Sat-Ia contrariée par sa réaction. Mais la volonté des dieux l'a emporté sur les précautions que j'ai prises. Voilà un signe faste qui me réjouit. Je me sens si heureuse ! En réalité, le mal *tiaou* qui fait couler l'eau des parties intimes des femmes m'a obligée à consulter un médecin. Celui-ci m'a fait passer des tests. Il a déclaré que si j'attendais un jour un enfant, ce qui lui semblait impossible, je le perdrais aussitôt car mon sang circule mal. J'ai donc cessé de placer dans mon corps ces linges inutiles. Mais dès que j'ai appris que j'attendais cet enfant, je me suis enduite de lie de bière. J'ai vomi et...

— Combien de fois ? demanda durement Thoutmosis.

— Une fois.

— Ce qui signifie que tu attends un seul enfant mais il est déjà de trop !

— Aurais-tu préféré que je ne vomisse pas et que cet enfant mourût ?

— Bien entendu ! As-tu employé d'autres méthodes pour être sûre de toi ?

— Oui. Ma mère en connaît de nombreuses. À force de l'observer, j'ai beaucoup appris ! J'ai placé une gousse d'ail au plus profond de mon être, là où la femme s'unit à l'homme. L'odeur s'est répandue dans ma bouche, signe que mes conduits fonctionnent bien et que l'air circule dans mon corps sain.

Thoutmosis s'approcha d'elle et lui pinça légèrement le haut du ventre, soulevant ses petits cris.

— La peau se déplisse, dit-il. Voilà un mauvais signe.

— Sachant que j'accoucherai normalement, j'ai donc décidé de m'entourer de nombreux soins. Afin que la mise au monde de cet enfant se passe rapidement et que la matière qui l'entoure dans mon ventre jaillisse de mon corps sans retard, je m'assois chaque jour sur une brique recouverte d'une étoffe et enduite d'un mélange de lie et de sciure de sapin.

— Tu aurais dû m'en parler ! rétorqua Thoutmosis. Dorénavant tu t'en garderas bien.

Il fit nerveusement les cent pas puis s'arrêta net.

— Pourquoi me regardes-tu ainsi ? lui demanda Sobek.

— Parce que tes yeux sont grands ouverts et clairs. Aucun signe de fatigue ne t'habite.

— Je te l'ai dit ! Parce que la divinité l'a voulu ainsi, je ferai une *meset*, un accouchement idéal !

— Viens là, lui dit Thoutmosis, assieds-toi et tais-toi.

Il appela une servante.

— Vite ! lui dit-il. Je n'ai que très peu de temps ! Apporte-moi du lait de nourrice et du beurre. Je ne veux rien d'autre à manger. Sobek, as-tu croqué un fruit en te levant ce matin ?

— Non, répondit la jeune fille.

— Bien ! Apporte-moi aussi de l'ail nettoyé et pelé, dit-il à la servante. Dépêche-toi ! Je suis pressé !

Quand la servante revint, Thoutmosis ordonna à Sobek d'ingurgiter un énorme morceau de beurre et de boire le lait.

— Mais je vais vomir! dit-elle en repoussant le tout avec dégoût.

— J'espère bien que non! Bois!

Sobek s'exécuta et se précipita dans la salle de bains pour rendre cet affreux mélange.

— Décidément tu avais raison, dit Thoutmosis, furieux. Tu garderas cet enfant et le mettras au monde tout naturellement. N'y a-t-il aucun moyen de faire disparaître cette graine avant qu'elle ne grossisse dans ton corps de femme?

— Les moyens existent et ma mère les connaît bien mais je ne souhaite pas en entendre parler.

Thoutmosis la regarda sévèrement. Jamais encore elle ne l'avait vu aussi sérieux. Un frisson de crainte parcourut son dos. Le fils du pharaon maintenait fermement ses poignets.

— Tu me fais très mal, se lamenta Sobek. Lâche-moi!

— Alors fais-moi une promesse devant Amon et Rê. Si j'avais été présent dans les jours qui viennent, j'aurais été trouver ma nourrice pour lui expliquer la situation et elle aurait réglé cette affaire. Puisque je suis absent, je ne veux plus entendre parler de cet enfant à mon retour. As-tu bien compris, Sobek?

— Bien, répondit la jeune femme, les larmes aux yeux. J'agirai selon la volonté du fils de Pharaon.

— Donne-moi ma lance! ordonna Thoutmosis, furieux, à son serviteur.

Il sortit de la pièce sans même accorder un regard à Sobek Sat-Ia qui s'assit sur le bord du lit, les yeux pleins de larmes. À cet instant, Thoutmosis n'était plus l'adolescent fougueux emporté par la passion, il était déjà le soldat impérieux impatient de gagner contre l'ennemi. Comment Thoutmosis pouvait-il se montrer si tendre et si insensible à la fois? se demanda Sobek. Elle pleura longtemps en percevant au loin les cliquetis d'armes et les ordres des chefs militaires dont les chars et les soldats étaient prêts au départ. Elle passa à plusieurs reprises sa main sur son ventre légèrement rebondi et redoubla de sanglots. Puis elle s'essuya les joues d'un revers de la main.

— Que fais-tu ici, Sobek ? demanda Hatchepsout en entrant dans la chambre de Thoutmosis et en comprenant, par un simple regard en direction du lit, que la jeune fille avait passé la nuit avec son neveu.

— Pharaon tout-puissant, dit Sobek en tombant à genoux. Pardonne-moi. Je vais aider mère dans son travail !

— N'oublie jamais qui tu es, Sobek ! lui dit Hatchepsout. Jamais !

Quand la jeune fille eut refermé la porte, Hatchepsout regarda de nouveau le lit défait et la couverture froissée.

— Après tout, ce départ précipité de Thoutmosis arrive peut-être au bon moment, dit-elle. Qu'on nettoie cette pièce de fond en comble et qu'on la parfume et la désinfecte jusqu'au retour de Thoutmosis !

Tous les serviteurs mobilisés s'inclinèrent bas sans piper mot.

Douzième partie

XXXII

Thoutmosis n'était pas de retour pour les funérailles de Pennethbet. L'enquête réclamée par Hatchepsout dès son départ pour le Sinaï n'avait pas abouti. Une saison passa et toute la cour constata combien le ventre de Sobek s'arrondissait car la jeune fille avait finalement décidé d'outrepasser les volontés de Thoutmosis. Les rumeurs allaient bon train.

Hatchepsout recevait d'excellentes nouvelles de l'armée égyptienne. Ses soldats se distinguaient au combat bien que la situation se révélât plus complexe qu'il n'y paraissait de Thèbes. La reine apprit alors que des peuples soumis aux Égyptiens avaient envahi Gaza. Elle se sentit d'autant plus concernée que Gaza était une ville importante dont le port pouvait offrir à l'Égypte un exceptionnel atout. Aussi décida-t-elle d'envoyer un messager au chef de son armée pour lui ordonner de quitter le Sinaï et d'aller mater les peuples à Gaza. « Je veux qu'ils redeviennent obéissants. Ils ont besoin de sentir de nouveau la puissance de notre pays ! Quand vous les aurez remis au pas, j'enverrai à Gaza des artisans, des commerçants et des fonctionnaires égyptiens. Vous laisserez une garnison sur place afin de les surveiller en permanence. »

Kallisthès et Senmout la mirent en garde. Avait-elle réfléchi aux conséquences d'une telle opération? Non seulement elle donnait à Thoutmosis une nouvelle occasion de briller mais elle lui montrait aussi le chemin vers d'autres pays et d'autres conquêtes.

— Je te conseille de ne pas informer l'armée et d'attendre que Gaza se défende seule, lui dit Senmout. Si nous la sauvons, qui nous dit qu'elle respectera demain les Égyptiens et qu'elle ne tentera rien contre nous? Envoyons une expédition qui lui montrera à qui ces peuples rebelles doivent le respect! L'armée souhaitait repartir au combat. Maintenant qu'elle lutte au Sinaï, pourquoi l'enverrais-tu à Gaza? L'Égypte domine un territoire suffisamment grand pour ne pas aller s'étendre vers l'est.

— Ma décision est prise, se contenta de répondre Hatchepsout.

Puis elle dicta le message à un scribe et choisit un héraut efficace à qui elle recommanda de rejoindre l'année le plus vite possible. Comme elle avait eu vent que les Nubiens cherchaient de nouveau à se soulever, elle décida coup sur coup de rassembler les soldats qu'il lui restait et d'envoyer une expédition en Nubie et une autre au Sinaï pour remplacer l'armée partie pour Gaza.

— Tu ne veux pas être en reste, lui dit Senmout. Quand Thoutmosis rentrera en triomphateur à Thèbes, tu traîneras les chefs du pays de Koush devant ta tribune royale. Les dieux nubiens ne pourront rien contre ta puissance et tu le sais bien.

Hatchepsout se contenta de sourire.

— Avant même que ne commence cette campagne, tu peux ordonner de faire inscrire le nom de chaque ville vaincue dans un cartouche gravé sur les murs de mon temple. Tu y ajouteras mon image en sphinx et en lion écrasant les ennemis de l'Égypte. Une longue description narrera les exploits des Égyptiens. Je veux égaler mon père Akheperkarê Thoutmosis qui prit toutes les terres et massacra tous ses ennemis !

— Mais, pour ce faire, il faudrait que tu accompagnes les soldats...

— Je suis prête à me rendre en Nubie ! s'exclama Hatchepsout, car la campagne ne durera pas longtemps. Préviens Tiy. Il viendra avec moi !

— Mais Tiy est trésorier et gouverneur...

— Précisément. Il gère les butins de guerre. Qu'il vienne avec moi !

Hatchepsout réfléchit quelques instants.

— Tout compte fait, je vais même faire plus. J'écraserai les Nubiens. Puis j'accompagnerai mes soldats au Sinaï. Ma flèche fondra sur les peuples du Nord. Je souhaite démontrer aux Égyptiens que ma politique de paix n'a pas affaibli mon armée toujours prête à l'emporter et que paix ne signifie pas lâcheté. En revanche, si Thoutmosis tentait un jour de s'imposer à ma place, il se pourrait bien que la Mésopotamie se réveille et que Sauztata ou le roi du Mitanni décide de nous envahir.

— Je vais me préparer à partir, lui répondit Senmout.

— Non. Pendant que j'irai mater les Nubiens, tu dirigeras le palais. Tu enverras une expédition à Byblos. Nous allons avoir besoin de bois pour construire des dizaines de bateaux. Les mineurs que j'ai envoyés au Sinaï ont rapporté des turquoises et du cuivre. Nous les échangerons contre ce bois précieux. Grâce aux mines proches de Rochaou, nous avons accumulé des richesses qui ont permis d'équiper l'armée. Que tout cela soit relaté sur mon temple rupestre de Pakhet !

Le palais connut bientôt une effervescence semblable à celle qui avait précédé le départ de Thoutmosis. Hatchepsout ne quitta pas Thèbes sans distribuer des ordres précis, convaincue que la campagne la tiendrait peu longtemps éloignée de Senmout.

Afin de poursuivre son œuvre de restauration et de décoration, elle ordonna la création de plusieurs statues sur lesquelles son visage et son corps perdaient toute apparence féminine. Senmout s'en montra contrarié.

— Depuis le départ de Thoutmosis II pour l'Au-Delà, tes images ressemblent plus aux Thoutmosis qu'à une femme pharaon ! Tu portes la barbe trapézoïdale. Les attitudes que tu choisis dans tes représentations rappellent celles des pharaons précédents. On te voit courir ou marcher à grands pas. Ton front s'embellit du *némès* orné de l'uræus et ton pagne court à devanteau dissimule ton sexe. Les peintres et les sculpteurs omettent volontairement de dessiner ta poitrine.

— Je me suis fait représenter avec un buste féminin sur les murs de mon temple, répondit Hatchepsout. Mais avec les attributs masculins ne trouves-tu pas cela choquant ? Les Égyptiens ont coutume de voir leurs pharaons avec le *némès* ou la coiffure arrondie, le *khat* royal, à condition qu'ils aient une apparence masculine !

— Ne me caches-tu pas la véritable raison de ton choix ? demanda Senmout à la reine, la veille de son départ, alors que tous deux se trouvaient au grand temple d'Amon. Vois-tu, je pense que tu agis comme si tu voulais faire oublier que tu es une femme.

— Mais Pharaon n'a pas de sexe.

— Réponds-moi franchement. Ne cherches-tu pas ainsi à plaire aux prêtres et à éviter les dissensions qui se créent entre eux parce que Pharaon est une femme ?

— Peut-être, répondit Hatchepsout sans souhaiter s'étendre davantage sur le sujet. Mais tu ne peux me reprocher de supprimer la robe et de lui préférer le pagne, habit du Grand Prêtre. Les sculpteurs honorant le dieu Ptah de la création ont su rappeler mes fonctions, celle de rendre un culte aux dieux et à mes ancêtres et celle d'accomplir les rites indispensables à l'harmonie du monde. Qu'importe la forme humaine de Pharaon ! Seules comptent ses actions divines !

Hatchepsout surveillait tout en parlant le travail du sculpteur la représentant debout, moulée dans une robe étroite qui lui aurait interdit de longues enjambées, les vases globulaires remplis de vin tendus vers le dieu Amon. Elle portait une coiffure bouclée rehaussée d'une couronne constituée de plumes ajustées sur des cornes de bélier.

— Qu'en penses-tu, Senmout ? demanda-t-elle en quittant la pose pour aller admirer l'œuvre gravée dans la pierre. Voilà un bas-relief admirable !

— Il me rappelle celui qui te représente devant Hathor et qui se trouve à Serabit El Khadîm au Sinaï. On t'y voit debout dans une robe qui met ton corps en valeur.

— À la différence près, mon cher Senmout, répondit malicieusement Hatchepsout, les yeux pétillants de fierté, que j'y suis sculptée en Grande Épouse alors que j'ai depuis été couronnée Pharaon !

— Mais tu y es si féminine !

— Il importe peu que l'artiste peigne mon corps en jaune, teinte des femmes, ou en rouge, couleur des hommes.

Hatchepsout remit en place le bandeau qui entourait son front au-dessus de ses sourcils et redessina elle-même le trait de khôl soulignant sa paupière inférieure en se regardant dans un miroir qu'elle avait coutume de laisser pendre à sa ceinture. Elle le prolongea jusqu'aux tempes où il rejoignit le trait supérieur.

— Ajoute un peu de fard dans le prolongement du khôl, conseilla-t-elle à sa maquilleuse. La couleur agrandira mes yeux.

— Pharaon tout-puissant, cesse de sourire, afin que je puisse dessiner ta bouche, demanda le sculpteur d'un ton respectueux. La forme de tes lèvres épaisses jusqu'à leurs commissures suffit à te donner l'air souriant et à rehausser tes pommettes. Relève un peu le menton pour atténuer les ombres. Veux-tu que je dessine ton nez très fidèlement ou souhaites-tu que je te fasse le nez de Thoutmosis Ier, ton digne père ?

— Celui de Thoutmosis était beau et droit. Le mien est un peu fort et busqué.

— Majesté, dit Senmout. Tes portraits sur les piliers osiriaques qui doivent être vus de loin sont magnifiques. Ils te ressemblent. Tu y as un nez aquilin. Ceux que je préfère restent les portraits de la terrasse supérieure de ton temple que le peuple n'a jamais vus. Je trouve que les visages de Karnak sont plus durs et les traits moins harmonieux.

— Je l'ai voulu ainsi. Le travail de l'artiste n'est pas en cause.

— Je le sais bien. Mais je n'aime guère te voir avec les traits de Thoutmosis II !

— Les artistes aiment représenter les jeunes modèles avec des nez droits et fins. Je dois montrer ma maturité et accepter plus de réalisme.

— Que la postérité te voie telle que tu es ! Depuis que tu as quitté la régence pour devenir Pharaon, les statues ne te ressemblent plus. Tu te sers de Thoutmosis Ier comme modèle parce que tu prolonges sa politique. Mais tu es si belle avec ton menton rond et tes yeux en amande aux cils rares dont l'extrémité remonte vers tes tempes dorées par le soleil !

— Mes tempes seront rouges et mon visage aussi ! rétorqua Hatchepsout. Notre discussion m'a éclairée. J'exige dorénavant d'être identique à tous les pharaons. Quand je désirerai une couleur orangée ou jaune, je le ferai savoir aux artistes du palais !

Le sculpteur s'inclina et s'exécuta.

Le soir même, Hatchepsout alla visiter son temple de millions d'années en cours d'achèvement. Elle rédigea le brouillon d'un texte qu'elle souhaitait voir figurer sur les murs de son sanctuaire et le soumit à Senmout. La reine s'était manifestement inspirée de quelques lignes racontant la naissance du premier roi de la cinquième dynastie. « Isis me tenait enfant dans ses mains. Je faisais une coudée de long. Mes os étaient résistants, mes membres dorés, ma coiffure en lapis-lazuli. Les déesses me lavèrent après avoir coupé le cordon ombilical et me déposèrent sur du lin comme sur un coussin. Le dieu Khnoum me donna des membres solides et déclara : "Voilà un pharaon qui étendra son pouvoir dans tout le pays". »

— Tu as raison d'évoquer ainsi le dieu bélier et potier qui a modelé ton image et qui crée la semence en fabriquant ainsi le germe des dieux et des hommes, dit Senmout. Pourquoi n'y ajouterais-tu pas une évocation de la déesse grenouille Heqet, symbole de vie et protectrice des parturientes ?

— Je suis de ton avis car Heqet accompagne sur les parois ma mère Ahmose vers son lieu d'accouchement et son lit royal de repos, le meskhenet, est représenté par la déesse Meskhenet en personne portant sur sa tête le signe en forme d'utérus.

— Ajoute un hommage aux génies de millions d'années qui renouvellent ton pouvoir royal ainsi qu'aux dieux Pê à tête de faucon et Nekhen à tête de chacal. N'oublie pas que naître ou renaître présente des dangers et que le dieu nain Bès à queue léonine ainsi que la déesse hippopotame Thouéris écartent les forces néfastes.

Hatchepsout l'approuva. Elle ajouta quelques mots écrits avec application et sembla réfléchir, le calame à la main.

— Tu as eu raison, n'est-ce pas, Senmout, de me faire dessiner en garçon à ma naissance. Le pouvoir n'a pas de sexe.

— L'important est que la chevelure de ta mère ait été nouée puis dénouée plusieurs fois pour faciliter ta naissance. Les vaches célestes au lait pur accordé par la Femme des vaches, la déesse Sekhet-Hor, associée à Hésat, t'allaitent sur les murs de ton temple. Dans la chapelle d'Hathor, tu tètes les pis des deux vaches. Tu y deviens Horus d'or, nouvel enfant de la déesse Isis nourrie dans les marais par la divinité en personne.

— Je voudrais qu'on y ajoute aussi des *kaou,* symboles des manifestations masculines, et des *khemsout,* personnages féminins, ainsi que quatorze enfants représentant mes quatorze *kas.* Il faudrait aussi rappeler qu'enfant du soleil, j'apparais à Héliopolis, la ville de Rê, sous la forme d'un veau.

— Le lait qui coulera deviendra abondant, pur et beau, au fur et à mesure que les peintres le dessineront. Nous t'élèverons ainsi une nouvelle fois en Pharaon des Deux Pays, montant sur le trône d'Atoum selon l'ordre du maître des dieux.

— Tout cela me convient, déclara Hatchepsout.

— Tes mères célestes disparaissent devant toi.

***

Après s'être occupé des derniers détails de son temple, Hatchepsout réclama à Senmout et à Djehouty maints croquis sur un plan global du grand temple d'Amon.

— Tu as déjà réalisé une véritable cité divine dans la ville, répondit Senmout. Que comptes-tu ajouter à ces obélisques et à ces pylônes gigantesques ?

— Amon est trop grand pour se satisfaire de si peu, répondit la reine. Djehouty m'a proposé des esquisses intéressantes. Qu'en penses-tu ?

Senmout examina les rouleaux sans conviction. Les lettres parvenaient du Sinaï, nombreuses et éloquentes. Thoutmosis III brillait aux yeux de tous. Les Egyptiens attendaient son retour avec impatience pour lui décerner un triomphe. La reine faisait-elle semblant d'occulter l'importance que prenait son neveu en axant son intérêt sur ses constructions ?

— On dirait que tu cherches à rivaliser avec Thoutmosis, lui dit Senmout. Pendant qu'il s'illustre sur le champ de bataille, tu assois ta notoriété en bâtissant toujours plus !

Hatchepsout reconnut volontiers qu'elle accepterait une éventuelle rivalité sur ce plan mais qu'elle saurait aussi s'illustrer dans un combat.

— Si Thoutmosis affronte Hatchepsout, murmura Djehouty à Senmout en sortant de la pièce, je prendrai le parti de Thoutmosis. Il a la force et l'armée avec lui !

Senmout pâlit.

— Que dis-tu ? Toi que la reine a honoré de récompenses et d'or, tu te conduirais en traître ?

— Je n'ai pas l'impression d'être un traître en choisissant le parti qui me semble le meilleur pour l'Égypte !

— Tu me fais peur, dit Senmout. Si, toi, mon

fidèle ami, tu tournes le dos à la reine, qui la soutiendra ?

— Et toi, que feras-tu quand Thoutmosis rentrera avec tous les honneurs ? demanda Djehouty.

— Jamais je n'abandonnerai ma reine, même si je dois y laisser ma vie terrestre ! Je suis persuadé qu'Hatchepsout Maâtkarê reviendra, elle aussi, avec des prisonniers et des richesses plein les chars !

— Réfléchis bien, Senmout. Thoutmosis ne va pas tarder à rentrer. Peut-être même la reine sera-t-elle absente quand il triomphera à Thèbes.

— Je doute que les Égyptiens libèrent si rapidement Gaza, répondit Senmout. Je parierais au contraire que la reine aura le temps de mater les Nubiens et les révoltés du Sinaï avant même que le gros de l'armée égyptienne ne soit de retour !

— Je ne reviendrai jamais sur ma parole, affirma Djehouty.

Senmout le retint par le bras.

— Djehouty, dis-moi seulement si tu as déjà entendu des Thébains tenir des discours identiques à celui que tu viens de me faire. Amen, mon frère bien-aimé, m'a rapporté des propos troublants de grands prêtres de plus en plus hostiles à Hatchepsout.

— Regarde les choses en face, grand architecte, répondit Djehouty. Je sens une atmosphère. Je devine l'avenir. Y a-t-il une place pour une femme au pouvoir ?

— Oui, je le crois, surtout quand cette femme s'appelle Hatchepsout Maâtkarê ! répondit Senmout en relevant le menton et en toisant Djehouty.

XXXIII

Hatchepsout semblait inlassable. Dès qu'un portique ou qu'une sculpture était en cours d'achèvement, elle se précipitait pour donner dans un nouveau site des instructions précises. Elle fit compléter les salles d'offrandes du palais de Maât dans le temple d'Amon, surprenant les Égyptiens par ses réalisations originales et modernes. Avec leurs outils en cuivre, les artisans couvrirent bientôt les murs des images d'Amon et de leur reine.

À quelques coudées de ce nouveau complexe, des ouvriers détruisaient les monuments antérieurs, prestigieux mais trop modestes.

— Que décides-tu ? lui demanda Senmout affolé en faisant irruption dans son bureau. Tu oses t'attaquer à l'espace sacré d'Amon ?

— Mais non, répondit posément Hatchepsout. Thoutmosis Ier a fait construire l'ouadjyt à l'ouest et Thoutmosis II la cour des fêtes en calcaire. Je ne fais que continuer leur œuvre ! Nous avons besoin de magasins d'offrandes et de chapelles où Amon brillera de lapis-lazuli et de turquoise. Ma montée vers le dieu et ma purification y seront présentes et mises en valeur.

— Une fausse porte fera communiquer les cours d'offrandes avec les salles situées au sud, proposa Senmout.

— La chapelle d'Amon en quartzite deviendra une pièce maîtresse de cet ensemble, ajouta Hatchepsout.

— Les scribes et les dessinateurs travaillent déjà sur le décor des blocs lissés.

Emportés par leur enthousiasme, Senmout et Hatchepsout jetaient mille idées, sachant que toutes seraient un jour concrétisées.

— Fais en sorte que mon cartouche apparaisse

partout pour qu'il ne vienne pas à l'idée de Thoutmosis s'il règne et me survit d'y faire graver le sien et de s'approprier le monument !

— Quoi que l'on fasse, ton successeur tentera d'apposer son cartouche dans le temple de Mout, soupira Senmout. Comment ne sera-t-il pas tenté de donner son nom à un si majestueux édifice ! Mais rassure-toi ! Même s'il tente de faire marteler ton cartouche, ta trace demeurera pour l'éternité ! Nous allons commencer par les chambres du nord...

— Je veux surtout que l'on n'attaque ni mon *ka* ni ma puissance créatrice. Or, certains prêtres contestent aujourd'hui ma fonction et mon lien avec mes ancêtres royaux...

— Comment le sais-tu ? s'étonna Senmout.

— Je t'ai dit un jour que Pharaon avait des espions vigilants et rusés. Je ne voudrais pas que mon visage soit martelé et remplacé par une table d'offrandes ou que mes cartouches entourent le nom de Thoutmosis II ou celui de Thoutmosis III.

— Je pense que ton successeur pourrait agrandir cet espace mais non le détruire, la rassura Senmout.

— N'as-tu pas remarqué combien les prêtres semblaient trouver mes constructions extravagantes ? Sont-elles trop ambitieuses ? Ils étaient bien contents de me voir reprendre en main la restauration de leurs temples ! Et maintenant, ils me reprochent une mégalomanie et un comportement excessifs. Qu'y a-t-il de trop grand pour Amon ? Je n'agis pas pour moi ! Ai-je agrandi mon palais ? Tout ce que j'entreprends concerne la divinité, même mon temple personnel !

Senmout s'inclina. Il donnait raison à la reine et haïssait ces traîtres qui la critiquaient.

— Thoutmosis déteste l'illustration du huitième pylône, ajouta Hatchepsout, méditative. Qu'en penses-tu ?

— Sa réaction ne m'étonne guère. Tu y es représentée en sa compagnie alors qu'il n'a que six ans ! Il se sent humilié face à toi qui sembles si majestueuse !

— L'idée de le vexer ne m'a jamais effleurée, répondit calmement Hatchepsout. Je voulais juste un pylône en grès extrait du Djebel el-Silsileh qui remplaçât la porte de brique trop ordinaire. L'escalier permet de monter à son sommet lors de rites religieux dont je suis fière. Tu as fait également élaborer des chambres dans ce pylône ainsi que je le souhaitais et je me réjouis chaque fois que je vois les drapeaux flotter au vent.

— Mais il est encore loin d'être achevé, soupira Senmout.

— Qu'importe ! Les membres de ma famille y ont leurs statues. Même si les deux représentations de Thoutmosis II en quartzite rouge et en calcaire m'agacent un peu... Thoutmosis est plus grand mort que vivant !

— J'ai remarqué que les inscriptions écrites sur les socles s'effacent déjà..., dit Senmout.

— T'es-tu rendu compte du rôle de plus en plus important de ce pylône ? dit Hatchepsout. Il permet au pharaon de légitimer son pouvoir grâce à la montée royale. Aménophis avait fait pareillement représenter cette montée royale sur sa porte. Mais ici, Thoutmosis Ier remercie les dieux de favoriser la sienne !

— Majesté, ce pylône représente la porte de ton auguste *ka* qui évolue dans le domaine divin. Il devient peu à peu le symbole de ta famille et des pharaons qui s'y succèdent. Ceux qui atteignent le dieu possèdent les forces créatrices et gouvernent en donnant aux simples hommes puissance et terres, tout ce qui constitue leur existence.

— Qui exécute la montée royale sur ce pylône devient Pharaon avec tous les pouvoirs, approuva Hatchepsout.

Curieusement, Hatchepsout changea subitement de ton. Elle qui paraissait évoluer dans le domaine divin regarda Senmout en souriant et lui dit d'un air joyeux :

— Te souviens-tu, Senmout, d'une visite lointaine que nous avions faite tous deux à mon temple de millions d'années ? Il était loin d'être achevé alors ! Je t'ai dit qu'une surprise t'attendait mais je ne t'ai jamais révélé laquelle.

— Je m'en souviens, en effet, répondit Senmout, curieux d'en savoir davantage.

— Eh bien, Senmout, j'ai fait aménager près de mon temple un sanctuaire magnifique avec un plafond astronomique où les astres sont représentés comme lorsque la lune luit dans le ciel nocturne. Je t'ai toujours interdit d'y accéder.

— Sans doute le destines-tu à ta fille...

— Non, Senmout. Ce sera ton tombeau. Tu vivras dans l'Au-Delà à mes côtés !

— Mais, Reine bienfaitrice, je t'avais priée de n'en rien faire. Tu vas soulever les jalousies et les rumeurs ! Ce n'est guère le moment de devenir impopulaire quand certains prêtres te tournent le dos et que l'armée acclame Thoutmosis !

— Je n'en ai que faire ! Les services que tu as rendus à l'Égypte méritent récompense ! Tu pourras placer dans ta tombe les nombreuses statues que je t'ai offertes ou que les meilleurs artistes ont sculptées selon mes ordres.

— Puis-je te demander de m'y accompagner ? la supplia Senmout, fier d'être ainsi honoré.

— J'attendais cette prière, répondit Hatchepsout, les pupilles étincelantes de joie. Nous y allons de ce pas !

⁂

Tous deux prirent une escorte discrète et se rendirent avec émotion dans le temple de la reine en cours d'achèvement. Hatchepsout emmena Senmout sur la terrasse supérieure et rendit, à l'aide des prêtres présents en permanence sur le site, un hommage à la divinité. Hatchepsout avait apporté des offrandes qu'elle tendit à Amon, à Anubis et à Hathor. Puis elle accomplit les gestes du rituel de l'ouverture de la bouche, rappelant qu'elle serait enterrée à cet endroit. Elle se rendit ensuite dans la salle aux murs décorés des portraits de ses ancêtres et tint à honorer les Anciens.

Quand tous ces rites furent achevés, elle pria Senmout de la suivre jusqu'à son propre temple. L'architecte resta muet d'émotion. La reine lui faisait là un cadeau inestimable. Ils pénétrèrent dans un long couloir sombre taillé dans l'argile qu'un prêtre éclaira d'une torche et poursuivirent leur parcours jusqu'à ce qu'ils atteignissent le calcaire plus dur et plus blanc.

Senmout lisait sur les murs des textes des anciennes liturgies funéraires et des passages du *Livre des morts* racontant quelle apparence avait l'Au-Delà.

— Voilà comment tu deviendras une âme prête à voyager, lui dit Hatchepsout.

Le prêtre éclaira sans dire un mot le plafond légèrement humide. Son crâne rasé projetait son ombre déformée sur la voûte du couloir. Senmout étouffa un cri.

— Les scènes astronomiques de nos Anciens ! s'exclama-t-il. Les constellations, les mois de l'année et une table permettant d'observer les mouvements des cieux !

— N'était-ce pas là ton vœu le plus cher ? Contempler dans ta propre tombe le ballet des astres ?

— Et sur ce mur, je te salue avec cérémonie.

— Parce que je t'ai donné pour mon jubilé les titres enviés de « chef de la maison du matin », de « serviteur de la chapelle de Geb », de « tailleur des vêtements rouges » et de « surveillant de la coiffure ».

— Mon image ressemble à celle que tu m'as permis de faire graver dans la chapelle d'Hathor et dans les niches de la terrasse supérieure de ton temple, mais aussi à celle où j'accompagne Néférou-Rê sur une stèle du temple d'Hathor au Sinaï...

Senmout se retourna à maintes reprises pour ne rien perdre des inscriptions et des dessins précis et colorés.

— Ta tombe n'est pas encore achevée, dit Hatchepsout. Les dessinateurs et les sculpteurs ont préparé ce mur mais n'y ont encore rien gravé. Suis-moi !

Senmout s'exécuta. Ils entrèrent dans un espace humide.

— La chapelle funéraire ! dit Hatchepsout en tendant le bras.

Senmout s'approcha du sarcophage creusé dans le quartzite rouge et se montra fier d'être considéré comme un prince car les cercueils royaux ressemblaient étrangement au sien. Pour la première fois, il songea plus sérieusement à s'associer à Hatchepsout pour régner à ses côtés mais il garda cette idée pour lui-même.

— Je veux que tu surveilles la décoration de cette tombe, ordonna Hatchepsout.

— Comment pourrais-je le refuser ? demanda Senmout en lui prenant les mains.

Le prêtre leur éclaira le couloir comme il l'avait fait à l'aller, écoutant leurs paroles sans broncher. Cependant, en voyant son teint olivâtre et blême au sortir de la tombe et en croisant son regard dur et ses yeux noirs, Senmout comprit que ce prêtre, hostile à Hatchepsout, ne manquerait pas de rapporter à ses collègues ce qu'il avait entendu.

— Nous nous devons, Senmout, de rendre hommage à Satet, ajouta Hatchepsout. Voilà trop longtemps que je n'ai pas remonté le Nil pour aller la visiter. Elle décide pourtant du débordement du Nil dont l'inondation prend sa source près de son temple !

Encore troublé, Senmout s'agenouilla devant elle.

— Je m'y rendrai dès demain, dit-il. Je veux contrôler les nombreux échanges qui sont faits dans la ville toute proche car on m'a rapporté que des rixes éclataient fréquemment sur les marchés. Les commerçants berneraient aussi les scribes en ne déclarant pas l'ensemble de leurs revenus. Rien ne m'empêche de me rendre sur la rive opposée pour apporter tes offrandes à Satet.

— Je compte m'y rendre moi-même avant d'aller combattre les Nubiens. Je voulais admirer ces scènes de la fête du Nil que tu y as fait représenter.

— Eh bien, allons-y ensemble ! dit Senmout en pensant que ce voyage changerait les idées d'Hatchepsout, soucieuse des exploits de Thoutmosis au Sinaï.

— Je veux faire don au dieu Khnoum, dont le temple n'a plus rien à envier à Satet, d'une petite statue de Thoutmosis II en granit. Si Khnoum a attendu plus longtemps que la déesse Satet aux cornes d'antilope pour obtenir un sanctuaire digne de lui, reconnais qu'il n'a pas été lésé ! Nous allons organiser sur les terrasses de l'un et l'autre temple des cérémonies rituelles dont on se souviendra dans les années à venir !

— Je te propose aussi d'assister cette année aux fêtes du Nil. Le peuple s'en réjouira.

— Montrons-nous ensemble le plus souvent possible ! dit Hatchepsout. Et rappelle-toi la proposition que je t'ai faite un jour...

Mais Senmout l'interrompit.

— Ne dis plus rien, dit-il. On entend tes paroles et tu pourrais bien signer ton arrêt de mort en ajoutant une simple phrase.

— Inutile de parler longuement, murmura Hatchepsout. Tu as compris mes allusions. Réponds-moi.

— Je te ferai la même réponse, dit Senmout. Ni le peuple ni l'armée n'accepteraient de me voir régner. Je t'entraînerais dans une voie sans issue. Je soulèverais la haine contre toi. Et pourtant...

— Tu hésites donc ?

— Non, dit Senmout. Même si je répondais à ton attente, il est trop tard, beaucoup trop tard !

XXXIV

Le peuple acclama Hatchepsout dès qu'elle sortit du palais et monta sur son char. Les années avaient passé depuis qu'il l'avait vue sauter hors de la caisse en bronze ornée d'or rutilant en se précipitant vers sa fille Néférou-Rê tandis que les prisonniers nubiens attendaient le verdict du pharaon d'Égypte. Mais elle tenait toujours aussi fermement sa lance et ne pliait pas devant le danger. Il avait été décidé que Senmout l'accompagnerait jusqu'aux temples de Khnoum et de Satet et qu'après avoir rendu hommage aux dieux, l'intendant suprême rentrerait à Thèbes avec une escorte. La reine sourit à son fidèle cocher et lui murmura :

— Nous voilà de nouveau prêts pour la grande aventure ! Tu vas bientôt me voir le casque blanc de poussière et la peau jaunie par le sable alors que je m'évertue à garder le teint rouge et masculin !

— Mon admiration m'empêche de te considérer telle que tu es, lui répondit-il en lui prenant le carquois qu'elle lui tendait. Tu combats grâce à la force d'Amon. Tes yeux brillent tant et tes cris sont si stridents que tu effraies les ennemis à l'égal d'un homme.

Le cocher se baissa pour attacher le carquois à la caisse du char. Hatchepsout s'empara de son arc et testa sa flexibilité.

— Il me tarde de donner une leçon à ces Nubiens ! s'exclama-t-elle. Je n'aurais pas dû rester si longtemps inactive !

— Ta puissance te l'a permis, Reine bien-aimée, répondit le cocher. Toi seule as pu gouverner en paix. D'autres t'envieraient aujourd'hui cette supériorité.

Les trompettes retentirent. Les soldats se placèrent en file. Des musiciens fermaient le cortège militaire. Hatchepsout tenait à emmener avec elle les amuseurs du palais et des Pygmées du Pount, infatigables danseurs.

— Les Nubiens comprendront ainsi que même si je combats le jour, je me distrais le soir et que je ne redoute pas leurs menaces. Tandis qu'ils échafaudent des plans pendant la nuit, je me réjouis, je me régale et je dors paisiblement. Ces Pygmées ont marché jusqu'au port le plus proche du Pount puis ils ont suivi une longue piste en plein désert afin d'obéir à leurs chefs et de venir s'offrir à moi comme des présents. Ils m'ont apporté ces seize ingrédients qui composent l'encens *kyphi* que je placerai sur ma chevelure chaque soir afin de ne plus sentir la poussière des pistes. Je mâcherai en combattant la myrrhe agréable comme si je déambulais dans les couloirs du palais. Sereine, je pars pour une campagne tranquille avec mon singe, animal de Thot, dieu de la sagesse, les bras rutilants de lapis-lazuli et d'or autrefois pesé sur la balance de Thot.

Elle songeait fièrement aux artisans qui œuvraient pour elle, nettoyant le temple restauré de Cusae, achevant l'allée processionnelle menant à son temple de millions d'années après avoir supprimé à cet endroit un sanctuaire d'Aménophis Ier et d'Ahmès-Néfertari.

— Quand on a eu la chance de contempler ce que j'ai vu il y a quelques jours, dit-elle encore à son fidèle cocher, tout paraît dérisoire. Je suis arrivée dans une carrière de granit dirigée par Amenhotep, Hapousneb et le second prophète d'Amon Pouiemrê. Les Égyptiens suaient, anéantis par la poussière et le bruit. Ils avaient choisi un énorme morceau de pierre et allumé près de lui des feux pour faciliter leur travail. Le granit craquait sous la chaleur. Certains s'échinaient sur la pointe d'un obélisque, d'autres sur les côtés en frappant de toutes leurs forces à l'aide d'une roche encore plus résistante. D'autres préparaient les cales de pierre sur lesquelles reposerait l'obélisque presque achevé. J'ai vu des ouvriers creuser un canal entre le Nil et la carrière afin d'acheminer le monument jusqu'au fleuve, glisser sous l'obélisque couché dans un bateau des blocs de pierre retirés l'un après l'autre pour alléger le navire.

— Majesté, ton action s'avère tout aussi impressionnante !

Hatchepsout tourna entre ses doigts le scarabée que lui avait donné Senmout.

— Si je reviens vivante de cette campagne, dit-elle, je jure devant les dieux de l'enterrer moi-même dans l'une des petites fosses de la chapelle de mon père et de placer dessus les briques qui le dissimuleront aux regards des humains. Une cérémonie célébrera cet événement. Je donnerai aussi à Amon tout mon butin de guerre et récompenserai abondamment les prêtres chargés de la toilette du dieu, de ses vêtements et de ses offrandes. Mes parents et ma sœur bien-aimée qui a quitté trop tôt le royaume des vivants recevront maints présents, du vin, des gâteaux et de la viande en abondance.

— N'aie crainte, divine, tu reviendras et vite !

Le cocher accéléra subitement l'allure de ses chevaux, entraînant l'ensemble du cortège. Les Égyptiens priaient Amon de prendre garde à leur reine. Les femmes tentaient de toucher son char. Aucun ne doutait de sa victoire.

***

S'il fut tout d'abord contrarié du départ de la reine pour la Nubie, Senmout s'installa vite dans ses nouvelles fonctions et gouverna bientôt comme le pharaon en personne. Même Kallisthès n'osait le contredire. Dès son retour à Thèbes, il se rendit dans le temple d'Hatchepsout et contrôla l'avancée des travaux de sa propre tombe, y ajouta même des scènes qui n'avaient pas reçu l'approbation de la reine.

— La Divine a été claire sur ce point, lui dit Djehouty. Je ne peux rien ordonner tant qu'elle ne l'a pas elle-même décidé !

— T'opposerais-tu à l'intendant des domaines d'Amon ? J'ai réclamé maintes fois que mon nom et mon image fussent reproduits sur les portes du temple d'Hatchepsout. Ils n'y figurent pas encore !

— La reine s'en offensera !

— Toi qui es prêt à la trahir, comment peux-tu me donner des leçons de moralité ?

Le visage de Senmout s'était crispé, faisant ressortir son nez pointu et ses rides très marquées sur les joues et la mâchoire. Sa peau légèrement distendue s'affaissa dans une moue sévère.

— Je veux que mes statues soient disposées dans le temple d'Amon, ajouta-t-il avec superbe. Celle qui est en granit aura sa place dans le temple de Mout puisque j'y offre un sistre à la déesse. J'en ferai représenter une en diorite d'une taille plus petite que je placerai dans ma chapelle.

Il allait ordonner à Djehouty d'obéir à ses ordres quand il lui demanda :

— Si j'étais Pharaon, choisirais-tu toujours Thoutmosis pour diriger l'Égypte ? Notre pays a-t-il besoin d'un soldat ou d'un gestionnaire ?

Djehouty rougit et s'abstint de répondre.

— Quant à tous ces graffiti obscènes gravés sur les murs de la chambre que les ouvriers ont creusée dans la falaise pour s'y reposer, je veux qu'ils disparaissent ! Amon vous punira un jour de représenter la reine soumise à la domination d'un homme même si celui-ci s'appelle Senmout !

— Les ouvriers travaillent dur, tu le sais bien. Pourquoi ne pas leur permettre de se détendre un peu ? La reine ne se rend jamais dans cet antre et quand le temple sera achevé, nous le refermerons avec des pierres si bien que personne n'y aura jamais accès.

— Je connais ces dessins et ils me dérangent ! répondit Senmout.

Djehouty s'étonnait du changement qui s'opérait dans le caractère et l'attitude de Senmout depuis le départ de la reine. L'intendant contrôlait aussi les travaux de sa première tombe comme s'il avait voulu conserver deux tombeaux. Dans le premier, il avait fait graver un extrait du *Livre des morts* : « Donne à l'intendant Senmout Vie, Prospérité, Joie et Endurance. » Au-dessus de cette inscription placée sur une fausse porte en quartzite rouge au bout d'un couloir haut et étroit se trouvait l'une de ses petites statues. L'architecte avait ordonné d'orner le plafond et les murs recouverts d'une simple couche de plâtre de textes et de hiéroglyphes colorés. Sur une frise se distinguait la déesse Hathor. Senmout avait déposé lui-même sur le sol plusieurs vases décorés de six Crétois qui rappelaient la bonne entente de l'Égypte avec l'île de Crète.

Djehouty se montrait fort jaloux du sarcophage de Senmout, estimant qu'une telle pièce n'était digne que d'un prince. Les déesses Isis et Nephtys à genoux y avaient été représentées. Quatre dieux en décoraient les côtés. À l'intérieur, la déesse Nout levait ses bras effilés. Partout, de magnifiques inscriptions extraites du *Livre des morts* couvraient le sarcophage. Un ouvrier polissait les côtés et les teintait de rouge, soulignant ici et là un détail, un bracelet, un collier ou une bague d'une couleur jaune ou bleue.

« Même les parents de la reine Tiy, les reines Ahhotep et Ahmès-Néfertari ou le pharaon Thoutmosis Ier avaient des cercueils et des sarcophages en bois ! » se disait-il en observant la prétention de Senmout à la dérobée.

Senmout prenait plus de plaisir encore à se rendre dans sa seconde tombe suivant les couloirs jusqu'aux pièces successives. Dans la chambre la plus haute, Hatchepsout avait déjà ordonné de polir les murs et de dessiner des esquisses qui seraient peintes avec adresse par les meilleurs artistes du village des ouvriers. Des hiéroglyphes gravés sur les murs invitaient Senmout à poursuivre son voyage dans l'Au-Delà dans les meilleures conditions. Des colonnes de caractères égyptiens évoquant prières, incantations et liturgies suppliaient les scribes et les sages de dire les mots justes pour permettre à Senmout de franchir le pas vers l'Autre Monde.

Hatchepsout avait demandé à Senmout d'orner la deuxième chambre rectangulaire puis la troisième pièce, voûtée, où se trouvait un puits profond. Senmout distribua des ordres précis : il voulait aussi voir ses frères représentés sur les murs et la fausse porte peinte avec art. Ses yeux ne parvenaient pas à se détacher des planètes Mars, Vénus ou Jupiter reproduites sur le plafond astronomique.

— Où comptes-tu être enterré ? lui demandèrent un jour le chef du Trésor Senfer qui remplaçait Tiy parti au combat et l'intendant en chef Renpit.

— Pourquoi ces questions ? leur rétorqua Senmout avec hauteur. Pensez-vous que mon âge avancé me condamne à ne songer qu'à l'Au-Delà ? Peut-être serai-je enterré dans une pièce secrète de ma première tombe, peut-être dans la seconde et peut-être dans aucune des deux !

— Un jour viendra où Thoutmosis se fera construire un temple plus grand que celui de sa tante. Il la dominera de sa grandeur et de sa hauteur ! disait souvent Djehouty à Senmout pour le remettre à sa place.

Mais l'architecte le regardait avec dédain.

XXXV

Quand Hatchepsout rentra à Thèbes, Sobek était sur le point d'accoucher et Thoutmosis n'était pas encore revenu de Gaza. La reine reçut un triomphe digne de son action. Pendant plusieurs jours, les fêtes se succédèrent dans l'Égypte entière. Chacun racontait ses exploits. Contrairement à ce qu'elle avait prévu, Hatchepsout ne repartit pas pour le Sinaï car l'armée égyptienne y avait soumis les rebelles avant de se diriger vers Gaza qu'elle venait de libérer.

Dès qu'elle se retrouva seule, elle sentit un malaise au palais. Les remarques sur Senmout fusaient. On racontait devant elle ou de manière à ce qu'elle l'entendît que l'intendant en chef d'Amon s'était comporté, en son absence, comme le roi du pays et qu'il eût mieux valu qu'elle restât à Thèbes. « Comment est-ce possible alors que je lui ai proposé de partager mon pouvoir et qu'il a refusé catégoriquement ? » se demanda Hatchepsout. Elle décida de se rendre à son temple de millions d'années pour vérifier auprès de Djehouty si Senmout avait bien ordonné de faire graver son nom dans les endroits les plus sacrés du Djeser Djeserou sans l'en informer.

— C'est exact, s'empressa de répondre le chef de chantier en espérant semer le trouble au sein de ce couple uni et puissant. Tu es revenue à temps pour arrêter sa démesure !

Hatchepsout se montra plus surprise qu'emportée. Si Senmout l'avait priée de rajouter ces images, elle aurait immédiatement accepté mais il y était le plus souvent hostile. Elle convoqua cependant son conseiller.

— Mon retour n'a guère provoqué tes exclamations de joie, lui dit-elle. J'aurais pu être tuée...

— J'ai reçu tes nombreux messages. Chacun m'indiquait que vous n'aviez pas besoin de combattre pour faire fuir les rebelles et les soumettre.

— Peut-être aurais-tu préféré que je ne revinsse pas, murmura Hatchepsout comme si elle se parlait à elle-même. Tu aurais affronté Thoutmosis pour t'emparer du trône.

Senmout rougit et se prosterna devant elle.

— Enfin ! s'exclama la reine. Je me demandais quand tu allais te souvenir que j'étais Pharaon et que tu me devais le respect. J'ai entendu dire que tu ne dédaignais pas les signes d'adoration en mon absence et que tu les encourageais.

— Méfie-toi de ces traîtres qui tentent de nous lever l'un contre l'autre et qui acclameront Thoutmosis dès qu'il franchira les portes de la ville.

— Je ne crois que ce que je vois, répondit Hatchepsout. Je te sens distant. Je me suis rendue dans mon temple et ai pris connaissance des ordres que tu as distribués...

— Il était hors de question de ne pas t'en parler avant qu'ils ne fussent exécutés!

Hatchepsout ressentait une profonde lassitude. La campagne contre les Nubiens l'avait éprouvée même si elle refusait de l'admettre. Elle remercia le dieu Amon de ne pas l'avoir contrainte à combattre trop longtemps. Elle ne regardait pas sans angoisse les rides de Senmout se creuser et le coin de ses yeux s'affaisser légèrement.

Comme Meryrêt ne lui témoignait pas l'affection qu'elle attendait et qu'elle préférait se réjouir avec Iset, Hatchepsout alla passer de longs moments près de la tombe de Néférou-Rê. Elle s'y rendait lorsque Rê avait fini sa course diurne et chantonnait des airs connus à celle qu'elle destinait au trône d'Égypte. « Pourquoi Meryrêt est-elle si différente de toi? Malgré son âge, elle se complaît à me déplaire en fréquentant les personnes que je hais le plus au palais. Les saisons passent et elle ne parle que de Thoutmosis comme si elle l'idolâtrait. Dans deux ans, elle sera suffisamment mûre pour envisager d'écarter Sobek et son enfant s'ils lui font de l'ombre. Je n'ose imaginer le pire, une union entre Meryrêt et Thoutmosis! N'est-ce pas là ce qu'espère Iset? Moutnéfret demeure prostrée dans sa chambre. Elle est trop vieille pour comprendre sinon je redouterais encore ses manigances. Aujourd'hui, Iset a pris la relève. Pourquoi faut-il que le palais soit un lieu de perpétuelles intrigues? »

Hatchepsout vint apporter chaque jour des offrandes à sa fille. Senmout s'étonna de son silence et rechercha les confidences de la reine. Mais celle-ci persista dans sa solitude.

La reine surprit même sa fille en train d'écouter Iset lire à haute voix les lettres de son fils. Thoutmosis osait parler de Meryrêt dans ses missives, répondant à sa mère qui la trouvait exquise et jolie. « Si elle avait quelques années de plus, Meryrêt épouserait Thoutmosis sans craindre de me nuire, sachant qu'elle me tuerait! » se dit Hatchepsout. Voir Iset rire de bon cœur avec sa fille soulevait sa colère et ses doutes. Avait-elle seulement su gagner la confiance et l'amour de sa fille?

Thoutmosis revint dix mois plus tard et Hatchepsout put constater combien son neveu avait mûri et combien les Égyptiens l'aimaient. Le chef de l'armée égyptienne étant mort à Gaza, Thoutmosis avait pris la direction des soldats à leur demande et pénétra triomphalement dans Thèbes sous les acclamations. Les Thébains racontaient que, lors de son voyage, il lui arrivait de se mêler à la foule tandis que les paysans se jetaient à ses pieds en l'appelant « Pharaon ». La reine le félicita froidement et lui apprit elle-même qu'elle était revenue victorieuse de Nubie.

— Puis-je prendre place à côté de ton siège? demanda Thoutmosis en la saluant respectueusement.

— Gaza t'a-t-elle tourné la tête? lui répondit Hatchepsout. Les rebelles sont de nouveau soumis, pas la reine d'Égypte!

— Oublierais-tu, Pharaon Maâtkarê, que j'ai hérité de la couronne d'Égypte et qu'avant de t'imposer comme Pharaon, tu assurais ma régence?

Hatchepsout se leva et brandit sa crosse vers le ciel.

— Qu'Amon t'étouffe ! Ta langue de vipère ne changera rien à la situation présente !

— Réfléchis bien, lui répondit Thoutmosis en élevant la voix pour que les soldats en rang l'entendissent. Je réclame un trône à côté du tien et estime que ce n'est là que justice !

Les soldats levèrent leurs lances en scandant son nom tandis que la foule l'appelait de nouveau à grands cris.

— Montre-moi ce que tu as apporté ! ordonna Hatchepsout pour apaiser les esprits tout en regrettant que son peuple ait oublié les années de paix qu'elle lui avait données.

Sur un geste de Thoutmosis défilèrent les caisses de trésor, les bijoux et les étoffes somptueuses. À chaque objet, Hatchepsout retenait un cri d'admiration. Thoutmosis lui fit ensuite un récit précis de leurs campagnes au Sinaï et à Gaza puis il raconta en détail le siège de la ville.

Les Thébains semblaient avides de ces récits de guerre parfois cruels qui affirmaient la supériorité de l'Égypte.

— Repars et conquiers le Mitanni, vénérable Thoutmosis ! cria l'un d'entre eux. Les Égyptiens souhaitent régner sur un immense empire !

Hatchepsout prit des mesures pour qu'une telle manifestation ne se reproduisît pas.

— Emmenez cet homme ! dit-elle. Qu'on le juge pour son impertinence !

— Pharaon condamnerait-il un valeureux Thébain un jour de gloire et de triomphe ? s'étonna Thoutmosis en prenant parti pour le paysan.

— Pharaon a décidé ! dit Hatchepsout en se levant. Accompagne-moi aux temples. Les dieux se réjouiront de tels présents !

Mais pendant le parcours les éclats de voix en

faveur de Thoutmosis agacèrent Hatchepsout. « Ce peuple versatile souhaite l'inverse de ce qui lui apporte le bonheur, se dit la reine. Il n'a guère besoin de crier fort pour réclamer la guerre. Thoutmosis est prêt à la lui accorder. Je lui ai pourtant donné l'exemple d'une paix bénéfique. »

*
**

Un mois plus tard, Amen fut réveillé en sursaut par des bruits insolites. Il passait la nuit dans la maison familiale. Aussi se précipita-t-il pour vérifier si les gardes choisis par Hatchepsout avaient entendu les mêmes cliquetis d'armes que lui. Il ouvrit sa porte et s'étonna de ne trouver personne. Il longea le jardin central et se dirigea à grands pas vers la chambre de Senmout qui y avait repris ses habitudes depuis le retour de la reine peu empressée de l'avoir à ses côtés.

Mais avant même d'atteindre la porte de son frère, un soldat lui saisit le bras par-derrière. Amen comprit que ses gardes s'étaient sans doute laissé acheter.

— Que veux-tu ? dit-il sans chercher à se retourner. Qui t'envoie ?

Djehouty apparut devant lui et ne daigna pas le saluer. Mais le Grand Prêtre approcha si près de lui après s'être libéré de l'emprise du soldat que le chef de chantier finit par se prosterner de crainte de subir les foudres du dieu Amon.

Il se releva presque aussitôt et lui dit :

— Thoutmosis m'envoie te parler. Il te propose de te rallier à lui. Tu as compris que de grands changements allaient s'opérer en Égypte et que le règne d'Hatchepsout arrivait à son terme.

— Ce n'est pas là mon avis, répondit courageusement Amen.

— Nous avons déjà parlé avec Hapousneb et

bien que son père ait déjà servi le pharaon, je le sens prêt à suivre Thoutmosis.

— Voilà qui m'étonnerait fort! répliqua le Grand Prêtre. N'avez-vous pas trouvé d'autres arguments pour me convaincre? Hapousneb ne trahirait jamais ni l'Égypte ni son Pharaon. Hatchepsout est le pharaon désigné par Amon!

— Tu ne comprends pas, insista Djehouty. Thoutmosis te propose un poste de conseiller...

— Tais-toi, traître! dit Amen en plantant ses yeux sombres dans les siens. Jamais je n'abandonnerai Hatchepsout tant qu'elle sera sur le trône d'Égypte!

Djehouty soutint le regard du Grand Prêtre.

— Et ensuite? Que feras-tu? Thoutmosis te condamnera à l'exil comme les autres!

— S'il faut mourir, je mourrai!

Djehouty haussa les épaules.

— Thoutmosis attend ta réponse et t'accorde deux jours de réflexion.

Amen eut un rire nerveux.

— Donne-lui donc ma réponse aujourd'hui. Je ne varierai pas! Où sont mes gardes et ceux de mon frère?

— Thoutmosis m'a ordonné de les éloigner avant de te parler. Je vais les faire revenir.

— Quitte ces lieux au plus vite, Djehouty! dit Amen. Tu me fais horreur!

Le chef de chantier tourna les talons en se redressant. Amen prit alors conscience que Senmout n'était toujours pas sorti de sa chambre malgré leurs éclats de voix.

— Attends! cria-t-il à Djehouty.

Le Grand Prêtre ouvrit la porte de la chambre de Senmout et demeura stupéfait. Son frère gisait à terre près de sa couche, la face tournée vers le sol. Un filet de sang coulait de son corps. Il se précipita vers lui et lui prit le visage dans ses mains.

— Il respire, dit-il. Vite ! Appelez Kallisthès ! Vous avez osé porter la main sur mon frère, Pharaon ne vous le pardonnera jamais !

Djehouty restait immobile, le visage pâle et impassible.

— Par Amon et tous les dieux, je te jure, Grand Prêtre, que nous n'avons pas porté la main sur Senmout !

Amen sentit la main de son frère se crisper dans la sienne puis elle se détendit et retomba inerte sur le sol.

— Senmout ! Nous allons te soigner ! Révèle-moi qui a osé t'agresser ! Je le jetterai moi-même aux crocodiles.

— La blessure de Senmout est superficielle, dit l'un des gardes en approchant et en retournant délicatement le corps de l'intendant suprême. Le grand Administrateur n'a pas succombé à cette blessure. Un autre mal l'a emporté.

Mais Amen n'écoutait plus ces paroles. Il se coucha sur le corps de son frère et pleura longuement en le serrant contre lui.

XXXVI

Quand elle apprit que Senmout avait rejoint Osiris, Hatchepsout demeura muette d'effroi. Elle ressentit une profonde douleur à l'intérieur d'elle-même. Son cœur se serra si fort qu'elle crut défaillir. Alors qu'elle se posait tant de questions sur leur amour, sur les changements récents qui semblaient s'opérer chez son conseiller et qu'elle se demandait s'il n'avait été toute sa vie qu'un opportuniste ou un amant dévoué, toutes ces interrogations paraissaient dérisoires. « Le grand moment est-il venu de céder ma place ? Dois-je consulter le devin sur ce point ? » se demanda-t-elle. Mais la réponse ne se fit guère attendre. Le lendemain, Amen vint lui annoncer la mort de Kallisthès.

— Rassemble tous mes conseillers les plus proches, dit Hatchepsout, la voix blanche. Il faut agir vite !

Lorsque ceux-ci se retrouvèrent dans le bureau de la reine, anéantis par la disparition de Kallisthès et de Senmout, Hatchepsout leur dit :

— Vous allez tous quitter Thèbes le plus rapidement possible. Vous êtes en danger. Votre vie m'est précieuse et je ne veux pas la mettre en péril. Fuyez ! Thoutmosis a décidé de prendre le pouvoir et rien ne l'arrêtera !

Rê adoré par Hatchepsout paraissait maintenant narguer la reine de ses rayons éclatants tandis qu'elle ne parlait que de mort et de danger. Ses conseillers ne lui répondirent pas. Leurs voix s'étranglaient dans leur gorge et les servantes avaient beau déposer devant eux des trépieds couverts de fruits et de vin, aucun ne tendait les bras vers les coupes pleines.

— Mangez ! dit la reine. Je ne m'avouerai jamais vaincue devant Thoutmosis ! Partageons ensemble ces derniers instants de complicité et séparons-nous pour toujours. Nous nous retrouverons dans l'Au-Delà.

Les servantes apportèrent des coussins. Chacun s'installa à son aise en tentant d'oublier, grâce au vin, les moments pénibles qu'ils vivaient. Quand leur repas s'acheva, ils prièrent ensemble Amon et tous les dieux alors que le crépuscule apportait sa fraîcheur et les dangers de la nuit. Hatchepsout leur fit alors comprendre qu'elle voulait rester seule. Ils se prosternèrent à ses pieds et se retirèrent emportant avec leurs larmes les souvenirs de leurs actions communes.

Hatchepsout regarda au loin les montagnes noires de la Vallée qui ne se dessinaient déjà plus à l'horizon. Les arbres agitaient leurs branches souples au-dessus du Nil tranquille et sombre. Les voiles des barques grinçaient. Elle ferma les yeux et respira les parfums mêlés de Thèbes, les lotus, la myrrhe, les écorces d'arbres et cette odeur fade qui venait du fleuve. Demain, les brumes se dissiperaient pour laisser place à un soleil éclatant que ne verraient ni Kallisthès ni Senmout. Aurait-elle seulement le dernier courage d'organiser leurs somptueuses funérailles ? La seconde tombe de Senmout n'était pas achevée. Où déciderait-elle d'enfermer son corps pour l'Éternité ? « Si je le place dans l'une ou l'autre tombe, se dit-elle, je redoute le pire. Thoutmosis fera jeter son sarcophage dans une carrière ou se l'appropriera en souillant la dépouille de Senmout. Les pilleurs de tombes voleront son mobilier et ses bijoux sans craindre une condamnation. »

Elle pleura longuement puis s'étendit sur son lit, lasse de tant de manœuvres et de complots. Mais quand elle ouvrit les lèvres pour appeler Senmout et lui confier sa peine, elle se rendit alors compte qu'il ne serait plus là pour l'épauler, pour la consoler, pour l'aimer. Elle se tordit les mains de douleur et resta étendue, les yeux humides, le corps vide. Elle était seule, désespérément seule. Tous ceux qu'elle aimait étaient morts ou s'apprêtaient à quitter le palais. Sneni vint s'asseoir à côté d'elle. Il entraîna un torrent de larmes. La reine ne pouvait oublier que le singe était un cadeau de Senmout. Ses six chatons s'avancèrent en file indienne dans la pièce. C'était leur première sortie. Hatchepsout les regarda avec un sourire triste. Meryrêt n'était même pas venue l'embrasser pour la consoler de la perte de Senmout.

Le palais semblait désert. Elle n'entendit bientôt plus aucun bruit et s'assoupit quand de vagues crissements de sandales l'intriguèrent. Les pas semblèrent s'arrêter devant la porte. Hatchepsout frémit. Thoutmosis avait-il ordonné cette nuit son exécution ? Son cœur se mit à battre fort et vite, non de peur mais d'incertitude. Où se trouvaient donc ses gardes ? Personne ne semblait réagir devant cette approche furtive. Elle entendit la porte s'ouvrir légèrement et distingua un filet de lumière qui pénétrait dans la pièce. Des phrases chuchotées lui firent tendre l'oreille. La reine ne pouvait plus bouger. La terreur s'était emparée d'elle. L'odeur de myrrhe qui embaumait la pièce devint plus persistante. Elle tendit le bras vers sa lampe mais le replaça bien vite sous sa couverture de peur qu'on ne l'entendît. Elle eut soudain envie de se lever et d'appeler à l'aide de toutes ses forces. Elle distingua un bijou briller dans le noir. Qui étaient ces hommes qui tentaient d'entrer dans sa chambre tandis qu'elle dormait ? Son dos était mouillé de sueur. « Dans un instant, les portes vont s'ouvrir d'un coup. Un ordre fusera et dix hommes vont m'assaillir et me tuer ! » Elle revit le sourire crispé de Senmout, son extrême tendresse lorsqu'il serrait Néférou-Rê contre lui, sa fille qui courait dans le jardin derrière son chat, sa mère qui se penchait sur son berceau, son père qui lui montrait les pyramides de ses ancêtres auxquelles s'ajoutaient tant d'images qu'elle pensait à jamais enfouies.

Contre toute attente, les chatons miaulèrent et Sneni se mit à pousser des cris stridents qui effrayèrent les intrus. La porte se referma brusquement et elle veilla toute la nuit, sur le qui-vive, la gorge serrée.

***

Le lendemain, Hatchepsout se fit revêtir de son pagne royal et posa sur ses cheveux sa double couronne. Puis elle entreprit de supprimer les traces de ses pleurs. Elle appliqua sur ses paupières des compresses de plantes que lui avait données Kallisthès non sans honorer le Crétois d'une prière. Puis elle se maquilla abondamment, souligna ses yeux de khôl et rougit ses lèvres.

Quand elle fut prête, elle dicta un message à son scribe et lui donna l'ordre de le porter à Thoutmosis en lui disant qu'elle l'attendait dans la salle de réception. Elle se sentit de nouveau bien seule lorsqu'elle s'assit sur le trône n'ayant en face d'elle qu'un grand espace vide. Là s'étaient succédé des ambassadeurs et des rois. Elle avait imaginé là ses premiers plans de reconstruction. Soudain, le visage de Senmout portant des papyrus roulés sous le bras lui apparut comme s'il allait entrer dans la pièce. Elle ferma les yeux et respira profondément pour ne pas pleurer. Elle ressentit une impression de vertige et crut qu'elle allait s'évanouir. À ce moment, le pas décidé de Thoutmosis résonna dans le couloir. Aussi se redressa-t-elle pour lui parler avec dignité.

— Vas-tu me proposer un trône à côté du tien ? demanda-t-il avec effronterie.

— Le temps ne se prête pas à la plaisanterie, Thoutmosis, répondit froidement Hatchepsout sans ressentir pour son neveu un autre sentiment qu'une profonde haine.

Mais elle se leva tant le spectacle qui suivit l'atterra. Djehouty venait de rejoindre Thoutmosis et de se placer derrière lui. Il la salua tandis que Thoutmosis la regardait les mains sur les hanches dans une attitude de défi. Deux oiseaux qui s'ébattaient près de la fenêtre ne parvinrent pas à troubler leurs regards.

— Ainsi donc tu as fait tuer mes meilleurs

conseillers. Tu as peut-être assassiné toi-même Pennethbet, ton propre maître ! Quelle espèce de monstre es-tu donc ?

— Pharaon Maâtkarê, répondit respectueusement Thoutmosis, tu fais fausse route. Je n'ai pas l'intention d'attendre des années pour monter sur le trône mais je n'ai jamais voulu m'acharner sur tes conseillers ! Je reviens du combat avec tous les honneurs. Les Égyptiens réclament la guerre et veulent agrandir leur pays ! Ils m'aiment ! Pourquoi voudrais-tu que je procède à une série d'assassinats inutiles ?

Hatchepsout l'observa. Puis elle ordonna à Djehouty d'approcher.

— Es-tu complice de Thoutmosis ? lui demanda-t-elle. As-tu participé à cette tuerie ? Aurais-tu porté la main sur tes compagnons ou versé dans leur coupe de vin un poison puissant ?

— Non, répondit Djehouty sans fuir son regard. Par Amon, je le jure ! Je t'ai servie du mieux que j'ai pu. Aujourd'hui, je pense sincèrement que le pays sera mieux gouverné par un homme car l'Égypte va s'agrandir et elle ne le fera pas sans combats ! Voilà pourquoi j'ai choisi le parti de Thoutmosis mais je vénère Pharaon !

— Voilà une étrange manière de m'honorer !

— Parce que je suis persuadé que les dieux ont élu Thoutmosis pour te succéder, Reine des Deux Égyptes !

Hatchepsout demeura interdite.

— Mais alors, Thoutmosis, qui donc a assassiné mes conseillers ?

— Je croyais que tu avais éliminé toi-même ce prétentieux Senmout ! Il a révélé son vrai visage quand tu as quitté Thèbes !

Hatchepsout eut une impression indéfinissable comme si elle se moquait de Thoutmosis qui ne savait manifestement pas de quoi il parlait.

— Quant aux autres, poursuivit celui-ci plus durement, certains prêtres les détestaient parce qu'ils te soutenaient. Peut-être l'action vient-elle de là.

— Curieusement, je te crois, répondit Hatchepsout. Les prêtres seraient donc responsables de cette tuerie ?

— Peut-être.

— Et que comptes-tu faire maintenant ? Le peuple, les soldats et les prêtres sont avec toi.

— Mais ils t'apprécient et te vénèrent toujours ! Je te propose une alliance !

— Quel genre d'alliance ? demanda Hatchepsout, surprise.

— Cède-moi ta place. Je t'épouserai et tu deviendras la Grande Épouse royale.

Hatchepsout eut un rire nerveux.

— Jamais ! répondit-elle. Mais Meryrêt cédera peut-être à tes avances quand elle sera plus âgée !

— Je n'en ai que faire ! répondit Thoutmosis en insistant.

La reine se leva et descendit les degrés conduisant à son trône puis passa devant son neveu sans lui accorder plus d'attention. En traversant le couloir elle sentit que l'ambiance du palais avait changé. Les serviteurs la saluaient mais chuchotaient derrière son dos. Elle ralentit le pas en passant devant le bureau de Senmout et poussa légèrement la porte. Mais dès que l'odeur de myrrhe l'envahit, elle préféra poursuivre son chemin pour ne pas défaillir.

Meryrêt chantonnait devant une statue du dieu Amon. Elle admirait ses nombreux bracelets et les passait d'un bras à l'autre.

— Mère ! dit-elle à Hatchepsout. Que penses-tu de ces turquoises ? Préfères-tu mes bijoux bleus ou verts ?

— Meryrêt ! répondit Hatchepsout avec horreur. Sais-tu ce qui se passe actuellement au palais ? As-tu appris que Kallisthès et Senmout sont morts ?

— Naturellement ! Mais n'en es-tu pas responsable ? Iset prétend à juste titre que tu t'éternises sur le trône alors que Thoutmosis lui paraît apte à gouverner.

Hatchepsout préféra s'éloigner. Elle décréta aussitôt les soixante-dix jours de deuil qui permettraient aux prêtres de préparer les funérailles de Senmout et de Kallisthès. Mais, dans les jours qui suivirent, Hatchepsout eut la douleur de constater que certains de ses fidèles fonctionnaires passaient à Thoutmosis. Elle décida d'échapper à cette atmosphère pesante et de se réfugier dans le silence de son temple de millions d'années. Amen lui manquait. Sur ses conseils, il se tenait à l'écart, refusant toutefois de la quitter tant que son frère ne serait pas décemment enterré. Elle lisait sur les peintures de son temple toute sa vie écoulée, une existence dont Senmout était maintenant exclu. « Il viendra me rejoindre comme la première fois dans le kiosque où je l'avais invité, murmurait-elle, et nous nous aimerons de nouveau dans les plaines de l'Éternité ! J'aurais préféré être tuée moi aussi ! Ainsi donc Thoutmosis portera le cobra et le vautour ! Il va repartir au combat. Il prétend vouloir battre Sauztata et trancher lui-même la tête de ce Séti ! Celui-ci est-il seulement en vie ? Et ce Kay qui l'accompagnait ? Ce traître vit-il encore ? Ce départ de Thoutmosis serait pour moi l'occasion de reprendre les affaires en main ! »

Les mois passèrent. Senmout avait finalement été enterré dans une tombe inachevée afin de ne pas tenter les pillards. Hatchepsout assista avec une immense douleur à ses funérailles. Puis elle accepta de partager le pouvoir avec Thoutmosis, espérant le voir partir très vite pour Qadesh comme il en avait l'intention. Mais Thoutmosis repoussait son départ.

— Si je pars, lui dit-il un jour, tu en profiteras pour manœuvrer derrière mon dos !

Thoutmosis restait indécis. Hatchepsout se sentait si lasse qu'elle finit par admettre que toute tentative s'avérerait impossible pour effacer le temps et tout recommencer. Comment avait-elle pu être aussi naïve et imaginer un retournement de situation ? Elle était trop âgée. Comme elle semblait loin l'époque où sa chère Shatra la dorlotait, où son père l'avait présentée à la cour ! « Même si Thoutmosis s'approprie le pouvoir, jamais il n'effacera mes divines origines ! »

***

Un matin, Hatchepsout se leva plus sereine qu'à l'ordinaire car elle n'avait guère dormi ces derniers mois. Elle se fit vêtir de ses plus beaux atours et rassembla maints souvenirs enfouis dans des coffres. Elle trouva des jouets de Néférou-Rê, un carquois qui avait appartenu à son père, la bague qu'elle avait autrefois offerte à sa mère, des coussins de ses grands-mères et un rouleau soigneusement protégé. Elle le parcourut mais il lui tomba des mains. « Si tu étais encore parmi les vivants, Menis, murmura-t-elle, tu aurais lu de ta douce voix cette lettre que Senmout m'avait écrite au Pount. J'aurais laissé glisser ma tête sur ton épaule et nous aurions parlé de Senmout. »

Soudain, elle fit appeler son cocher et lui dit :

— Je n'ai pas chassé depuis le départ de Senmout. Accompagne-moi !

Elle revêtit un pagne et se laissa emporter par ses chevaux fougueux. Le vent se glissa dans sa chevelure. Le cocher excitait les bêtes par des claquements de la langue.

— Allons vers le désert ! cria Hatchepsout, vers les grandes étendues !

Elle cingla ainsi toute la matinée puis elle rentra, l'esprit encore étourdi par sa longue course. Elle fit appeler toutes ses servantes et leur ordonna de lui apporter ses sandales d'or, sa ceinture dorée, son pagne blanc et or, son pectoral orné de turquoises et sa couronne. Elle s'assit devant sa table de maquillage et s'empara de son miroir.

— Mettez de la poudre dorée en abondance sur mes paupières, dit-elle. Que le trait de khôl se prolonge jusqu'à mes tempes !

La préparation fut longue et minutieuse. Puis Hatchepsout demanda à son cocher de la conduire dans son temple de millions d'années. Rê commençait à décliner derrière les collines rougissantes. Ses yeux contemplèrent avec une infinie tendresse ce signe du dieu qu'elle adorait. Dans la barque qui traversa le fleuve, elle chantonna un hymne à Amon.

— Majesté, n'est-il pas imprudent de s'éloigner si tard du palais sans escorte ? lui demanda Pathmès, inquiet.

— Rassure-toi, mon ami, je te protège et Amon veille sur moi !

Les rames pénétrèrent sans bruit dans le fleuve. Quand ils arrivèrent de l'autre côté du Nil, les oiseaux de nuit hululaient. Ils empruntèrent un char jusqu'au temple.

— Accompagne-moi dans l'espace divin d'Amon, dit Hatchepsout au cocher.

— Mais, c'est impossible. Majesté ! Amon et Anubis vont me punir ! Seuls les rois ont le droit de fréquenter cet endroit !

— N'aie crainte ! Suis-moi !

Ils avancèrent vers les rampes et les terrasses obscures. Les prêtres s'approchèrent pour saluer la reine mais Hatchepsout leur demanda de les laisser seuls. Elle ne pouvait pas s'habituer à l'absence d'Amen qui avait quitté Thèbes sur sa prière avec ses autres frères et sœurs. Mais quand elle pénétra dans le saint des saints, son cœur parut s'arrêter de battre. Elle s'assit à terre devant l'autel d'Amon et se confia à Pathmès.

— Depuis la disparition de mes fidèles amis, depuis le retour de Thoutmosis de Gaza et depuis tout ce bouleversement que je sens à l'intérieur du palais plus que je ne le vois vraiment, Amon m'a ôté la vie. Senmout repose dans l'Au-Delà, loin de moi.

Son cœur s'accélérait. Des larmes coulèrent le long de ses joues. Elle suffoqua.

— Majesté ! Il faut rentrer ! Je crains qu'un malaise n'emporte Maâtkarê toute-puissante.

— Quelle joie de retrouver ceux que j'aime !

Le cocher contemplait avec stupeur cette femme qui lançait son char à pleine allure le matin même et qui paraissait soudain lasse de vivre.

— Prends ma main. Elle est froide, ne trouves-tu pas ? Ah, Senmout, le moment est enfin arrivé !

— Reine ! s'exclama le cocher en voyant sa tête retomber en arrière sur le mur de la cour.

Mais étrangement, il n'eut pas la force d'appeler les prêtres. Il resta ainsi, la main de sa reine dans la sienne. Le cirque rocheux avait perdu toute apparence menaçante. Les voix des prêtres susurrant des hymnes monotones à Amon lui parvenaient, apaisantes et rassurantes. Les feuilles de l'arbre à oliban planté en l'honneur d'Amon frémirent dans la nuit. La brise vespérale le fit frissonner. Il ne cessait de contempler Hatchepsout dans sa beauté parfaite et dans sa grande gloire. Le feu de la torche allumée dans l'espace divin se reflétait dans l'or de ses bijoux. Ses paupières d'or scintillaient. Il porta alors la main fine de Pharaon à ses lèvres et y déposa un baiser délicat. Puis il pleura. La flamme de la torche vacilla une dernière fois avant de s'éteindre. Il se prosterna alors devant la fille d'Amon qui, un sourire aux lèvres, venait d'entreprendre son voyage d'éternité. La voix des prêtres s'éteignit dans la nuit.

Les principaux rois de la XIIe à la XVIIIe dynastie

XIIe dynastie (XXe-XVIIIe siècle avant J.-C.)

Amenemet Ier
Sesostris Ier
Amenemet II
Sesostris II
Sesostris III
Amenemet III
Amenemet IV
Nefrousobek

Pendant les XVe et XVIe dynasties s'imposent les envahisseurs Hyksos (XVIIIe-XVIe siècle avant J.-C.) qui gouvernent à Avaris. Des rois ou gouverneurs égyptiens dirigent l'Égypte du Sud à Thèbes.

XVIIe dynastie (XVIe siècle)

Derniers rois de Thèbes
Tioua Ier (Grande Épouse : Titihéri)
Tioua II (Grande Épouse royale : Ahhotep)
Kamose

XVIIIe dynastie (XVIe-XIIIe siècle)

Ahmosis (Grande Épouse royale : Ahmès-Néfertari)
Aménophis Ier (Grande Épouse royale : Ahotep)
Thoutmosis Ier (Grande Épouse royale : Ahmose)
Thoutmosis II – Hatchepsout
Thoutmosis III
Aménophis II
Thoutmosis IV
Aménophis III
Aménophis IV (appelé Akhenaton)
Semenkarê
Toutânkhaton (appelé ensuite Toutânkhamon)
Aï
Horemheb

LISTE DES PRINCIPAUX PERSONNAGES

Abou : Thébain dont les ascendants étaient des Hyksos.

Ahhotep : Sœur et épouse de Seqnrê Tioua II. Mère du pharaon Ahmosis, arrière-grand-père d'Hatchepsout.

Ahmen : Soldat de Thoutmosis Ier.

Ahmès : Thébain favorable aux Hyksos.

Ahmès-Néfertari : Épouse du pharaon Ahmosis, arrière-grand-père d'Hatchepsout.

Ahmès-Penkhebet : Nourrice de Néférou-Rê.

Ahmose : Fille du pharaon Aménophis Ier. Épouse de Thoutmosis Ier et mère d'Hatchepsout.

Ahmosis : Premier pharaon de la XVIIIe dynastie, grand-père de la reine Ahmose et arrière-grand-père d'Hatchepsout.

Ahotep : Épouse du pharaon Aménophis Ier. Mère d'Ahmose.

Amemesis : Fils du pharaon Thoutmosis Ier et de Moutnéfret. Demi-frère d'Hatchepsout.

Amen : Frère de Senmout.

Aménès : Intendant d'Hatchepsout.

Aménophis Ier : Deuxième pharaon de la XVIIIe dynastie, père d'Ahmose et grand-père d'Hatchepsout.

Amenhotep : Architecte.

Amis : Adjoint de l'architecte Pémiat.

Apoui : Sculpteur thébain.
Ariane : Fille de Minos, roi de Crète.
Ati : Reine du Pount.
Atnéferê : Mère de Senmout.
Baber : Vizir du Nord.
Bekkhy : Cousin de Senmout.
Bêlis : Épouse de Séti.
Bès : Paysan thébain, ami de Séti.
Djehouty : Chef de chantier du temple de Deir el-Bahari.
Gizé : Thébain favorable aux Hyksos.
Hapousneb : Grand prêtre d'Amon et vizir. Son père était déjà prêtre du dieu Amon.
Hatchepsout : Fille d'Ahmose, fille du pharaon Aménophis Ier, et de Thoutmosis Ier.
Ibéni : Vice-roi de Koush.
Imeni : Architecte de Thoutmosis Ier.
Inou : Coiffeuse d'Hatchepsout.
Inyt : Surnom qu'Hatchepsout donne à sa nourrice Shatra.
Iouf : Administrateur des domaines de la reine Ahotep.
Iset : Mère de Thoutmosis III.
Itiri : Précepteur des fils dc Thoutmosis Ier.
Kabech : Fils de Serdjem. Ouvrier de Deir el-Medineh.
Kallisthès : Architecte venant de Crète.
Kay : Thébain favorable aux Hyksos.
Kebetnefrou : Sœur d'Hatchepsout. Fille d'Ahmose et de Thoutmosis Ier.
Kérès : Gouverneur au service de la reine Ahotep.
Kouat : Oncle de Senmout.
Mai : Peintre habitant Deir el-Medineh.
Menis : Servante et confidente d'Ahmose.
Meryrêt-Hatchepsout : Deuxième fille d'Hatchepsout et de Thoutmosis II (?). Sœur de Néférou-Rê (?).

Minos : Roi de Crète.
Minotep : Frère de Senmout.
Montou : Un des maîtres d'Hatchepsout.
Moutnéfret : Première femme de Thoutmosis Ier. Mère de Amemesis, Oudjmose et Thoutmosis II.
Néfer : Chef d'équipe au Village des ouvriers de Thèbes.
Néferepet : Sculpteur thébain.
Néférou-Rê : Fille d'Hatchepsout.
Nésy : Chef de l'expédition du Pount.
Nobri : Dessinateur de Deir el-Medineh.
Oudjmose : Fils du pharaon Thoutmosis Ier et de Moutnéfret. Demi-frère d'Hatchepsout.
Ouseremon : Vizir.
Paga : Roi de Bouqras (Mésopotamie).
Paher : Précepteur des fils de Thoutmosis Ier.
Parakou : Roi du Pount.
Pathmès : Cocher d'Hatchepsout.
Pémiat : Architecte et responsable des travaux du temple d'Amon.
Pennethbet : Soldat de Thoutmosis Ier.
Pêri : Frère de Senmout.
Pouiemrê : Second prophète d'Amon.
Protop : Dessinateur habitant le Village des ouvriers de Thèbes.
Qaa : Responsable des ouvriers de Deir el-Medineh.
Ramose : Père de Senmout.
Rêneferê : Tante de Senmout.
Renpit : Intendant en chef du palais.
Roui : Cousin de Senmout.
Sabutu : Scribe assyrien.
Sauztata : Roi de Mésopotamie.
Senfer : Chef du Trésor.
Senmen : Frère de Senmout.
Senmout : Fils d'Atnéferê et de Ramose. Soldat nommé par Thoutmosis Administrateur suprême.

Senseneb : Mère du pharaon Thoutmosis Ier. Grand-mère paternelle d'Hatchepsout.

Sesostris Ier : Pharaon de la XIIe dynastie.

Sesostris II : Pharaon de la XIIe dynastie.

Séti : Thébain favorable aux descendants des Hyksos.

Shatra : Nourrice d'Hatchepsout.

Sobek Sat-Ia : Fille de Ypou, la nourrice de Thoutmosis III. Amie de Néférou-Rê.

Tay : Garde de la tombe pharaonique.

Thémis : Compagne de Kay.

Thoutmosis Ier : Gendre du pharaon Aménophis Ier et époux d'Ahmose. Père d'Hatchepsout.

Thoutmosis II : Fils du pharaon Thoutmosis Ier et de Moutnéfret. Demi-frère d'Hatchepsout.

Titihéri : Épouse du roi Tioua I.

Tiy : Trésorier et gouverneur.

Toui : Femme de Qaa, responsable des ouvriers.

Toui-Toui : Surnom d'Atnéferê, mère de Senmout.

Toumis : Prêtre hostile à Hatchepsout.

Toury : Vice-roi de Nubie.

Tyanoun : Scribe royal.

Tynet : Servante d'Hatchepsout.

Ypou : Nourrice de Thoutmosis III.

REMERCIEMENTS

Je remercie M. le président de la République arabe d'Égypte ; M. Farouk Hosni, ministre de la Culture ; M. Nabil Osman ; M. le directeur du service des Antiquités ; M. Aly El Kadi, pour leur accueil toujours très chaleureux en Égypte, condition favorable pour la poursuite de mes recherches et l'écriture de mes ouvrages.

Je veux également adresser un message amical à MM. Amgad Hassoun, Magued Makram et Sameh Michel pour leur gentillesse et leurs compétences.

Du même auteur :

L'Art aux yeux pers, Le Cherche-Midi, 1980, *poésie*. Prix Jean Christophe.

Torrent, R.E.M., Lyon, 1983, *poésie*. Album avec interprétation au piano de Violaine Vanoyeke.

L'Harmonie et les arts en poésie, Monaco, 1985, *anthologie.*

Le Mythe en poésie, Monaco, 1986, *anthologie.*

Cœur Chromatique, R.E.M., Lyon, 1986, *poésie*. Album avec accompagnement musical interprété au piano par Violaine Vanoyeke. Interprétations des textes avec Dominique Paturel.

Clair de Symphonie, J. Picollec, 1987, *roman.*

Messaline (Violaine Vanoyeke/Guy Rachet), Robert Laffont, 1988, *roman.* Traduit en espagnol, portugais, grec, coréen, bulgare, polonais...

Le Druide, Sand, 1989, *roman*.

Au bord du Douro, Lizier, Luxembourg, 1989, *poésie*.

Les Louves du Capitole, Robert Laffont, 1990, *roman*. Prix littéraire de l'été 1990. Traduit en espagnol, portugais...

La Prostitution en Grèce et à Rome, Belles Lettres, 1990, *histoire*. Traduit en espagnol, en grec, en japonais, en tchèque...

Le Crottin du diable, Denoël, 1991, *roman*. Prix de l'Association de l'assurance et des banques, 1992.

Les Bonaparte, Critérion, 1991, *histoire*.

La Naissance des jeux Olympiques et le sport dans l'Antiquité, Belles Lettres, 1992, *histoire*.

Les Grandes Heures de la Grèce antique, Perrin, 1992, *histoire.*

Les Sévères, Critérion, 1993, *histoire*.

Les Schuller, Presses de la Cité, 1994-1995, *romans* :
 * *Les Schuller,* Presses de la Cité, 1994.
 ** *Le Serment des Quatre Rivières,* Presses de la Cité, 1995.

Hannibal, France-Empire, 1995, *histoire/biographie.*

Paul Éluard, le poète de la liberté, Julliard, 1995, *histoire/biographie.*

Le Secret du pharaon (série), L'Archipel, *romans* :
* *Le Secret du Pharaon,* L'Archipel, 1996. Traduit en espagnol, en tchèque... Repris au Grand Livre du Mois (1996), par Succès du Livre (1997), Pocket (1998), Le Chardon bleu (1997).
** *Une mystérieuse Égyptienne,* L'Archipel, 1997, *roman.* Traduit en espagnol...

Quand les athlètes étaient des dieux, Les Jeux olympiques de l'Antiquité, Fleurus, Collection « Encyclopédie Fleurus », 1996, *ouvrage pour la jeunesse.*
Périclès, Tallandier, 1997, *histoire/biographie.*

Les Histoires d'amour des pharaons (série), Michel Lafon :
* *Les Histoires d'amour des pharaons : Néfertiti et Akhenaton; Ramsès II et Néfertari; Tyi et Ramsès III; César et Cléopâtre; Antoine et Cléopâtre,* Michel Lafon, 1997. Traduit en italien... Repris au Grand Livre du Mois (1997).

La Passionnée, Michel Lafon, 1997, *roman.* Traduit en espagnol...

La Pharaonne (trilogie), Michel Lafon, *romans* :
* *La Princesse de Thèbes*, Michel Lafon, 1998.
** *Le Pschent royal,* Michel Lafon, 1998.
*** *Le Voyage d'éternité,* Michel Lafon, 1998.

Les Dynasties pharaoniques (série), Tallandier, *histoire* :
* *Les Derniers Pharaons d'Égypte, Alexandrie d'Alexandre à Cléopâtre*, Tallandier, 1998, *histoire*.

Thoutmosis (trilogie), Michel Lafon, 2000.
* *Le Rival d'Hatchepsout*

Discographie

Bach, Beethoven, Debussy, Chopin, R.E.M., Lyon, Violaine Vanoyeke, piano.
Chopin, Debussy, Schumann, R.E.M., Lyon, Violaine Vanoyeke, piano.
Violaine Vanoyeke est l'auteur de nombreux articles parus dans *Historia, Chroniques de l'Histoire, Le Spectacle du monde, Le Quotidien de Paris...*

Composition réalisée par EURONUMÉRIQUE

Achevé d'imprimer en Europe (Allemagne)
par Elsnerdruck à Berlin
dépôt édit : 4689-09/2000
LIBRAIRIE GÉNÉRALE FRANÇAISE - 43, quai de Grenelle - 75015 Paris.
ISBN : 2-253-14912-8

31/4912/7